土地の名前、どこにもない場所としての

ツェラーンのアウシュヴィッツ、ベルリン、ウクライナ

平野嘉彦

法政大学出版局

土地の名前、どこにもない場所としての——ツェラーンのアウシュヴィッツ、ベルリン、ウクライナ

目次

序

ペーター・ソンディは、パウル・ツェラーンによるシェイクスピア『ソネット集』のドイツ語訳のなかに、ヴァルター・ベンヤミンが「翻訳者の使命」のなかで論じたような「言語への志向」を認めている。それにくわえて、彼は、脚注でつぎのように付言する。

「志向」は、ベンヤミンの論考のなかでは「意図」を意味していない。その意味するところにたいしては、むしろフリッツ・マウトナーによる以下のような換言がふさわしいだろう。「……intentio という概念は、中世の全期間を通じて、まだ意志を指してはおらず、ただ認識を、認識する際のエネルギーあるいは緊張を、意味しているばかりであった。スコラ学者たちにあっては、その悪しきラテン語はいまだ健在であって、彼らは、intentio からその原義として、弓の弦を張り、矢をつがえるという隠喩を聞き取ったのだった。それゆえに、彼らにしてみれば、intentio とは、すでに知覚された、あるいはこれから知覚されるべき対象へと、注意ないしは意識が向けられているさまの謂いにほかならなかった。」[1]

ソンディがマウトナーを援用したのは、けっして恣意によるものではなかった。というのは、ここで引かれている「すでに知覚された、あるいはこれから知覚されるべき対象へと、注意ないしは意識が向けられているさま」は、ツェラーンの詩作においても不可欠のモティーフをなしていたからである。ビューヒナー賞受賞講演『子午線』のなかで、ツェラーンは、つぎのように語っている、「詩が出会うところのすべてにさしむける注意」は、「一回かぎり、くりかえし一回かぎり、そして、ただいまのみ、ただここでのみ、知覚されたもの、知覚されるべきもの」としての「形象」にも妥当する、と。[2] それからソンディは、ツェラーンの翻訳作品における「言語への志向」を、「言語に意識が向けられているさま」と定義する。明らかにフェルディナン・ド・ソシュールに依拠しながら、「すべての語り」に、「パロール」に、「先立って存在する言語の観念」としての、「ラング」ないし「ランガージュ」としての、[3] そうした「言語」に。「言語の観念」が「知覚されるべきもの」であるかどうかは、ここでは問わないとして。

ソンディは、ここでマウトナーを引き合いにだしているが、それにくわえて、エドムント・フッサールの論述をそれに対置してみよう。

志向について、しばしばわれわれは、とくに何かに意をもちいる、注意するという意味で語っている。[…] 歴史的に伝えられ、ブレンターノ以来、ふたたび多く口にされるようになった、志向的対象という語に鑑みれば、相関的な意味において志向について語ることは、われわれが「志向」にあたる用語として、[…] ほかでもない、「注意する」を有しているかぎりは、なるほどおそらくは不適切ではないだろう。しかし、いまひとつ別の曖昧さを、ここで考慮にいれておかなければならない。「志向」という表現は、「目指す」という形象のもとにおいて、行為の独自性を表象するのである [...]。その形象のなかで、「目指す」という行為に相関するものとして対応しているのは、「目指す目標に達する（矢を射て、命中させる）」という行為である。(4)

なるほどマウトナーとは異なった意味においてではあるにせよ、ここにもやはり弓矢の「形象」があらわれる。フッサールも「志向」という用語の「曖昧さ」を、たがいに分別しがたい二義性を、認識しているが、どちらかといえば「志向」の「作用的性格」のほうを示唆するのである。(5) ツェラーンにおいても、そうした「曖昧さ」が確認されるものの、そこで「志向」がその「作用的性格」を失うことはない。ツェラーン自身、『自由ハンザ都市ブレーメン文学賞受賞講演』のなかで、「投瓶通信」の隠喩をもちいてこう説明している。

詩はまた、このようにして途上にあるのです。それは、何かに向かっていきます。

（1） Szondi 1972, S. 18f.; Mauthner 1910. Bd. 1, S. 584f.

（2） Der Meridian. Rede der Verleihung des Georg-Büchner-Preises Darmstadt, am 22. Oktober 1960. BA 15.1, S. 45ff.

（3） Szondi 1972, S. 19; Saussure 1949, S. 30ff.

（4） Husserl 1928a, S. 378f. ――ツェラーンは、レオ・シュピッツァーの『言語学と文学史』に関する読書ノートのなかで、フッサールの二つの著作、『純粋現象学および現象学的哲学のための諸構想（イデーン）』と『論理学研究』にふれている。BP, S. 521. しかし、これらの著作は、ツェラーンの蔵書には見当たらない。

（5） Husserl 1928a, S. 379.

何に向かって、でしょうか。ひらかれてあるもの、場を占めることができるものに向かって、おそらく「おまえ」として語りかけることのできるものに向かって、語りかけることのできる現実に向かって、なのです[6]。

したがって、ツェラーンにおける「志向」は、一方では「言語」に向かって、他方では「現実」に向かって、方向づけられていることになる。この一見しての分岐は[7]、どのようにして一致しうるのだろうか。それは、他者の翻訳と自身の作品との相違に存するのだろうか。あるいは、「言語」に「現実」が内在しているのだろうか、それともその逆だろうか。それどころか、「言語」が、それ自身、「語りかけることのできるもの」であるかぎりにおいて、ひとつの「現実」なのだろうか。それでは、「言語」と「現実」は、事実上、たがいに同義なのだろうか。

ツェラーンにあっては、「あらゆる言葉」は、「現実との直接の関係によって書かれて」いるはずだった[8]。その一方で、彼は、あるアンケートにたいする回答のなかで、「現実は存在しません、現実はさがしもとめられ、獲得されることをのぞんでいるのです」とも記している[9]。「現実は」と、彼はまた別の箇所で書いている、「したがって、詩にとってはけっして何か確定しているもの、所与のものではないのです」と[10]。それでは、どのようにして、そこに存在していない、あるいはすくなくともとりあえずはいまだ眼前に現存してもいない、そうした何かにたいして、そもそも「直接の関係」をもつことなど、ありうるのだろうか[11]。あるいはもしかして、詩人が意識してひとつの「現実」の「構図をえがき[12]」、さがしもとめ、獲得しようとするのに先立って、「あらゆる言葉」は、すでに当初から「現実」に関係づけられてしまっているのだろうか[13]。ふたたびフッサールを引くなら、「ノエシス」は、すなわち、「意識を的確な意味において性格づけている」

ところの「志向性」(14)は、ツェラーンにあっては、もとより「知覚」に内在しているはずの、「おまえ」として確定されるべき「ノエマ的相関者」(15)を形づくることが、おそらくはしばしばむつかしくなっている。他方で、何かしら「ある現実」が、あらかじめ毀傷するものとして知覚されているにもかかわらず。しかし、「現実に傷ついて、現実をさがしもとめながら」(16)という、この一見しての撞着語法のなかに、いまや不可避

（6） Ansprache anläßlich der Entgegennahme des Literaturpreises der Freien Hansestadt Bremen. BA 15.1, S. 24.

（7） この分岐は、たとえば同一の批評家の二様の問題提起からも看取される。それは、一方ではツェラーンの詩作品における「『名前』にたいする志向」へと、他方では彼の故郷である「トポスとしてのチェルノヴィッツ／ブコヴィーナ」へと、関連づけられる。Menninghaus 1980, S. 12f.; Menninghaus 1999, S. 345ff.

（8） Reinfrank 1971, S. 73.

（9） Antwort auf eine Umfrage der Librairie Flinker (1958). BA 15.1, S. 77.

（10） Brief in der Bremer Schulzeitung „Hermes“. BA 15.1, S. 75.

（11） ロベール・アンドレは、詩『ストレッタ』について、「ほかでもない詩による現実の探求が、テクストのいわゆる現実連関についてのわかりやすい確信を、ただちに失効させる」、そうした事態を明らかにしている。André 2001, S. 34.

（12） Ansprache anläßlich der Entgegennahme des Literaturpreises der Freien Hansestadt Bremen. BA 15.1, S. 24.

（13） ラルフ・ヴィルムスは、こうした問題提起を彼なりにより明確にしようとする。「詩のなかで、『現実』はどこではじまるのか。換言すれば、現実のどのような層が弁別され、それらの層はどのように定義されうるのか。そして、どのような仕方で（どのような文彩と方法をもちいて）、現実はテクスト化されるのか。」Willms 2007, S. 3.

（14） Husserl 1922, S. 168.

（15） A.a.O., S. 182.

（16） Ansprache anläßlich der Entgegennahme des Literaturpreises der Freien Hansestadt Bremen. BA 15.1, S. 25.

として要請されてくる差異が含意されている。[17] それが時間的な差異か、そうでないのか、それはさておくとして。

*

それにたいしてひとつの示唆を与えてくれるのは、やはりブレーメン講演のつぎのような一節である。

そして、そこでブレーメンもまた、私にとって輪郭をとるようになりました。ブレーメン・プレスの出版物という形で。

しかし、ブレーメンは、そうした書物と、書物を執筆し、書物を編集した人たちの名前によって、より身近になったとはいえ、それでも到達しがたいものの響きをもっていました。

十分に遠くはあるものの、到達可能なもの、到達することのできるもの、それは、ウィーンという名前をもっていました。それから数年のあいだ、この到達可能性なるものが、どのような状態であったか、それはご存じのとおりです。

かずかずの喪失のただなかにあって、到達可能なままに、身近に、失われることなく残っていた唯一のもの、それは言語でありました。〔…〕

この言語のなかで、私は、あの年月、そしてそれ以後の年月に、詩を書くことをこころみました。語るために、自分を方向づけるために、自分がどこに位置し、どこへと向かっているのか、それをたしかめるために、みずからに現実の構図をえがいてみせるために。[18]

ここで「この言語のなかで」と書かれていて、けっして「この言語によって」とも、いわんや「この言語をもちいて」とも書かれていないことに、留意しておく必要があるだろう。このツェラーンの前置詞の使い方には、若きベンヤミンを思わせるものがある。すなわち、「言語一般、および人間の言語について」と題する草稿のなかで、言語が伝える「精神的な本質」が「おのれを伝えるのは、言語のなかにおいてであって、言語によってではない」と、ベンヤミンは述べていた。しかし、「精神的な本質」が「伝達可能である」かぎりにおいて、「言語的な本質と同一」であるとすれば[19]、それはトートロジーに陥ってしまうだろう。それがツェラーンにもあてはまるとしても、その仕方は、なるほど逆ではある。ベンヤミンにおける言語的なものの「伝達可能性」のかわりに、ツェラーンの場合には、その「到達可能性」ないし「語りかける」ことの「可能性」が問題になっている。ツェラーンがオシップ・マンデリシュタムに関連して、「言語を介して知覚可能なもの、到達可能なものが〔…〕集められる」、そうした「場所」として、「詩」を規定するとき[20]、それとちがったことが語られているわけではない。というのも、「知覚可能なもの、到達可能なもの」とは、やはりまた言語的な何かをあらわしているにちがいないのだから。「自分がどこに位置し、どこへと向かっているのか」という問いそのものが、このトポグラフィックな「志向」が、元来、言語的な性質をもっている

（17）第一章「アウシュヴィッツもしくは差異」を参照。
（18）Ansprache anläßlich der Entgegennahme des Literaturpreises der Freien Hansestadt Bremen. BA 15.1, S. 23f.
（19）Benjamin 1955, II, S. 402.
（20）GW 5, S. 623.

ことを物語っている。[21] この意味において、「言語への志向」そのものは、まさに「言語のなかで」、あるいは「言語を介して」、遂行されるのである。

ツェラーンは、なるほどみずから「詩を書くことをこころみ」はしたが、彼をそこへと導いた「志向」は、「ウィーンという名前をもっている」ものの「認識」へと向けられていた。しかし、それは、「ウィーン」という都市そのものに、というよりも、「ウィーン」という名前に、より正確にいえばこの名前のなかで分節されるものに、向けられていた。そのとき、再度、フッサールに依拠して、「志向されているような対象」と「志向されている対象そのもの」とを区別しなければならないだろう。[22] たとえ「意識」が、とりあえずは「ひとつの現実」として表象されているにすぎない、いまようやく「知覚されるべき」そうした「対象」に、その照準をあわせるとしても、この「志向」は、それでも畢竟、「言語のなかで」、もしかしてまたしても言語的なものに向かっていくばかりである。縮減され、痕跡として、すなわち、何か名前なきものをさししめす一種の換喩として、そこに存在する地名に。一例をあげてみよう。

夕方、
ハンブルクで、一本の
はてしもない靴紐が――
それを
亡霊たちが噛んでいる――
二つの血にまみれた爪先を結びつける、
道の誓いへと。[23]

「ハンブルクのホテル『アルスター・ホーフ』のレターヘッドつきの用箋」に書かれた草稿では、この二行目は、つぎのようになっていた。

ハ{ノーファー}ンブルクで、一本の[24]

疑いもなく行頭の「ハ」から刹那のうちに呼びだされたにちがいない「ノーファー」という文字列は、しかし、すぐさま抹消され、別の文字列「ンブルク」によって上書きされている。この異文は、「意識」が、あるいは「注意」が、当初は「ハンブルク」という地名ではなく、頭韻によって連想される「ハノーファー」という別の地名に向けられていたことを物語っているのである。

（21）マルコ・パイェヴィッチは、ツェラーンの詩の「場所性」を扱いながら、これらの「場所」が「ツェラーンにとって書物に規定されていた」ことを論証している。ツェラーンの出自は、ブレーメン講演でみずから語っているように、「人々と書物が生きていた地方」だった。Pajević 1997, S. 153; Pajević 2000, S. 213f. —— オットー・ローレンツは、ブレーメン講演における「発言のダイクシス的身振り」について語っている。「一人称の代名詞をもちいた表現、場所にかかわるダイクシス的な疑問不変化詞、説明されることのない非人称動詞によって、まだほとんど把握されていない現実のただなかでの、個人による場所の探求は、言語による表出にいたる。」Lorenz 1989, S. 179.

（22）Husserl 1928a, S. 400.

（23）Abends. In: Atemwende. BA 7.1, S. 68.

（24）Abends. In: Atemwende. TA, S. 111. { }は、ツェラーンによる上書きなどによる修正をさしている。

到達しそこなうこともまれではない、言語的な場所にたいするこうした「志向」は、詩「腕のなかのおまえの眼」にも確認される。

それはどこか。

その場所をつきとめよ、その言葉をつきとめよ。
抹消せよ、測量せよ。

［…］

測量しそこねて、測量もこばまれ、場所を定めそこねて、言葉をうばわれ、

言葉をうばば(25)

たとえひとつの「言葉（*Wort*）」がひとつの「場所（*Ort*）」をさがしもとめ、その輪郭をえがきだそうとも、やはりそれは、けっしてひとつの「場所」そのものではありえないだろう。この「場所」には、照応するひとつの「名前」が呼びだされなければならないのだろうか。ツェラーンは、かつてこう語ったといわれる。

記号は、表象された対象を孤立させます。他方、名前のなかでは、個々のものが世界と関連しつつ、私たちに帰属するのです。[26]

ベーダ・アレマンの伝えるところによれば、ツェラーンは、一九六八年の初頭に、彼にこう告げたとのことである、「言葉が名前になるのです」と。[27]

「地名」とは、すなわち「土地の名前」だが、この語は二様に理解されうる。それは、一方で「土地」としての「名前」であり、他方で「土地」を表す「名前」、すなわち、「ひとつの土地を代表する名前」である。

(25) Deine Augen im Arm. In: Fadensonnen. BA 8.1, S. 21. ——トーマス・シュパルは、この詩についてこう書いている。「場所への問いは、いかなる幾何学的な精密さへいたることもなく、言葉にむかっていく。」Sparr 1989, S. 138. ——クリスティーネ・イヴァノヴィッチは、ツェラーンにおける「場所（*Ort*）」を「言葉（*Wort*）に含まれたもの」としながらも、この「場所性」は、同時に「時間への、この場所を規定する日付への、繫留を含んでいる」ものと理解する。Ivanović 1997a, S. 66, S. 74.

(26) Podewils 1971, S. 68f. ——こうした観点から、つぎのような示唆を顧慮する必要があるだろう。「孤立したものは現実ではありえないという認識にもとづいて、名前にたいするツェラーンのこの姿勢の埒内で明らかになるのは、現実の諸現象と存在構成のなかでのその被拘束性との、そうした構造的な協働に、抒情的な言葉と名前を賦与する行為のうちに表現しようとする、詩人の要求である。」Hünnecke 2003, S. 151. ——メニングハウスは、この「名前への志向」を、ゲルショム・ショーレムとベンヤミンに媒介された、「名前をめぐる」ユダヤ的、「言語神秘思想的な思弁」に関係づけている。Menninghaus 1980, S. 22.

(27) Allemann 1973, S. 440.

換言すれば、同格であるか、もしくは代理である。「名前」の語には、つねにそうした相互に乖離する含意が内在している。たとえば、『ドイツ悲劇の根源』におけるベンヤミンは、前者の立場をとっていた。「あらゆる現象性から遠ざかった存在」とは、すなわち「名前の存在」である、そして、それによって同定されるべき「真理」は、したがって「志向の死」である、と。[28] ベンヤミンにあっては、「名前」は、おそらくは「土地の名前」をも含めて、現象的ないし現象学的な「志向」の彼岸にある。しかし、そのようにもしかして存在するやもしれぬ、超越的な理念としての名前とは異なって、すでに現に存在しているひとつひとつの地名は、その「ノエシス」が「ノエマ的な相関者」としてのいかなる「意味」をもみいだすことのない、そうした意味論的な空白をあらわにする。[29] そのとき、「土地の名前」は、いかにも逆説的に、「どこにもない場所」を具現することになる。[30]

＊

「そうした詩は」と、ジャック・デリダは、そのツェラーン講演のなかで語っている、「チューリヒ、チュービンゲン、トートナウベルク、パリ、イェルサレム、リヨン、テル・アヴィヴ、ウィーン、アシジ、ケルン、ジュネーヴ、ブレスト等々の日付をもっています」と。[31] これらの地名は、ツェラーンがみずから訪れた都市の名前である。したがって、デリダは、「アウシュヴィッツ」を彼のインデックスのなかに含めたりはしなかった。おそらくは、ポーランドの地方都市である「オシヴィエンチム」ないし「アウシュヴィッツ」が、「そうした詩」がその都度の日付とともに「書きおこされて」きた、[32] そうした場所のひとつではけっしてないという理由から。それは、ツェラーンにとって、言葉をいわばそこへと「書き送る」、そうしたトポスのひとつにほかならなかった。[33] このことは、彼が二度、訪れることになった「ベルリン」にも、[34] 若いころに通りすがりにキエフに滞在しただけの「ウクライナ」にも、[35] おなじようにあてはまる。たとえばそのチェルノヴィッツ時代における「ウィーン」とは逆に、おしなべて東への方向によって規定されている、これら三つのトポスのどれをとってみても、いずれもそれだけにいよいよ「どこにもない場所」として現出するのである。

（28） Benjamin 1955, I, S. 151.
（29） Husserl 1922, S. 182.
（30） Der Meridian. BA 15.1, S. 47.
（31） Derrida 1986a, S. 29; Derrida 1986b, S. 32. ——フランス語の動詞 dater は、「（に）日付（場所）を記入する」を意味する。ここも通常なら、「等々の発信地をもっています」と訳すべきところだろう。
（32） Der Meridian. BA 15.1, S. 43. ——アンケ・ベンホルト＝トムゼンは、こう問いかけている。「どうして詩人にむかって、自分がそこにいなかった場所を想起せよというのか。」Bennholdt-Thomsen 1988 S. 9. ——しかし、ツェラーンの詩語の指示性は、かならずしも過ぎ去ったものの想起にとどまらない。
（33） ユルゲン・レーマンは、「方向を獲得」しようとするツェラーンの試みを、「二様に」区別する。「過去に位置する出自の空間に想起しつつ遡行する」ことと、「言語的現実に投企すべく語る」ことと。Lehmann 2009, S. 15f. ——この後者の「空間表象」、喪失によって媒介された「再領域化」のうちに、たとえばアウシュヴィッツのような「場所」への志向が含まれている。A.a.O., S. 18. ——「大多数のテクスト」は、もとより「もはや言語によって標示された空間ではなくて、投企された空間」であり、すなわち「純粋なテクスト空間」である、という。A.a.O., S. 21.
（34） 詩集『雪の声部』中のいわゆるベルリン詩篇は、例外をなしている。研究史においてすでに多く論じられた詩「おまえは横たわっている」は、のちにより詳細に扱うことにする。
（35） CE, S. 3.

一九六二年二月二十三日付のラインハルト・フェーダーマン宛の手紙の末尾で、ツェラーンは、こんなふうに署名していた。

パヴェル・ルヴォヴィッチ・ツェラーン
不実者ノ国独逸ノウチナル露西亜ノ詩人
たかがユダヤ人だよ[36]

ユルゲン・レーマンは、この署名を、「自己の標識化」および「立脚点の規定」ととらえている。この自己確認は、またほかでもなく「言語において」遂行される、というのも、「ロシアの詩人として自己を性格づけること」は、レーマンによれば、「あらたな方向性の表現であり、遅くとも一九五〇年代なかばから、ツェラーンがロシアの詩人たちに集中的に取り組みはじめたことの表明」にほかならないからである。[37]ヘルムート・ベッティガーによれば、ツェラーンは、「一九六〇年以後、精神的危機がきわまった時期」に、「私の希望は東方にある」[38]と書いているように、「神話を形づくる」、「かつての東方の空間」へと遡行しようとしたにもかかわらず、ブカレストやチェルノヴィッツといった、彼に無縁ではないはずの東欧の都市に、もはや足を踏みいれることをあえてしなかった。

さらに付言するならば、一部、書き換えられたカフカの「村医者」からの引用が物語っているように、彼がなかんずくオシップ・マンデリシュタムの作品に集中するようになって、東西の軸を形成するなかで、みずからの東欧ユダヤ人としての出自に傾斜していくことになる。そして、それは、一九六九年のイスラエル旅行において頂点に達する。こうして彼は、テル・アヴィヴへの出発を目前に控えていた同年九月十七日付のノートに、フランス語でこう書きとめている、「私のユダヤ性、それは、私の存在の残骸のなかに」、すなわち西欧的、近代的自我の廃墟のなかに、「なおみずから再確認するところのものにほかならない」、と。[39] しかし、「アウシュヴィッツ」は、この「残骸」をあらわす場所のひとつではなかっただろうか。そして、彼

（36） CFe, S. 18. ―― この署名の最初の二行は、詩集『無神の薔薇』の草稿にすでにあらわれていた。Eine Gauner- und Ganovenweise. In: Die Niemandsrose. BA 6.2, S. 117; MS, S. 37, S. 45, S. 47, S. 48. ――「不実ノ国独逸」という措辞は、疑いもなく「ゴル事件」を暗示している。投函されずにおわった一九六二年八月十五日付のクラウス・ヴァーゲンバッハ宛の手紙のなかで、ツェラーンは、つぎのように書いている。「私は、この全体を、明らかに反ユダヤ主義的な事件であると見做しています。」CWa, 15.8.1962.「ゴル事件」については、注293を参照。

（37） Lehmann 1993, S. 113f. ―― ツェラーンは、一九六一年五月三十一日に、ウラディーミル・マルコフに宛てて、「結局のところ、私はおそらくロシアの詩人なのでしょう」と書いている。»Fremde Nähe« 1997, S. 334. ―― それにたいして、クラウス・マンガーの見解によれば、ツェラーンの東方への「志向」は、チェルノヴィッツが「ウクライナ」に属していなかった、その若年の時代において、まちがいなくすでに定まっていた。マンガーは、「ツェラーンの詩的地理学」をえがきだしながら、そのチェルノヴィッツおよびブカレスト時代のもっとも初期の詩篇が、「それ自身、東方において成立しながら、それとしてさらに東方へと」関係づけられていること、それにたいして、これらの詩の言葉が、西方をまったく名ざしてはいない」ことを、指摘している。Manger 1987, S. 151.

（38） Böttiger 1996, S. 59.

（39） CCL 2, S. 487. もっともツェラーンの「ユダヤ性」は、それへの傾倒であれ、そこからの離反であれ、最後まで「方向」が問題になっていたことを確認しておかなければならないだろう。ハンス・マイアーは、イスラエルに旅立つ直前のツェラーンを回想して、こう書いている。「他方でツェラーンは、みずからをユダヤ詩人とは、けっして感じてはいなかった。ましてや、ユダヤ精神の詩人ではありえなかった。」Mayer 1971, S. 183.

がかつて「クラクフ経由で」、すなわち「アウシュヴィッツ」のかたえを過ぎて、そこへと赴いたことがある、[40]東と西に引き裂かれた都市「ベルリン」もまた。そして、「ウクライナ」は、畢竟、「東方」における「希望」を具現していたのだろうか、それとも依然として「死の空間」を意味していたのだろうか。[41]こうした問いは、ツェラーンのいくつかの関係する詩篇を、その「言語への志向」にそって読むことをこころみるうちに、ようやく次第に明らかになるだろう。というのも、詩の解釈もまた、畢竟、「言語」に、あるいは言語的な何かに、向けられるのだから。

(40) ツェラーンが一九六七年十二月に、ようやくのことで西ベルリンに滞在したとき、彼は、ヴォルフガング・エメリヒによれば、「東ベルリンを訪れる」ことを、明らかに考えてもいなかった。それは、亡命者としての自己の身分を政治的に顧慮したことに、かならずしも帰せられないだろう。Emmerich 1999, S. 145.

(41) Ivanović 1996, S. 37ff., S. 60ff. ——「ロシア像は、拉致と死の空間としてたちあらわれる。それにもかかわらず、それに結びついているのは、生き残った者の憧憬、(いまは亡き両親との一体性という概念としての)はるかな故郷への憧憬である。」A.a.O., S. 45. ——その際に著者は、「東方におけるこの空間の区別、すなわちウクライナとロシアとの差異」を指摘することも忘れない。Ebd. ——しかし、この「区別」も、ツェラーンの後年にいたって一つになって、畢竟、死に収斂していくかのようである。

第一章　アウシュヴィッツもしくは差異

アラン・レネ監督の記録映画『夜と霧』のナレーションをドイツ語に訳したなかで、ツェラーンは、ジャン・ケロールの原文に含まれていた、殺される定めにある人たちの架空の名前をすべて抹消しながらも、その出身地はそのまま残していた。ケロールのフランス語原文では、

[…]ブルガー、ドイツ人の労働者、ステルン、アムステルダムのユダヤ人学生、シュムルズキ、クラクフ出身の商人、アネット、ボルドーの女子高生[…]。(42)

とあるのを、ツェラーンは、

[…]ベルリン出身の労働者、アムステルダムのユダヤ人学生、クラクフ出身の商人、ボルドーの女子

(42) Jean Cayrol: Nuit et Brouillard. / Nacht und Nebel. GW 4, S. 78.

高生［…］」。[43]

と訳している。こうした仕方によって、それは、あたかもさまざまな土地から拉致されてきた人たちが、殲滅収容所に抑留される以前から、すでに無名の存在と化してしまっているかのような様相を呈する。[44] いやそれどころか、「ドイツ人の」を「ベルリン出身の」におきかえることによって、ツェラーンのテクストでは、ベルリン、アムステルダム、クラクフ、ボルドーと、都市の名前が優位をしめることになる。[45] しかし、ツェラーンの「志向」は、これら任意とも思える地名にとどまらずに、ケロールの原文の冒頭に列挙されているかずかずの不吉な地名にも、向けられていた。

ル・ストゥリュトホフ、オラーニエンブルク、アウシュヴィッツ、ノイエンガンメ、ベルゼン、ラーフェンスブリュック、ダッハウ、これらはかつて、他の地名とおなじように、地図にも旅行案内書にも記載されている名前だった。[46]

北ドイツに位置する強制収容所の名前をより詳細にして、[47] 全体の順序をも変更しながら、ツェラーンは、こうした名前を列挙したあとにコロンをおき、さらに改行をくわえている。

ストゥリュトホフ、オラーニエンブルク、アウシュヴィッツ、ラーフェンスブリュック、ダッハウ、ノイエンガンメ、ベルゲン＝ベルゼン。
これらはかつて、他の地名とおなじように、地図にも旅行案内書にも記載されている名前だった。[48]

(43) A.a.O., S. 79.

(44) ヨアヒム・ゼングは、ツェラーンのこうした「土地の名前」への「志向」をつぎのように説明している。「ケロールは、ヨーロッパ全土から遂行された拉致に関して、典型的な人名をもちいて、人間を特定の民族に固定した(ブルガーはドイツ人、シュムルズキはポーランド人で、ステルンという名前はユダヤ人を意味する)。それにたいしてツェラーンは、こうした名前を名ざすことを放棄した。すでに選び出されてしまった犠牲者は、彼の翻訳では、いずれにせよユダヤ人でありうるのだから。」Seng 2001, S. 170.

(45) ケロールにおける地名の列挙にたいして、ツェラーンがいだいた特別な関心は、他の箇所でも証明されうる。

ケロール：
ワルシャワの家宅捜索、ウッジからの、プラハからの、ブリュッセルからの、アテネからの、ザグレブからの、オデッサからの、ローマからの強制連行［…］。

ツェラーン：
ワルシャワの家宅捜索、
ウッジからの、
プラハ、ブリュッセル、ウィーン、アテネからの、
ブダペスト、ローマからの強制連行［…］。

Cayrol: Nuit et Brouillard. / Nacht und Nebel. GW 4, S. 78f. ——ツェラーンが「ザグレブ」と「オデッサ」にかえて「ウィーン」と「ブダペスト」を含めたことについては、エウォウト・ファン・デル・クナープは、つぎのような「推測」をまじえて説明しようとする。すなわち、「彼がオーストリアとハンガリーの首都に言及するのは、彼自身が最後にパリにたどりつくまで、一九四七年にブカレストを経由してウィーンに逃れた」からだろうという。Knaap 2003, S. 270.

それは、あたかも語り手がみずから息を呑む刹那に、これらの名前に注意を集中し、高めようとしているかのようである。

*

連作詩「ストレッタ」には、つぎのような数行が含まれている。

［…］ひとつの車輪が、ゆっくりと
おのずから回転しはじめる、輻が
よじのぼっていく、
黒ずんだ野原をよじのぼっていく、(49)

「黒ずんだ野原を」（*auf schwärzlichem* Feld）という前置詞句は、当該の「構内」がどのように呼ばれているか、どのような呼称が通用しているかを物語っている。それは、au-schw-z-i、すなわち「アウシュヴィッツ（Auschwitz）」である。しかし、「構内」を意味するドイツ語の名詞には、既知を示唆する定冠詞が付されていて、その性格を暗示しているにもかかわらず、それに反して、この地名は、どうして詩行のなかで明示的に発音されないのだろうか。この問いは、収容者たちが彼らの目下の生活世界であるこの「場所」をまのあたりにしておちいる、見当識の危機を示唆しているところの、つぎのような撞着語法によって答が与えられるだろう。

彼らが横たわっていた場所、それは
名前をもっている——それは名前を
もたない。(50)

結局のところ、いかなる「名前」をもたない、この「場所」を、それでもやはりひとつの「どこにもない場所」と命名することができるのだろうか。もっとも、それはまたしても、もはやひとつの逆説でしかないだろうが。

(46) Cayrol: Nuit et Brouillard. / Nacht und Nebel. GW 4, S. 76.
(47) ツェラーンによって復元された地名「ベルゲン＝ベルゼン(*Bergen-Belsen*)」から、たとえば「ベルリン(*Berlin*)」という音を聴取することもできるだろう。それは、翻訳のテクストのなかでは「ブルガー(*Burger*)」という固有名を奪われた「労働者」の出自と想定される「ベルリン」と、ひそかに通底している。「ベルリン」という名前については、次章を参照のこと。
(48) Cayrol: Nuit et Brouillard. / Nacht und Nebel. GW 4, S. 77.
(49) Engführung. In: Sprachgitter. BA 5.1, S. 61.
(50) A.a.O., S. 62. —— イスラエル・ハルフェンは、ツェラーンの両親が連行されたウクライナの強制収容所に関連づけることによって、この撞着語法をきわめて実際的に解釈している。この収容所の名称は Cariera de Piatrã、すなわち、ルーマニア語で「石切場」の意であって、もともと地名ではなかったという。Chalfen 1979, S. 123.

*

つぎの標題のない詩は、ツェラーンのもっとも後期の作品に属している。

私がそこに客として逗留していたのだろう、
遅ればせながら吃ることしかできぬ、あの世界、
それは、ひとつの傷が舐めるように這いのぼる、あの壁から、
汗ばみしたたり落ちた、ひとつの名前。[51]

これは、そもそもどのような「壁」について、語られているのだろうか。もしかして、ベルリンの「壁」だろうか。なるほどこの推測は、草稿のなかで「塀」ないし「壁」に該当する名詞にかかっている関係節によって、立証されるようにみえる。すなわち、そこには、「(それにむかって)逃亡者が死をかけて突きすすんだ」ところの「壁」と書かれている。[52] しかし、「汗ばみしたたり落ちた(herab*geschwitzt*)」という過去分詞の字母から、また異なる解釈の可能性が生まれてくる。「アウシュヴィッツ(Auschwitz)」、すなわち、アウシュヴィッツ＝ビルケナウ殲滅収容所に設けられていた「黒い壁」ないし「死の壁」である。[53] それに平行しているとおぼしき詩行を、「ストレッタ」から拾いだしてみよう。

たそがれどき、
石と化した癩のかたえに

私たちの逃亡した両の手の
かたえに、
輓近の排斥のただなかに、
うずもれた壁の横、
射垜の
上方に[54]。

---

(51) *Die nachzustotternde Welt.* In: Schneepart. BA 10.1, S. 27.

(52) *Die nachzustotternde Welt.* In: Schneepart. BA 10.2, S. 90.

(53) フランクフルト裁判の訴訟記録から題材をとったペーター・ヴァイスの戯曲『追究』には、「黒い壁」は、つぎのように描写されている。

それは厚い木の板で建てられ
その両側にそれぞれ
斜めに突き出た射垜があり
木の板にはタールを塗った
亜麻布が張りつけてありました

Weiss 1965b, S. 128. —— Menninghaus 1980, S. 34 も参照。

(54) Engführung. In: Sprachgitter. BA 5.1, S. 67. —— 『夜と霧』のなかで、ケロールは、この「壁」の位置関係をしめしている。ツェラーンのドイツ語訳から重訳すると、「人目から隠された第十一ブロックの中庭は、囚人を銃殺するために設置してある。射垜をそなえた壁」。Cayrol: Nuit et Brouillard. / Nacht und Nebel. GW 4, S. 86ff. —— Seng 1998, S. 280.

この「名前」は、なるほど「世界」そのものと同一ではないが[55]、すくなくともその痕跡ではありうるだろう。「汗ばみしたたり落ちた、ひとつの名前」と、おそらくあの「世界」によってつくりだされたのであろう「舐めるように這いのぼる」「傷」との出会いが、ほかならぬあの「壁」において希求されるかぎりは。「石と化した癩」とおなじように、「汗ばみしたたり落ちた」、「傷」、「舐めるように這いのぼる」と、一連の身体にまつわる幻想が喚起されることによって。存在論的ないし言語神秘主義的なイデアとして措定されるはずの「世界」と「名前」の一致とはうらはらに[56]、危機的事態をまのあたりにして、この「土地の名前」は、畢竟、「どこにもない場所」、「世界」の不在にほかならぬことが明らかになる。たしかに「アウシュヴィッツ」は、かろうじて「吃り」つつ発語するしかない、そうしたひとつの「名前」ではあるだろう[57]。しかし、それにもかかわらず、この「世界」は、そのものとして直接に「吃り（stottern）」つつ名ざすことはできない。それは、「遅ればせながら吃る（nachstottern）」ことができるばかりである。分離前綴 nach- は、この「世界」にむけられる名づけの行為が、とりあえずは逸失として、つぎに遅延として、そして、結局のところようやく事後の取戻しとして、おこなわれることによって、必然的に産出せざるをえない、そうした差異を標示している。

「私がそこに客として逗留していたのだろう」と訳した一文は、ドイツ語の未来完了時制がつねにそうであるように、原文ではもともと二義的である。すなわち、（一）「私」は、過去においてそこに「客として逗留していた」と推測される、（二）「私」がそこに「客として逗留している」という行為が、未来のある時点においてすでに完了していると推測される、の二つの可能性である。いずれにせよ、殲滅収容所に抑留されていることをアイロニカルに表現している、この「客として」の「逗留」には、現在時制が、それとともにほかならぬ現在性が、欠如している。しかし、いくつかの草稿において、当初、「私」が過去において「そこに客として逗留していた」ことを、まちがいなく確認していた、その「世界」は、それから暫定的な異文ではあるにせよ、まぎれもなく現在にあって「私がそこに滞在している」、そうした「世界」へと書きかえられたのち、ようやく決定稿にいたって、「私がそこに客として逗留していたのだろう」、あるいは「私がそこに客として逗留しているだろう」、あの「世界」として表現されたのだった。[58]「私」が「アウシュヴィッツ」の収容者たちと保っている、友好関係とおぼしきもの、いやそれどころか姻戚関係らしきものにしても、かくして架空のアナムネーシス、あるいは、なるほど想定上ではあるものの、しかし、すでに確かな現実と化した予言を喚起するようになる。なぜなら、この「世界」とは、「死者」の国にほかならないのだから。

ツェラーンは、「ストレッタ」のなかでこう書いていた。

（55） ジョン・フェルスティナーは、「名前」を「私」にかかる同格ととらえている。Felstiner 1995, S. 255; Felstiner 1997, S. 324.

（56） Fahlstimmig. In: Lichtzwang. BA 9.1, S. 85. ——注25、注26を参照。

（57） ツェラーンが所蔵していたロマーン・ヤーコブソンの著書のなかで、欄外に傍線を引かれた以下の箇所を参照のこと。「言語の個々の構成要素が分解することは、健康な成人にあっても、場合によってはまったく無縁というわけではない。したがって、病的な言語障害のほかに、**健全な言語障害**も存在する。」Jakobson 1969, S. 85. イタリック体（本書ではゴシック体）はヤーコブソンによる。

（58） Die nachzustotternde Welt. In: Schneepart. BA 10.2, S. 89.

往け、おまえの刻限は
姉妹をもたない。おまえは——
家郷にいる。(59)

「おまえの刻限」が、過去、現在、未来の時間継起から脱落して、みずからの「いま、ここ」に収斂するとき、「おまえ」は、この場所にもはや「客として逗留」しているのではなくて、いまや「家郷」となった「構内」に棲んでいる。(60)こうしてあらためて定められるべき時間空間の見当識は、しかし、けっして確実なものとして成立することはない。ツェラーンは、ヘルダーリーンの讃歌「ライン」の数行に、下線と欄外傍線を付して、二重の感嘆符とともにつぎのような書込みをくわえていた、「『ストレッタ』を参照」、と。

しかし、愛する者たちは
かつてありしまま、そのままに
家郷にある。そこで[…](61)

「愛する者たち」の現存が文法的な時制によって保証されているかたわらで、「客」としていまだ「家郷」の彼らのもとに住まうことができない「私」には、明証的な現在性が欠けている。
ビューヒナー賞受賞講演『子午線』のための草稿のなかに、くりかえし抹消してはあらたに書き直されたノートが残されている。そこには、つぎのような語句が読みとれる。

おまえがみずからのもっとも固有の痛苦とともに、鼻曲がりの、ユダヤ訛りの、片輪者の、あのアウシュヴィッツとトレブリンカの死者たちのもとに、そして、どこか他の場所に、滞留してしまっているであろう、そのときになってようやく、おまえはその眼とその扁桃に出会うことになるだろう。そして、そのときにおまえは、みずからの~~思考~~おしだまる思考とともに、自身の心に思いをいたすことを強いる中断のただなかに立っているだろう。そして、~~もはや~~それについて語ることもない。そして、~~ようやく~~~~のちにこのなかで、しばらくして、~~おのれについて語るのだ。~~そのなか~~この「のちに」のなかで、~~その~~そこで想起された中断のなかで、コロンとモーラ[62]のなかで、おまえの言葉が頂点に達する。今日の詩、――それは消息点であり、尾根のごとくそばだつ時間であり、魂の転回なのだ。おまえはそのことを、そこで認識するだろう――そのことを真剣にうけとめるがいい。[63]

(59) Engführung. In: Sprachgitter. BA 5.1, S. 61.
(60) ソンディは、つぎのような判断をくだしている。「もはや姉妹をもたない刻限とは、最後の刻限、すなわち死である。そこに存在する者は、『家郷に』ある。」Szondi 1972, S. 53. ―― 死者たちのもとにあること、こうした仕方で「家郷にある」ことは、しかしながら、無媒介に「死」そのものと同一視することはできないだろう。それにたいして、ピーター・ウォーターハウスは、この詩行についてつぎのように書いている、「このテクストは、不在の事象を、不在の正統性を、みずからのうちに回収する。この意味において、読者は、その現在性を経験するのだ」と。Waterhouse 1984, S. 80.
(61) Hölderlin 1953, S. 155. 下線（本書では傍線）はツェラーンによる。 ―― Böschenstein 1990, S. 8f.
(62) いずれも詩学用語で、「コロン」は「詩句のリズムの最小の単位」、「モーラ」は「音節の長さの基本的単位」をさす。
(63) Der Meridian. TA, S. 127.

最初の文の現在完了時制は、未来完了時制の代用と理解される。しかし、ここでのこの時制は、もっぱら未来の事象にむけられている。それにしたがって、「中断」は、二段階に区別される。最初のそれは、「おまえ」が「みずから」の「おしだまった思考」とともに、「立っている」、そして、ひるがえって「おまえ」に「自身の心に思いをいたすことを強いる」、そうした「中断」であり、第二のそれは、「おまえの言葉」が、一方で「おしだまる」ことによって、他方で語ることによって、「頂点に達する」ところの「想起された中断」である。それとともに、ほかならぬ「詩のいま、ここ」[64]における「消息点」[65]が、必然としてみずからのうちにはらむことになる、そうした差異が生じる。そこから明らかになるのは、ひとつのアポリア、もしくはそれどころかひとつの要請にほかならない。

*

一九六五年二月十一日付の、クラウス・ヴァーゲンバッハ宛のツェラーンの手紙、すなわち、マールバッハのドイツ文学資料館で確認することができるかぎりは、それはツェラーンのヴァーゲンバッハ宛の書簡のなかでは最後のものだが、そこには、ヴァーゲンバッハの直近の手紙からの、偏執的なまでの長い引用が含まれている。

そこで、あなたはこう書いておられます。

「……そして、ペーター・ヴァイスの手になるきわめて内容のゆたかなテクスト、それは、最初に以下の事柄を根拠づけています。すなわち、数多くの土地に短い滞在をくりかえしたところで、それはある個人にたいして、ひとつの私的な尺度を許すものではないだろう、ということを。そのある個人とは、しかるのちにひとつの土地を視座のなかに包括する者であり、またその土地とは、そうした視座を措定する者にすでに定められてはいたものの、彼みずからはようやく二十年のちになって、廃墟と観じることとはなった、そうした場所なのです。そのあと、私がまだこれまでに読んだことがないようなアウシュヴィッツの描写がつづきます。もはや機能していない機械としてのアウシュヴィッツの。そのもはや機能していないという事態が、当時の機能を、ひとつひとつ論駁していくのです。罪ある者たちにたいしても、罪なき者たちにたいしても。[66]」

みずから引用したヴァーゲンバッハのこの一文を、ツェラーンは、彼なりにつぎのように評している。「私は、ペーター・ヴァイスのそのテクストを知りません。しかし、このあなたの文章にかぎっていえば、私はそれを化け物のようだと見做していると、単刀直入に申しあげたいと思います。[67]」もしかしてツェラーンは、上述の「のちに」がここでは「二十年のち」に拡大され、「機械」がついには「廃墟」へと変貌して、死者たちがそこではなべて不在となるまでに、遅延させられてしまっていると、そう考えたのだろうか。このかならずしも妥当とはいえないツェラーンの批判にたいして、ヴァーゲンバッハは、つぎのように答えて

（64） Der Meridian. BA 15.1, S. 46.
（65） A.a.O., S. 42.
（66） CWa, 11.2.1965. この引用は、一九六五年二月九日付のヴァーゲンバッハの手紙に含まれている。
（67） Ebd.

いる。「あなたが非難している文章を、私は、一語一句、ただしいとみずから考えているのです。何しろ、そこで対象になっているテクストを、あなたはまったくご存じではないのですから。[68]」ツェラーン自身は、それにたいして「まだ語るべきことが多くあるはずです[…]。そして、それは語られずにはすまないでしょう[69]」と書きながらも、どうやらそれ以後は、ヴァーゲンバッハに返信を書き送ることを、もはや拒否したようにみえる。ヴァーゲンバッハが、ヴァイスの散文「私の小邑[70]」が収録されたアンソロジー『アトラス』を、ツェラーンに献呈していたにもかかわらず、彼がのちになってこのテクストを読んだかどうか、それはつまびらかではない。ツェラーンがヴァイスのように、ヴァイスのアウシュヴィッツ・オラトリオ『追究』についても、事情はさしてかわらない。ツェラーンがヴァイスのように、かつてナチスのどこかの強制収容所ないし殲滅収容所の跡を訪れたことがあったかどうか、それを証明するすべもない[71]。いずれにせよ、ツェラーンとヴァーゲンバッハのあいだにかわされながら、そこで途絶してしまったこの文通を、あとでもう一度、検討する必要があるだろう。

(68) CWa, 22.3.1965.
(69) CWa, 11.2.1965.
(70) Weiss 1965a.
(71) エメリヒは、つぎのように的確に指摘している。「彼は、ペーター・ヴァイスのように、『私の小邑』と題した散文を書くことはけっしてできなかっただろう。『アウシュヴィッツ』を明示し、そのなかで著者自身がこの場所を、直接、伝記的に位置づけている、そうした散文を書くことなど（ツェラーンの詩のなかで、『アウシュヴィッツ』という語は、ただの一度もあらわれることがない）。」Emmerich 1999, S. 12.

一　「糸の陽」

おまえたちは竈に歩みよった
燠がのこらず死にたえた竈に
ただ地に敷く光といえば
月かげの　屍のいろばかり

おまえたちは　灰のなかに
蒼白い指を沈めていった
さがし　まさぐり　とらえようとして——
いま一度　輝くこともあろうかと

みるがよい　慰藉の身振りして
月もおまえたちを諌めているのを
竈から離れるがよい
刻はもう晩い　と

シュテファン・ゲオルゲ(72)

とある夕方、陽が沈んでしまった、そして陽ばかりではない、ほかの
何かも沈んでしまった、そのあと［…］。

パウル・ツェラーン(73)

詩集『消息点』のなかに、つぎのような無題の詩が含まれている。

灰黒の荒地にかかる
糸の陽。
ひとつの樹
さながら高く生いたつ思惟が
光の音色をつかみとる。まだ
歌をうたうことができるのだ、人間たちの
彼岸で。(74)

ここでは、「まだ／歌をうたうことができる」と語られている。この詩そのものが、すでにひとつの「歌」であるかどうかは、ともかくとして。この詩がしめしている明らかな詩論的性格は、これまで直截にひとつのマニフェストとして受けとられてきた。詩集『消息点』の著者みずから書いているように、「読者がたしかに聴きとるにちがいない」、そうしたひとつの「転回点」として。[75] このように推定するには、しかしながら、なお若干の論証が必要だろう。

さまざまに論議されてきたこの詩のトポグラフィは、すでに早くからディートリント・マイネッケとマルリース・ヤンツによって素描されている。マイネッケは、たとえばつぎのように書いている。

ここでは、「光の音色」は、此岸にある人間的なものの「灰黒の荒地」からきわだっている。[76]

「灰黒の荒地」を「此岸にある人間的なもの」と同一視することによって、「光の音色」は、さらには「歌」もまた、「人間たちの彼岸」に位置づけられる。というのも、「糸の陽」は、「人間たちを超克するものへの里程標」である、というのだから。[77] それにたいして、ヤンツは異をたてる。

灰黒の荒地の表象は、非歴史性の寓意である。人間たちとその歴史の彼岸にある無人の境で、[…] まだ歌をうたうことができる。それによって逆に確認されるのは、人間的、歴史的世界では、もはやいかなる歌もうたわれえないということである。その彼岸とは、発見法的なフィクションにほかならない[…]。[78]

二人の対立点は、「まだ歌をうたうことができる」ところの「人間たちの彼岸」が、歴史的な「灰黒の荒地」から区別されているか（マイネッケ）、あるいは、逆にその「非歴史的」な「灰黒の荒地」と一致しているか、ということにある。それにもかかわらず、二人に共通しているのは、「人間たちの彼岸」にある地帯が、存在論的に実体化されるか、あるいは「発見法的なフィクション」であるか、それはともかくとして、あくまで人間の歴史の「彼岸」に位置しているとする判断である。従来、おこなわれてきた解釈は、大略において、表層で対立しているにすぎないこの図式にしたがっている。[79] その典型は、ツェラーンのいわゆる「おそるべき誤謬」に批判を投げかける、つぎのようなエーリヒ・フリートの詩である。

（72） George 1913, S. 118. ——このゲオルゲの詩に、テーオドール・W・アドルノは、つぎのような注釈をくわえている。「非寓意的な仕方で、詩は、感性的な状況のなかに同化していく。いかなる思想的な意味も、そこから抽象されることはない。それにもかかわらず、『刻はもう晩い』という詩行は、沈黙へと凝縮されながらも、まだそれについて歌っている、そうした歌をすでに禁じているところの、ある世界の刻限の感情を湛えているのである。」Adorno 1974, S. 529. ——ツェラーンは、一九六八年一月中旬、コレージュ・ド・フランスでおこなわれるこのアドルノのゲオルゲ講演を聴くつもりで、急いでパリへ戻ってきていたが、疲労のため、出席を断念せざるをえなかった。AC, S. 196f.

（73） Gespräch im Gebirg. BA 15.1, S. 27.

（74） Fadensonnen. In: Atemwende. BA 7.1, S. 26.

（75） KG, S. 718.

（76） Meinecke 1970b, S. 259.

（77） Ebd.

（78） Janz 1976, S. 204f.

（79） Fried 1993, S. 65; Gadamer 1973, S. 87f.; Gadamer 1986, S. 87f.; Michelsen 1982, S. 130; Pöggeler 1986, S. 170f.

たしかに
私たちの死の
彼岸にも
歌がある
未来の歌が
私たちすべてがからめとられている
この悪しき時代の彼岸で
私たちに考えられうるものの
はるか
彼岸でうたうことが

しかし　人間たちの彼岸には
どんな歌もありはしない[80]

たとえばフリートは、このように「人間たちの彼岸」における「歌」を仮構するツェラーンに、批判を加える。「人間たちの彼岸」が歴史に内在しているとされる場合でも、「歌」は「今日に」ではなく、「未来へと指示される」ものとなる[81]。そして、「『まだ』という副詞には、疑いもなく未来時制に類する意味も共鳴している」と理解される[82]。しかし、そもそも「光の音色」は、いつ、どこで、だれによってつかみとられるのか。そして、「歌」は、いつ、どこで、だれによって「うたわれることができる」のか。

「人間たちの彼岸」の見当識を獲得するためには、「灰黒の荒地」が意味するところを把握しなければならない。「灰黒の（*grauschwarz*）」という形容詞には、はたして au-sch-w-z という字母の連鎖が、すなわち「アウシュヴィッツ（Auschwitz）」のアナグラムが感知される。それはまた、殲滅収容所の焼却炉に由来する灰のヴィジョンによって裏書きされるだろう。この明証性は、詩論的な問題提起を引き合いにだそうとする読者を、にわかにある憶測へと導いていくことになる。ツェラーンのこの詩は、テーオドール・W・アドルノの人口に膾炙したあの定言にたいする、おそらくは直接の応答である、と。

> 文化批判は、文化と野蛮の弁証法の最終段階に対峙して遂行される。アウシュヴィッツ以後に詩を書くことは野蛮である。そして、それは、今日、詩を書くことがなぜ不可能になったのか、それを表白する認識をも、腐食するのである。[83]

*

（80） Fried 1993, S. 65.
（81） Steinecke 1987, S. 200.
（82） Wögerbauer 2002, S. 122.
（83） Adorno 1955, S. 31.

ツェラーンの詩行のなかには、いくつかの音韻が作用している。二行目の「糸の陽（Fadensonnen）」[84]には字母列 a-d-o-n が、一行目の「灰黒の荒地に（über dem grauschwarzen Ödnis）」[85]には字母列 a-r-ö-d-n が、句跨りをなしている「ひとつの樹／さながら高く生いたつ思惟（Ein baum / hoher Gedanke）」には字母列 a-o-r-d-n が、さらに五行目の「光の音色をつかみとる（greift sich *den* Lichtton）」には字母列 r-ei [ai]-d-n-o-n が、それぞれ隠れている。すなわち、それらはすべて「アドルノ（Adorno）」という名前の破片なのである。これらの音韻は、あるいは詩人の意識の閾をくぐりぬけて、詩行のなかにはいりこんだのだろうか。もし「アウシュヴィッツ」のアナグラムが出現していなかったなら、解釈者は、その正しさを主張することはできないところだろう。

　そのとき、「人間たちの彼岸」とは、第二次大戦後の現在における、疑いもなく歴史的な領域であることが明らかになる。「私」は、「人間たちの彼岸」に、そして同時に、いまなお野蛮な所業を犯している「非＝人間」のただなかに、位置しているのである。したがってここには、アドルノの定言を顧慮しながら、「アウシュヴィッツ以後」に、それもいまひとつの「アウシュヴィッツ」のなかで、「詩を書く」、いやそれどころか「歌をうたう」という、独自のモティーフが主題化されていることになる。

　ところで「糸の陽」という複合語は、かつて「竪琴の弦」[86]、あるいは「日時計」[87]として説明されもした。それにたいして、この詩行を即物的に読むこと、すなわち、「灰黒の荒地」を殲滅収容所の屍骸の灰に関係づけながら、「糸の陽」を「焼却炉の炎」[88]の名残と解釈することもできるだろう。それは、ヴィクトル・E・フランクルが、みずからアウシュヴィッツで体験したあるエピソードのなかで、再現しているとおりである。

私は、すでに長く収容所にいる仲間たちにむかって、私の同僚であり、友人でもあるPは、どこへ行ってしまったのだろうか、と尋ねた。「そいつは、もう一方の列にまわされたかい。」「ああ」と、私はいった。「それなら、あそこにいるさ」と、みんなは私にいった。どこだって。一本の手のしめす先には、数百メートル離れたあたりに、大きな煙突が立っていて、そこから数メートルにおよぶ炎が吹きだしていた。そして、それは、いかにも無気味に、広漠とした灰色のポーランドの空にむかってたちのぼるとみるや、暗鬱な煙霧となって消えていくのだった。あそこに何があるというのだろう。「あそこで、おまえの友だちは昇天しているさ」と、みんなは無愛想に答えた。(89)

(84) 原文では一行目。
(85) 原文では二行目。
(86) Janz 1976, S. 204.
(87) König 1991, S. 36ff.
(88) Cayrol: Nuit et Brouillard. / Nacht und Nebel. GW 4, S. 81.
(89) Frankl 1947, S. 21. その蔵書には含まれていない、このフランクルの著書を、ツェラーンがどこかで眼にしたかどうか、かならずしも確証はない。——「燃焼する、灼熱する、光を放つといった隠喩法のなかに」と、メニングハウスは書いている、「かくして、「名前」の無差異と現前の、記号論的な差異によって恣意的に不在になっている対立項として、まばゆい『無線ビーム』、『光の楔』、あるいはまた『意味という発光する羽巻』から、言語論的に距離をおきながらも、ナチスの殲滅の炎が喚起される仕儀となる。」Menninghaus 1980, S. 57.

死者とのそのような出会いを、[90] ツェラーンはもとめていたのだろうか。一九六八年十二月に、エピネ・シュル・オルジュのヴァンクルーズ精神病院で書かれたと推定されるメモには、[91] つぎのような一文が読みとれる。

「糸の陽」、それは、人間の自己疎外が……そして、この自己疎外についてのまさに自己を疎外してやまぬお喋りが、ついに途絶える、そこにこそ存在する[92]

この二重の「自己疎外」の語によって、ほかならぬアドルノの定言が暗示されているように思われる。

＊

末尾に「一九五九年八月」の日付が記されている散文『山中での対話』は、一九六〇年に公にされたが、それはアドルノとの非現実のダイアローグとして構想された。[93]「ユダヤ人クライン（Klein）」、その字母はおそらく読者にふたたび「ツェラーン（Celan）」を連想させもしようが、彼は、「ユダヤ人グロース（Groß）」こと「アドルノ（Adorno）」と、[94] つぎのような問答をかわしている。

「わかっているよ、わかっているよ。だって僕は遠くからやってきたんだ、きたのさ、君とおなじように。」
「わかっているさ。」
「わかっていて、僕に尋ねるのか、それにもかかわらず君はやってきた、それにもかかわらずここへやってきた――なぜ、何のために、と。[95]」

ここには、「ユダヤ人クライン」が、この対話にいたるまでに閲した長い道のりが語られているが、それは、ただ空間的、地理的なものにとどまらない。二人の「ユダヤ人」のダイアローグは、しかし、まもなく「ユダヤ人クライン」の長いモノローグになっていくばかりである。翌年におこなったビューヒナー賞受賞講演『子午線』のなかで、ツェラーンは、この仮構された「対話」に言及している。

そして、一年前、エンガディーンでの実現しなかった出会いを想起しながら、私は、一篇の小さな物語を書きとめました。そのなかで、私は、ひとりの人間を「レンツのように」山中を歩ませたのでした。私は、一度ならずある「壱月二十日」から、私の「壱月二十日」から、書きおこしていました。
私は、……私自身に出会ったのです。[96]

(90) アクセル・ゲルハウスは、「人間たちの彼岸」を「無人の境」であり、「冥府の彼岸」として、またヴェルナー・ヴェーガーバウアーは、「無化と冥土の底知れぬ場所」として、規定する。Gellhaus 1995, S. 60; Wögerbauer 2002, S. 122. ただし二人とも、直接にアウシュヴィッツを名ざしてはいない。
(91) ツェラーンは、サンタンヌの大学付属精神病院で生まれた詩篇をおさめている詩集に、『糸の陽』の表題を付した。KG, S. 767.
(92) MS, S. 124, S. 612f.
(93) Janz 1976, S. 227.
(94) ドイツ語の形容詞で、klein は「小さい」、groß は「大きい」を意味する。
(95) Gespräch im Gebirg. BA 15.1, S. 29.
(96) Der Meridian. BA 15.1, S. 48.「壱月」と訳したのは、標準ドイツ語で Januar（「一月」）にあたる方言の Jänner である。

沈黙の刹那をはらんでいるその結語は、彼がみずからのユダヤ人としてのアイデンティティを確かなものにする一方で、たとえそれがフィクションであれ、彼がアドルノに「出会わなかった」ことを示唆している。なるほどヤンツは、ビューヒナーの小説『レンツ』の冒頭に登場する「壱月二十日、レンツは山を越えていった」(97)という一文にあらわれる「壱月二十日」という日付を、ツェラーンが明らかに、「ユダヤ人問題の最終的解決」が決定された、一九四二年のヴァンゼー会議に関係づけているものと解釈している。(98)しかし、ここで問題にされているのは、「例の壱月二十日」でも、「私たちの壱月二十日」でもなくて、「ひとつの壱月二十日」であり、それどころか「私の壱月二十日」なのである。それから一九六二年の一月二十一日、すなわち「ひとつの壱月二十日」の翌日に、ツェラーンは、アドルノに宛てて、こう書き送っている。

私は、『メルクール』誌の最新号に書かれたあなたのエッセイを読ませていただきました。末尾のいくつかの文章によって、私たちのあいだに介在する距離をこえて、あなたのお人柄が、私に近しい、語りかけることのできるものとなりました。私は、あなたに語りかけないではいられませんでした。それは、絶対に必要なことでした［…］——そうです、そうだったのです、私は、あなたと語りあわないではいられなかったのです。(99)

この「末尾のいくつかの文章」とは、以下のごとくである。

アウシュヴィッツ以後に復活した文化なるものは、仮象にすぎず、不条理である。そして、そもそもなおも成立するあらゆる産物は、そのために手ひどい代償を支払わなければならない。しかしながら、世界はおのが没落をこえて生きのびてしまったがゆえに、それでもやはり、意識せざる歴史記述としての芸術を必要とするのである。現代の真正なる芸術家は、その作品のなかに極度の戦慄を反響させている、そうした人たちである。(100)

したがって、この「極度の戦慄(äußerste *Grauen*)」が、まもなくツェラーンの「アウシュヴィッツ」のアナグラム「灰黒の(*grauschwarzen*)」に「反響する」のは、必然であるといえるだろう。それにつづくのは、アドルノのかの定言の、もはや隠れもない撤回である。もっとも、それもまた幾分かはアイロニカルに響きはするが。

(97) Büchner 1958, S. 85. さらに以下を参照。Böschenstein 1997, S. 120; Hinck 1997, S 168; Böschenstein 2002, S. 98.
(98) Janz 1976, S. 105.
(99) AC, S. 186. 初出は Wiedemann 2000, S. 547.
(100) Adorno 1962a, S. 51. ――ゼングは、「アドルノが、音楽にたいしてはアウシュヴィッツ以後に声をあげることを許容しながら、このおなじことを抒情詩には拒否した」こと、そして、「注意深い詩人」がそれを「見逃すことも、受け容れることも」できなかった事情を指摘している。Seng 1998, S. 265. ――他方で、ヴィーデマンは、「まさにアドルノが『真正なる芸術家』について語っているがゆえに」、ツェラーンは、アドルノと「事件についての対話を」模索したにちがいない、と書いている。Wiedemann 2000, S. 549.「私の『壱月二十日』」という語によって、彼は、疑いもなく「ゴル事件」を示唆している。

アウシュヴィッツ以後になおも抒情詩を書くのは、野蛮である、とする一文を、私はやわらげたいとは思わない。そのなかには、アンガジュマンの文学に生気を吹きこむであろう、そうした衝迫が、否定的な形で表白されているのである。[101]

アドルノが一九六二年三月二十八日におこなった講演は、おなじ年の七月に、『ディー・ノイエ・ルントシャウ』誌に発表された。そうした「出会い」の結果として、一九六三年十一月二十七日に、「灰黒の荒地にかかる／糸の陽」ではじまる詩が生まれることになる。

そののち、アドルノは、しばらく間隔をおいて、一九六六年に公にした『否定弁証法』のなかで、なおも「アウシュヴィッツ以後」に言及している。

歳を経ても絶えることのない苦しみは、責め苛まれた者が呻くのとおなじだけの、表現の権利を有している。それゆえに、アウシュヴィッツ以後にもはや詩を書くことができない、としたのは、誤っていたのであろう。しかし、アウシュヴィッツ以後になおも生きることができるか、たまたま逃れはしたものの、法的には殺されていたにちがいなかった者が、十全に生きることを許されるか、というあまり文化的ならざる問いは、けっして誤ってはいない。[102]

ツェラーンがそのような箇所を読んで、どのように反応したかは、一九六八年二月九日付のアドルノ宛の書簡から推し量ることができる。

ズーアカンプ社から、あなたの『否定弁証法』が何ごとかを語っておられるという、たいへんうれしい知らせを受け取りました。(103)

そうであればこそ、ツェラーンは、一九六九年八月十三日付のギーゼラ・ディッシュナー宛の手紙で、こう書くことができたのだろう。

新聞でアドルノの死について読んだときは、私も衝撃をうけ、狼狽した。私は苦痛を感じた。いまでも私は、苦痛を感じつづけている。(104)

*

視覚で感知することのできる「光の音色をつかみとる」ことは、これまで例外なく、聴覚で感知することのできる「歌をうたう」ことと、いうならば同期化されてきた。(105) その際に、それが現在という時間に想定さ

(101) Adorno 1962b, S. 103.
(102) Adorno 1966, S. 353.
(103) AC, S. 198.
(104) CDi, S. 115.
(105) 「光の音色の技法」は、ヴィーデマンによれば、「トーキーのなかで、映像に付随する音を録音し、再生するのにもちいられる」という。KG, S. 723.

れているのか、あるいは何らかの未来に構想されているのかは、未決定のままに。それとともに、「つかみとる」主体は、「うたう」主体とも同一視された。しかしながら、とくに根拠があるわけでもないこの仮説は、疑ってかかる必要がある。ツェラーンがアドルノを読むうちに、この詩が生まれてきたとすれば、「光の音色をつかみとる」という「高く生いたつ思惟」は、なるほどアドルノに関係づけることができるだろう。しかし、何らかの「歌をうたう」ことを、無媒介にアドルノに帰することはできない。周知のように、アドルノは、すぐれた音楽批評家であり、またみずからも作曲をものしていた。それにもかかわらず、たとえば彼自身の手になるトラークルやゲオルゲの詩による歌曲が、ここで考えられているわけではないだろう。彼は、たくみにピアノを弾いたし、それにくわえて母親は、イタリア人の血をひくウィーンの宮廷歌手だった。しかし、なかんずく彼は、高邁な「思惟」にたずさわる哲学者であって、たとえ比喩的にではあれ、「歌をうたう」詩人ではけっしてなかった。「光の音色をつかみとる」ことは、したがって「歌をうたう」ことそのものではなくて、たかだかその前提を意味するにすぎない。原文では「光の音色をつかみとる」と「まだ歌をうたうことができるのだ」とのあいだにコロンがおかれているが、それは同時の生起ではなくて、移項を意味しているのである。この詩の中間部は、アウシュヴィッツ以後の現代の芸術に関するアドルノの裁可を示唆している。

「まだ／歌をうたうことができるのだ（es sind / noch Lieder zu singen）」という不定詞構文は、すでに幾度か注目されてはいる。[106] ほとんどすべての解釈者たちがこの箇所を「まだ／歌をうたうことができる」の意に読んでいるのにたいして、ハルトムート・シュタイネッケは、おそらく最初に、「荒地にあっても、なお歌をうたうことは許される、歌をうたうべきである」とする詩人の「詩論的な使命」を理解していた。[107] この解釈は、アドルノの定言とその撤回に即して、二段階に区分される。一方で、アウシュヴィッツ以後に詩を書くことが野蛮であるとすれば、それでもやはり「歌」は「うたわれる」べきであり、「うたわれ」なければならないだろう。他方で、この定言がいまや撤回されるとすれば、「歌」は「うたわれる」べきであり、「うたわれ」なければならないばかりか、ようやく「うたわれる」ことが可能になる。その際に、これらの状況規定は、もともとアドルノの微妙な逆説に、たとえ否定的にではあれ、内在していたそのままに、潜在的に協働している。「今日、詩を書くこと」がすでに「不可能」になっているにもかかわらず、それは、畢竟、「野蛮」であるとして断罪され、「アウシュヴィッツ以後に詩を書くこと」は禁止されるのである。

(106) Michelsen 1982, S. 127; Steinecke 1987, S. 199.——筆者は、かつて「アウシュヴィッツ」のアナグラムとアドルノの定言に関連して、この不定詞構文をもっぱら当為として読まなければならないと主張した(平野 1990, S. 338)。その場合、上記の詩行はこう訳されることになるだろう。

　　　　まだ
歌をうたうべきだ、人間たちの
彼岸で。

この解釈は、筆者が一九八五年十二月に東京大学文学部でおこなった集中講義に由来する。本書での議論は、いわばこの見解のヴァリエーションを意図している。

(107) Steinecke 1987, S. 199.

しかしながら、このテクストのなかで、「可能」の含意の強調よりも、「当為」と「義務」への「要請」が優位にあることは、やはり否めないだろう。その典拠をしめしているのは、ツェラーンのビューヒナー賞受賞講演のために書かれた遺稿のひとつだが、そこであらためて「アドルノ」という名前に出会うことになる。

> ［…］私は、A・シェーンベルクのひとつの要請を引用します。それをT・アドルノにしたがって引用することにします――芸術は「することができる」に由来するのではない、芸術は「しなければならない」に由来するのだ、と。おわかりでしょうが、こうしたたぐいの語源論があるのです。知覚しようもない語根から派生した語に、私たちは、真なるものと根拠をもつわけではありません。語根から時間のなかへとのびていく、根から遠く隔たった小枝に［…］、私たちはそれを知覚するのです。[108]

最後にあらわれる「知覚する（wahrnehmen）」という動詞は、文字どおりに「真に受ける、真理として受けとる（wahr nehmen）」をも意味している。[109] ここに引用した箇所の前後には、はたしてシェーンベルクのまた別の言葉が引かれている、「音楽は飾るべきではない、それは真実であるべきである」と。そして、アドルノ自身の文章がつづく、「仮象と幻戯の否定とともに、音楽は認識へと傾斜する」と。[110] これらの文章は、ツェラーンに感銘を与えたことだろう。なぜなら、シェーンベルクにおいてすべては「本来『うたわれて』」いるとする見解は、[111]「思惟」の標徴のもとで依然として「人間たちの彼岸」で「歌がうたわれる」べきであるとする、彼のテーゼにまさに一致しているからである。あるフランスの出版社のアンケートに答えて、ツェラーンは、「ドイツの抒情詩」がフランスとは異なって、あくまで「真実」であろうと努めていることを強調する。そこでは「『より灰色の』言葉」が要請されている、すなわちそれは、なかんずくその『音楽性』が、なおも恐るべきものと一緒になって、平然と並列してその音色を響かせる、その手の『佳調』とはもはや共有することのない、そうした場所に棲みついている言葉」である、という。[112] したがって、「アウシュヴィッツ」という名前がアナグラムとして暗号化されるのは、ツェラーンの詩行ですら、避けようもなく表出せざるをえない「佳調」が、公然と「恐るべきものと一緒になって、平然と並列してその音色を響かせる」ことのないように、との意図からにほかならない。

しかし、この詩においては、「歌」の意味するところは、どうやら詩論的、文学史的な用語ではなくて、まさに楽曲作品そのものである。その「歌」は、若きシェーンベルクの『グレの歌』や『ゲオルゲ歌曲集』のようにではない、むしろ晩年の『ワルシャワの生き残り、語り手と男声合唱とオーケストラのための』のようにうたわれるべきだろう。ツェラーン自身も「生き残り」だった。このカンタータの末尾で、ユダヤ教の祈り「聴け、イスラエルよ」が男声合唱によってうたわれる一方で、ワルシャワのゲットーから殲滅収容所のガス室へ送られる定めのユダヤ人たちは、ドイツ軍の兵士たちから一人ずつ、人数を数えられていく。「人間たちの彼岸」にあるこの限界状況を、アドルノは、つぎのように釈義している。

(108) Der Meridian. TA, S. 106. ――ドイツ語で「芸術（Kunst）」は、「……することができる、可能である（können）」から派生した語である。
(109)「もっとも字義どおりの意味における知覚」ともいわれる。A.a.O., S. 137.
(110) Adorno 1949, S. 27.
(111) Adorno 1960, S. 660.
(112) Antwort auf eine Umfrage der Librairie Flinker (1958). BA 15.1, S. 77.

これほどまでに真実に、音楽のなかで戦慄が響きわたったことはなかった。そして、それが声高になることによって、音楽は、その解決する力を、ふたたび否定によってみいだすのである。『ワルシャワの生き残り』を閉じるユダヤ人の歌は、神話に抗する異議申立としての音楽である。(113)

「神話」とは、「灰黒の荒地」をカムフラージュしようとする、「佳調」をかなでる「神話」の謂いである。一方でツェラーンの上記の詩の中間部が、なるほど暗黙の留保をともなってではあるにせよ、アドルノに敬意を表しているのにたいして、他方でこの末尾は、シェーンベルクを規範に仰いでいる。(114)

＊

ツェラーンのこの詩が、その視覚的な効果にもかかわらず、ただの自然の風景をえがいているのでないことは、一目して瞭然である。読者にそう悟らせるのは、二つの観念的な名詞「思惟」と「歌」であって、それがテクストに詩論的なアクセントを与えてもいる。こうした事態は、いったんは構成された複合名詞をあらためて分断する、その破砕面から明らかになる。

ひとつの樹
さながら高く生いたつ思惟

「樹／さながら高く（baum- / hoch)」という隠喩を、「樹のように／高く」という直喩に訳し戻さずとも、この句跨りは、「樹」と「思惟」の二つの名詞を相互に並列させるように強いる。[115] それによって独立した詩行「ひとつの樹」は、先行している、いかにも人目をひく「糸の陽」と「灰黒の荒地」を、一見、継承し、発展させるもののように思われるのだが、それにつづく詩行「さながら高く生いたつ思惟」が、このイマージュを抹消することによって、「ひとつの樹」が隠喩にすぎないことを暴露する。「高く生いたつ思惟」が「光の音色をつかみとる」までもなく、この詩全体がすでに「思惟」によってとらえられているのである。この「思惟」は、みずから抽象語として、おなじように抽象的な、したがって無化し（vernichtend）、壊死せしめる意味を生産していく。[116] なぜなら、それは、なかんずく「殲滅収容所（*Vernichtungslager*）」としての「アウシュヴィッツ」についての「思惟」であり、畢竟、「無化する」ようにしか「思惟」することができないのだから。一九六〇年に「パウル・ツェラーンのために」という献辞をそえて発表されたアドルノの論文「ヴァレリーの偏倚」には、[117] ヴァレリーからのつぎのような意味深い引用が含まれている。

---

(113) Adorno 1960, S. 678. ——ツェラーンの蔵書に含まれるこの箇所には、欄外に二重の傍線が付されている。

(114) アドルノにもかかわる「ツェラーンのシェーンベルクへの関心」については、下記を参照のこと。Seng 1998, S. 265f.

(115) ヤンツは、「樹／さながら高く生いたつ思惟（baum- / hoher Gedanke）」の中途に挿入された折線によって、「高邁」な「思惟」という「トポス」が揶揄されていると解釈している。Janz 1976, S. 205.

(116) ペーター・ミヒェルゼンは、「暴力性の存在を否めない」その「思惟」のなかに、「つかみとる（Sich-Greifen）」行為のなかに、「概念（Begriff）」と「そのひそかな強制」を、ただしくみてとっている。Michelsen 1982, S. 131.

(117) イヴァノヴィッチは、「媒介項としてのヴァレリー」に注目する。なぜなら、ツェラーンによるヴァレリーの独訳も、『ノイエ・ルントシャウ』誌の一九五九年の第三号に発表されたから、というのである。ツェラーンが「もとめていた」アドルノとの「対話」は、イヴァノヴィッチによれば、「まぎれもなく、同時に遂行されたヴァレリーとの対峙によって」囲繞されている、という。Ivanović 1997, S. 23.

理性が、その所有者である人間が、主体が、遭遇するのは、理性そのものの原理である。「思惟は残酷である。それは手加減を知らない。思惟より残酷なものが、はたして存在するだろうか」[…][118]。

「思惟」は、テクストのなかで名ざされるばかりではない。それは、みずからテクスチュアのなかで作用している。擬人法によってそれが代理しているのは、しばしば想定されるような「抒情的自我」でも、また著者その人でもない。そうではなくて、もともとはアドルノに発しているとはいえ、それはテクストの匿名の主体であり、それは機能単位としてのアナグラムのプログラムと、さらにいえば一個の固定観念と、同一なのである。

＊

「アナグラム」という用語を辞典類で検索すると、しばしば「ツェラーン」という名前にいきあたる[119]。一例をあげておこう。

二〇世紀初頭に、言語学者F・ド・ソシュールは、言語学的、構造主義的な観点からアナグラムに関心をよせて、一個のアナグラム理論を展開しようとこころみている。その際、中心になるのは、言語学的規則と音韻論的法則性である。アナグラムの技法が保存されているのは、[…]なかんずく筆名の形成においてである(たとえば、「P・アンチェル(Antschel)」から「P・ツェラーン(Celan)」へ)[…][120]。

修辞法辞典のこの項目がえがきだす布置のなかで、ソシュールとツェラーンの名前は、とくにそれとわかる関連も明らかにされぬままに、たがいに並列されている。ツェラーンは、若いころにソシュールの『一般言語学講義』を読んでいた[121]。しかし、彼がそのアナグラム研究にまで通じていたかは、とりあえずは不詳としておくほかはない。

ツェラーンの初期の作品に属する、詩集『罌粟と記憶』の劈頭にかかげられた詩「荒野の歌」は、たとえばつぎのような詩行からはじまっている。

黒ずむ葉から花輪が編みあげられたのは、アクラの故地でのこと、
そこで私は黒馬を乗りまわし、死にむかって短剣で斬りかかった。
私が木作りの皿から飲んだのも、アクラの泉からわきでる灰、
そして、私は、面鎧をおろすや、天の廃墟にむかって突きすすんだ[122]。

（118）Adorno 1963, S. 66.
（119）Wilpert 1969, S. 22; Habicht u.a 1988, S. 75; Ueding 1992, S. 481; Bußmann 2002, S. 75.
（120）Ueding 1992, S. 481.
（121）Chalfen 1979, S. 87f. ——ツェラーンが所蔵していた一九四九年版の『一般言語学講義』には、多くの欄外の傍線と書き込みが残されている。Saussure 1949.
（122）Ein Lied in der Wüste. In: Mohn und Gedächtnis. BA 2.-3.1, S. 71.

ここで「黒ずむ葉から（aus schwärzlichem Laub）」という前置詞句に、注意を向けてみよう。そこから、au-sch-w-z-i-au の文字列を、すなわち「アウシュヴィッツ（Auschwitz）」の暗示を、読みとることができるだろう。この詩は、一九四五年、のちにアウシュヴィッツ詩篇として知られるようになった「死のフーガ」とおなじ年に書かれた。[123] それが意図したアナグラムなのか、あるいは純粋の偶然なのかは、[124] とりあえずは決定しがたいにせよ、この特定の音声ないし字母による結合に、ツェラーンがモノマニアさながら傾斜していたことは、すくなくとも推量できるところではあるだろう。それは、一九六九年にジゼル・ツェラーン＝レストランジュの十五葉の腐食銅版画を添えて上梓された、詩集『光縛』の第一ツィクルスの愛書版『黒の通行税（Schwarzmaut）』、ふたたび sch-w-z-au が、[125] 公にされるように、その晩年にまでおよぶ、ひとつの偏執にほかならない。[126]

ツェラーンの「言語への志向」に、はたして「アルス・コンビナトリア」、すなわち「結合術」[127] への偏愛が存在することは、本名の字母を筆名へと転化したことからしても、[128] およそ見紛うべくもない。彼自身、この性格規定をときに激しく否認してはいるが。[129]

一九六四年二月、ジャン・スタロバンスキーによるソシュールのアナグラム研究についての最初の論文が発表された。[130] ツェラーンは、自分よりわずか三日早く、ジュネーヴで生まれたスイス国籍のポーランド系ユダヤ人であるスタロバンスキーを、すでに一九六二年以来、知っていた。文芸評論家として、理念史を担当するジュネーヴ大学教授としてばかりではなく、精神医学者としてのスタロバンスキーに、幾度か、医学上の助言をもとめてもいる。[131] スタロバンスキーにしたがって、ソシュールの言葉を引いてみよう。

［…］そのような体系のうちにあっては、アナグラムについて、詩作に付随する言葉遊びとして語るこ

とはできない。それは、詩作者がのぞむと否とにかかわらず、一方で詩作者が、他方で批評家が、のぞむと否とにかかわらず、その基盤と化していく。アナグラムによって詩作するとは、否応なくアナグラムにしたがって詩作すること、アナグラムの支配下において詩作することを意味する。(132)

そのとき、ツェラーンがアドルノとシェーンベルクの規範にしたがって、「思惟」によって「まだ歌をうたうことができたのか、できたとすれば、それはどのようにか、と問わなければいけないところである。しかし、その問いにたいして、ひとは答えようもないだろう。ただ確かなことは、ツェラーンの晩年の詩がいよいよ何か異様な「思惟」にとらわれ、憑かれているという事実である。

(123) Schwarze Milch der Frühe. In: Mohn und Gedächtnis. BA 2.-3.1, S. 101. ——「ユダヤ的なもの」にかかわるあるノートに、ツェラーンが記しているところによれば、彼が「一九四五年五月に『死のフーガ』を書いた当時[…]、『イズヴェスチア』紙で、レンベルクのゲットーに関する報告記事を読んでいた」ような記憶があるという。そして、彼は、この試みを「ただ一度しかしていない」と書いている。MS, S. 170. ——それにもかかわらず、ナチスの殲滅収容所における事態は、おそらくすでに彼の知るところとなっていた。ある手紙のなかで、彼は、この詩のなかで「ガス室のおぞましさを言葉にしようと」こころみたと書いている。KG, S. 608. ——ツェラーンがブカレスト時代に、コンスタンティン・シーモノフのマイダネク殲滅収容所についての本を読んでいたかもしれない可能性は、すでに指摘されている。»Fremde Nähe« 1997, S. 64; Simonov [1945]. ——この分野の基本文献であるオイゲン・コーゴンの『SS国家——ドイツ強制収容所のシステム』は、一九四八年の第三版がツェラーンの蔵書に含まれているが、初版の刊行は一九四六年である。Kogon 1948.

(124) 一九五三年に成立した詩「ここで」について、ジェイムズ・K・ライオンは、一九八四年十月十三日にシアトルで開催された「国際パウル・ツェラーン・シンポジウム」に際して、ベーダ・アレマンから口頭で聞いた情報として、ツェラーンがこの詩をもともと「ヒロシマ詩篇」として構想していたこと、とりわけ「そのタイトル」の Hier に、「音韻として隠され、縮められた地名」としての Hiroshima が存在していることを伝えている。Lyon 1987, S. 172, S. 190. さらに以下を参照。KG, S. 632; Hier. In: Von Schwelle zu Schwelle. BA 4.1, S. 41.

(125) 詩集『糸の陽』から引かれた複合名詞 Schwarzmaut は、「ときとして詩集『光縛』のタイトルとして考えられていた」。KG, S. 798.

(126) SM を参照。――さらに多くの例は、のちにしめすことにする。

(127) このタームは、ライプニッツに由来する。Neubauer 1978, S. 24 を参照。ジョン・ノイバウアーは、たしかにルルス主義とカバラとの出会いについて言及しているが、そのアナグラムの実験についてはふれていない。A.a.O., S. 21. ――ソシュールのアナグラム研究について、スタロバンスキーはつぎのように述べている。「結合術を実践するという確たる意図が介入することがなくとも、いかなる言語も、畢竟、結合であることは、おのずから明らかである。それを解読しようとする者は、カバラ学者であろうと音声学者であろうと、自由自在である。」Starobinski 1971, S. 159; Starobinski 1980, S. 130.

(128) クリストフ・ペーレルスは、そうした言語現象を広義にとらえて、「音位転換（Metathese）」という上位概念に包括しようとする。「音位転換によって、アンチェルという名前がツェラーンに変化することは、自伝的なデータである。そして、二つの名前が両者を意味する一つの『私』に統一されるように、あるテクストの意味を多様にし、しばしば矛盾の隘路に追いこむ音位転換は、言語から身を引き離そうとする最後の『相反するものの一致（coincidentia oppositorum）』を示唆する。」Perels 1988, S. 135. ――Sparr 1989, S. 170ff. も参照のこと。

(129) ツェラーンのブカレスト時代の友人であるペートレ・ソロモーンは、詩人の「言葉遊びと反語」にたいする「著しい偏愛」について語っている。それは、当初はシュルレアリスムへの関心によって導かれていたが、「後年になって［…］言語についての反省的思惟の構成要素として」持続し、「いよいよ秘教的、暗号的な性格を濃くしていくその詩作に、かなりの程度にまで」作用したという。Solomon 1980, S. 56; Solomon 1982a, S. 223. さらに Solomon 1982b, S. 29 を参照のこと。

(130) Starobinski 1964. —— ベルトラン・バディウ氏の情報によれば、パリに保管されているツェラーンの蔵書中に含まれる、この論文が掲載された雑誌には、ツェラーンによる書き込みのたぐいは見当たらないという。BP, S. 522. —— スタロバンスキーは、ツェラーンによれば、『子午線』のフランス語版の序文を書く用意がある旨、言明していたが、それは実現しなかった。CCL 1, S. 163; CCL 2, S. 153.

(131) CCL 1, S. 309f.; CCL 2, S. 149, S. 239, S. 175ff. —— ツェラーンは、一九六三年から六七年にかけて、幾度かスタロバンスキーと手紙を交換し、会話をかわしている。しかし、スタロバンスキー教授が二〇〇九年一月二十二日付で筆者に宛てて送られた書簡によれば、その際にソシュールのアナグラム研究について話すことはなかったとのことである。

(132) Starobinski 1971, S. 12; Starobinski 1980, S. 23.

二　「勤勉な地下資源」

そして、私たちが存在するのだ［…］
かたえの物たちを無視して通り過ぎる、
そして、叫び声がなおも黙しやまぬのを聞きもしない、私たちが。
ジャン・ケロール／パウル・ツェラーン[133]

「そして、それでも私たちは、一人の死者も眼にしなかったわね」と、彼女が囁いた。

「そうだよ」と、私は囁きかえした。「まさに**そのように**、彼らは死んでいるのさ。」

「どういう意味なの。」

「それどころか、死者は、何らかの仕方で、まだそこに存在しているということさ。しかし、僕たちがみたものは、彼らの不在にすぎない。もちろん、まだそこに存在している物たちの形で、ということだがね。彼らのトランク、彼らのトランクの山、彼らの眼鏡、彼らの眼鏡の山、彼らの髪、彼らの髪の山、彼らの靴、彼らの靴の山、といった形で。つまり僕たちがみたものといえば、物たちは、まだ使いみちがあるかぎりにおいてお恵みを受けるものの、僕たち自身はそうではない、ということさ。そして、それをみてしまったことは、君が屍骸をみたりすることよりも、はるかに悪しきことなのだ。」

ギュンター・アンダース[134]

連作詩「ストレッタ」は、つぎのように唐突に語りはじめられる。

まぎれもない痕跡が残る
構内
へ移送されて。

草、かきちらされて。石、しらしらと、
茎の影をおとしながら。
もう読むな――見よ！
もう見るな――往け！(135)

「移送されて（verbracht）」という「官庁ドイツ語」の過去分詞は、(136)何らかの公的施設への強制収容を示唆している。しかし、ソンディは、「構内／へ移送され」たのが、かつての収容者とおぼしき人々にとどまらず、読者自身でもあることを明らかにする。[137]「あの構内／へ（in *das* / Gelände）」と書くかわりに、ドイツ語では普通の前置詞と定冠詞の融合形をもちいて、ただ「構内／へ（ins / Gelände）」と表記することによって、定冠詞の指示性は、一見、弱くなるかわりに、あらためて強く指示するまでもない、その名詞の既知としての性格は、すくなくとも日常語のレベルでは、かえって強められることになる。もっとも、前置詞および過去分詞 *ins* と名詞 Gelände を分断する、異常な句跨りによって、テクストと読者とのあいだに前提されている、この既知性をめぐる暗黙の合意は、一瞬、息を呑む沈黙によって、宙吊りにされはするものの。そのように、読者にもとより先刻承知であるかのように、もはや強調するまでもない事態ででもあるかのように、あえてめだたぬ定冠詞の切れ端が添えられているにもかかわらず、それでも読者がそこで場所の見当識を獲得するすべもなく、ただ途方にくれて立ち竦むしかない、この「構内」にあっては、ソンディの言葉をかりるなら、すなわち「その風景がテクストなのである」[138]。差異化し、分節する言語記号の区切機能を自然のなかにおよぼすことによって、拉致の暴力が「掻きちらし」た、ないしは「書きちらし」た[139]、「まぎれもない痕跡」は、畢竟、ひとつの書字である。これを「読む」試みは、しかしながら、「読む」ことが「見る」ことを経て「往く」ことへと漸層することによって、結局は阻まれる。しかし、この最後の命令法は、二様に理解することができる。読者は当惑するだろう、テクストの当の場所からただ立ち去れというのだろうか、それとも、いまひとつの場所、もともとテクストのなかには存在しない現場へと、「往け」というのだろうか、と。

ともあれ、この「まぎれもない痕跡が残る／構内」に、暫時、滞留することにしよう。われわれなりの仕方で、さらに「読む」ためにこそ。

*

(133) Cayrol: Nuit et Brouillard. / Nacht und Nebel. GW 4, S. 97, S. 99.

(134) Anders 1967, S. 269f. イタリック体（本書ではゴシック体）はアンダースによる。

(135) Engführung. In: Sprachgitter. BA. 5.1, S. 61.

(136) Willms 2007, S. 18.

(137) Szondi 1972, S. 48. ── ローレンツは、特定の文法的な時制をもたない、この過去分詞が、収容者の「過去」と読者の「現在」を「一つの時間の次元に結びあわせる」ことを指摘している。Lorenz 1989, S. 204.

(138) Szondi 1972, S. 50. ── ウルリヒ・ベールは、そこに含まれるソンディの「矛盾」を指摘しているが、その論旨は傾聴にあたいする。「この『構内』そのものがひとつの『テクスト＝風景』として読まれなければならない」、そして、「たとえそれ以上は詳細に形容しようがないにせよ、特定されてはいるある場所への指示として理解されてはならない」、と提案しながら、ベールにいわせれば、ソンディは、『このテクストは……死と悲しみの場所である』と定義することによって、殲滅収容所を指示対象と規定してしまっている」。この矛盾は、ソンディが、「ツェラーンの詩にあらわれる『構内』と、そこに存在してもいない『風景』とのあいだの、その『根柢的な相違』を」見逃していることに存する。ソンディは、「この詩に『回想によって意識化された経験』を」言語化させようとするが、しかし、こうした経験そのものがもはや無効なのである。何となれば、「この『構内』」は「無名の死に属しているからである」という。Baer 2002, S. 230ff. ── なるほどソンディがもちいた「風景」の語には疑問が残るものの、しかし、この一見しての「矛盾」は、そもそもツェラーンのテクストに内在している矛盾でもあるだろう。

(139) ドイツ語で「ひきさらう、ひっかく」を意味する動詞 reißen は、英語の write と、元来、同一である。

一九六六年十月七日から九日にかけて書かれ、詩集『糸の陽』におさめられた、ある標題のない詩を引いてみよう。

勤勉な
地下資源、家庭的な、
暖房された語中音消失、
謎解きできない
ヨベルの年、
ひときわ聳えたつ平屋のなかに
そっくりガラス張りの
蜘蛛たちの祭壇、
合の手が
(まだやめないのか)、
影たちの蜿蜒とつづくお喋り、

不安、氷のように直立して、
飛行準備完了、

バロック風の装いをまとった
言葉を呑みこむシャワー室、
意味論的にくまなく照らしだされて、

ある起立房の
何も書かれていない壁、

ここで、

生きよ、
横切って、時計もなく。(140)

(140) Die fleißigen. In: Fadensonnen. BA 8.1, S. 49.

ここには、アウシュヴィッツ殲滅収容所を標示する三つのインデックスが含まれている。「アウシュヴィッツ（Auschwitz）」の綴り字を置き換えた「合の手（Zwischenlaut）」[141]、ガス室を擬装する「シャワー室」、起立させたままで拘禁する営倉の場所ないし懲罰の両方を意味する「起立房」。それぞれ回文としてのアナグラム[142]、隠喩、換喩として。この暗黙裡の文彩が、すなわち作者の戦略である。しかし、いったい何にたいしての戦略なのか。おそらくは「くまなく照らしだ」す「意味論」にたいしての。それを承知のうえで、あえて作者に対峙しつつ、とりあえずは「意味論」に没頭してみよう。

一方でこうした言葉に沈潜すべく努めながらも、他方で、ナチスの強制収容所ないし殲滅収容所についてのいくつかの文献資料を参照するために、一時的にテクストから離れなければならなくなることもあるだろう。それにくわえて、想定される先行テクストとして、二つの作品を手にとることにしよう。一つは公にされており、いま一つは隠されている。すなわち、ツェラーンがみずからドイツ語に訳した、ジャン・ケロールによる『夜と霧』（一九五六年）のナレーションと[143]、ペーター・ヴァイスによるアウシュヴィッツの書『追究——十一の歌唱によるオラトリオ』（一九六五年）である。後者は、一九六五年十月二十七日に出版社からツェラーンに贈呈されて、たしかにその蔵書に含まれてはいるものの、とくに彼が読んだ形跡は残されていない[144]。この差異は、しかし、われわれに何ごとかを暗示することだろう。

＊

建物ないし住居にかかわる語彙。「家庭的な」、「暖房された」、「平屋」、「祭壇」、「シャワー室」、「起立房」、「壁」。ひとつの建築群（*Komplex*）に対応する観念群（*Komplex*）。それは、同時に強制収容所（*Konzentrations*-

lager）としての文脈（*Kontext*）にとらわれている。殲滅収容所（*Vernicht*ungslager）がかこいこんでいる無（*Nichts*）へ、空白の中心（*Zentrum*）へと集中（kon*zentr*ieren）させられながらも、この建築群にむけられる眼差しは、たえず辺縁へとずれていく。部分からそれに隣接する部分へ、部分からそれが属する全体へ、全体からそれが包含する部分へ、あるいは、その場所からそこでおこる出来事へ、また出来事からその場所へ、現実連関に沿って視点を移していく換喩の系列。『夜と霧』においてそうだったように、この詩のなかで作用している換喩的な眼差しは、カメラ・アングルを移動させ[145]、映像を編集していく眼差しでもある。そして、それは、当然のことながら語りを、テクストを、ともなっている。

（141）一九八五年十二月に、筆者が東京大学文学部で集中講義を担当した際に、このアナグラムに注意を喚起してくれたのは、そこに出席していた松原良輔君（現埼玉大学教授）だった。同君、およびツェラーンの詩についてさまざまに考える契機を与えてくれた当時の学生諸君に、あらためて感謝の意を表する。

（142）Die rückwärtsgesprochenen. In: Lichtzwang. BA 9.1, S. 90. —— ローレンツによれば、詩集の標題にもちいることも考慮した「さかさまに語られた／名前」という詩行によって、詩人は「アナグラムの技法をあからさまに知らしめた」。Lorenz 1989, S. 207.

（143）Cayrol: Nuit et Brouillard. / Nacht und Nebel. GW 4, S. 76ff.

（144）Weiss 1965b. —— ツェラーンの遺品には、ヴァイスのこの著書について報じている『ツァイト』紙と『ヴェルト』紙の切抜きが含まれていて、ツェラーン自身、この作品について表向きには何も語っていないものの、彼の関心のありかを物語ってはいる。BK, 2/327, 3/421.

（145）ケロールのナレーションには、こう語られている。「血は凝結している、口は黙している、いまこれらの収容棟をみてまわるのは、ただ一台のカメラのみである。」Cayrol: Nuit et Brouillard. / Nacht und Nebel. GW 4, S. 76f.

つぎに、言葉ないし広義におけるテクストにかかわる語彙。一方で、「合の手」、「蜿蜒とつづくお喋り」の語りに、他方で、「語中音消失」、「言葉を呑みこむ」、あるいは「何も書かれていない」沈黙。そのほかにも、「謎解きできない」、「バロック」。それらはすべて、「意味論」について語る「意味論」の、あるメタ言語の、様相を呈してくる。だが、そこで暗示されているのは、いったいどのような超越か。

*

「勤勉な／地下資源」は、物象化された収容者の労働を表現する隠喩と見做す解釈も存在する。(146) しかし、ここでは、字句どおりに、より即物的に読みとることにしよう。現にここで語られているのは、「物」なのだから。アウシュヴィッツ゠ビルケナウ殲滅収容所では、一九四三年六月二十八日の時点で五基あった死体焼却炉のうちで、アウシュヴィッツ地区にあった旧式の第一号炉は三四〇体、隣接するビルケナウ地区に新しく設置された大型の第二号炉と第三号炉は、それぞれ一四四〇体、やや小型の第三号炉と第四号炉は、それぞれ七六八体、しめて一日に最大限で四七五六体の処理能力を誇っていた。(147) 死体を焼却する燃料としては、「地下資源」が、コークスが、使用された。「勤勉な」という元来は人間にこそあてはまる形容詞が、物にむけられるとともに、人間は、逆に焼却すべき物に貶められることになる。「家庭的な」と訳したのは、原語は häuslich だが、「倹約しながら、やりくり上手に」と訳すこともできよう。石炭は、いわばしっかり者の主婦に擬人化されているわけである。さらに der häusliche Herd（「家の竈」ひいては「わが家」）というドイツ語に慣用的な提喩が、そのまま隠喩に転じることによって、このなにげない形容詞は、より大規模な竈を、すなわち死体焼却炉を、暗示する。

「ヨベルの年」にまつわる旧約聖書レビ記第二十五章の記述も、この「勤勉な」労働にかかわっている。いわく、

エホバ、シナイ山にてモーセに告《つげ》て言《いひ》たまはく　イスラエルの子孫《ひとびと》につげて之《これ》に言《い》ふべし我《わ》が汝《なんぢ》らに與《あた》ふる地《ち》に汝《なんぢ》ら至《いた》らん時《とき》はその地《ち》にもエホバにむかひて安息《あんそく》を守《まも》らしむべし　六年《ねん》のあひだ汝《なんぢ》その田野《はたけ》に種播《たねま》きまた六年《ねん》のあひだ汝《なんぢ》その菓園《くだものばたけ》の物《もの》を剪伐《かりこみ》てその果《み》を斂《あつ》むべし　然《され》ど第《だい》七年《ねん》には地《ち》に安息《あんそく》をなさしむべし是《これ》エホバにむかひてする安息《あんそく》なり汝《なんぢ》その田野《はたけ》に種播《たねま》くべからずまたその菓園《くだものばたけ》の物《もの》を剪伐《かりこむ》べからず［…］汝安息《なんぢあんそく》の年《とし》を七次《なゝつ》かぞふべし是《これ》すなはち七年《ねん》を七回《なゝたび》かぞふるなり安息《あんそく》の年七次《としなゝつ》の間《あひだ》はすなわち四十九年《ねん》なり［…］かくしてその第《だい》五十年を聖《きよ》め國中《こくちう》の一切《すべて》の人民《たみ》に自由《じいう》を宣《ふれ》しめすべしこの年《とし》はなんぢらにはヨベルの年なりなんぢらおのおのその産業《さんげふ》に歸《かへ》りおのおのその家《いへ》にかへるべし[148]

と。しかし、「土地（Boden）」を、「土地の宝」である「地下資源（Bodenschätze）」を、休ませたあとでも、多くの者は、「おのその産業に歸りおのおのその家にかへる」ことはなかった。この事態を示唆するのは、聖書の本意にしたがっては「解義」されえない、その「ヨベルの年」である。

（146）Schulz 1977, S. 245ff. ―― 以下の解釈も参看した。Voswinckel 1974, S. 20f.; Menninghaus 1980, S. 232f.; Sparr 1989, S. 65f.; Lyon 1993, S. 262ff.; Günzel 1995, S. 256f.

（147）Smolen u.a. 1980, S. 124; Kogon u.a. 1983, S. 219.

（148）Das dritte Buch Mose 25, 1-12. In: Die Bibel 1897, S. 133;『舊新約聖書・引照附』一九六四年、一二六ページ。

アウシュヴィッツ殲滅収容所に死体焼却炉を納入したのは、「暖房」装置が専門のエアフルトの「トップフ父子商会」だったが、その技術が活用されたのは、焼却炉ばかりではなかった。[149] ガス室にも、換気装置のみならず、「暖房」装置が必要だった。[150] というのは、「ドイツ害虫駆除株式会社」[151] で製造された、珪藻土に含ませた二〇パーセントの致死性青酸ガス「ツィクローンB」[152] は、摂氏二十五・七度でようやく気化したからである。[153]「語中音消失（Synkope）」という言語学用語は、「語の内部で二つの子音にはさまれたアクセントのない母音の脱落」という、[154] その語義によって、選別されて消された、「間引かれた」、犠牲者を意味しようが、生理学用語としては、現代では「たいていは短時間の、突発的な失神と結びついた、しかし、軽度の脳の血

(149) ヴァイス『追究』から。

　　この焼却炉の製造者
　　トップフ父子商会は
　　戦後に得た
　　その特許状にもあるように
　　その装置を
　　経験の積みかさねによって
　　改良しました

Weiss 1965b, S. 200.

(150) Kogon u.a. 1983, S. 219f.

(151) 原語は Deutsche Gesellschaft für Schädlingsbekämpfung（略称「デゲシュ（Degesch）」）だが、これは「害虫とたたかうドイツ社会」と訳すこともできる。

(152) A.a.O., S. 223, S. 282. ——ヴァイス『追究』から。

私は　一九四一年の夏
十人ないし十五人の他の同僚と
害虫駆除のために派遣されました
そこには　数人のデゲシュ社の社員がおりました

Weiss 1965b, S. 178f.

発送者として　ドイツ害虫駆除
株式会社の社名が書かれていました

A.a.O., S. 184.

(153) A.a.O., S. 283. ——ヴァイス『追究』から。

湿った温めた空気のなかで
ガスは迅速に広がっていきました

Weiss 1965b, S. 197.

(154) Duden 1999. Bd. 8, S. 3832.

流障害」を意味するにすぎない。[155] しかし、グリムの辞書によれば、元来は中世ラテン語で「喘息、呼吸困難」をさし、またギリシア語、ラテン語の語義にしたがって「身体機能の停止、（致死的な）失神」をも意味していた。[156]「ジンコーペ（Synkope）」が、ちょうど「ツィクローン・ベー（Zyklon B）」と韻をふむように。

*

「そっくりガラス張りの／蜘蛛たちの祭壇」とは、ガラス・ケースに、犠牲者の遺品類がおさめられているのだろうか。からみあった遺髪が、さながら蜘蛛の糸を連想させることもあるかもしれない。「祭壇（Altar）」とは、キリスト教以前に遡って、ラテン語の原義にたちかえれば、いけにえの獣をささげるべき竈の上部にしつらえられた供物台を意味していた。[157] またしても、焼却炉のヴィジョンがあらわれる。死体を焼却するに先だって切りとられた毛髪は、その由来について、おぞましい供犠の炎について、語りはじめる。「蜘蛛たち（Spinnen）」は、「糸を紡ぐ（spinnen）」と動詞形になっても、発音はすこしもかわらない。それはまた、「ながながと物語る」、あるいは俗語で「変なことを考える（いう）」、頭がおかしい」をも意味している。[158] 幻聴めいた「合の手」として、「語中音消失」さながら沈黙した母音として、[159] はいりこんでくる死者たちの、「影たち」の、「蜿蜒とつづくお喋り（Schattenpalaver）」。Pal*aver* という外来語は、Schatten（「影」）の語源をなしているゴート語の skadus が[160] 子音 k-d を供給することによって、おなじ音の連鎖 a-aver を共有するいまひとつの外来語 K*adaver* を喚起する。[161] 範列として潜在しているこの Kadaver という借用語は、「（獣の）屍骸」、あるいは「やつれ（疲れ）はてた体」を意味し、たとえば Kadaververwertung（「腐肉の利用」）や Kadavergehorsam（「（軍隊などでの）絶対服従」）といった複合名詞を形づくりもするが、そもそもラテン語の原義では「亡骸、なかんずく軽蔑された人物の死体」をさしていた。このように子音の連鎖k-dによって置換されることによって、いれかわりに脱落する、いまひとつの子音の連鎖p-lは、「屍骸（Kadaver）」の「お喋り（*Parl*ieren, *Pl*audern）」としての「影たちのお喋り（Schatten*palaver*）」を回復することになる。

「不安（Angst）」は、「狭い（eng）」と語源をおなじくしている。Ängsteと複数形になるときには、それは、最高級die engsteとおなじ発音になる。この形容詞の女性形語尾は、やがてきたるべき女性名詞Stehzelle（「起立房」）のための場所を準備する。きわめて狭隘であるがゆえに、息のつまるような不安を喚起する場所と

（155）Duden 1979, S. 673.

（156）Grimm 1942, S. 1423f. ――ヴァイス『追究』から。

ガスの作用はどのようなものだったか
それは眩暈と強い吐き気を催して
呼吸機能を麻痺させました

Weiss 1965b, S. 197.

（157）Menge-Güthling 1965, S. 40.

（158）Wahrig 1968, S. 3357.

（159）「合の手」と訳したZwischenlautは、かつては「半母音」を意味する用語だった。Grimm 1954, S. 1363.

（160）Der große Duden 1963, S. 596.

（161）Menge-Güthling 1965, S. 96.

しての[162]。もっとも、狭隘だったのは、収容者たちの日常の生の場所ばかりではなかった。ガス室にあまりにも多くの人間がつめこまれた結果、立錐の余地もなく、いやみずから立錐と化したかのように、立ったまま死んでいることもあった。「氷のように直立して（eisgerecht）」、硬直して。もっとも「暖房された」うえに、ほどなく焼却炉に投げこまれるからには、「氷のように」冷たくなっている暇はなかっただろうが。グリムのドイツ語辞典によれば、バイエルン方言で gerecht は「（紐のように、蠟燭のように、矢のように）直立して」の意としてもちいられるが、「身体」の形状に適用されることもあるという[163]。この -gerecht を共通語の用法にしたがって、たとえば form*gerecht*（「形式に沿って」）、jagd*gerecht*（「狩猟の作法にかなった」）のように読むならば、そこにある従順、適応を、死への従容とした姿勢を、みてとることもできよう。

「飛行準備完了（flugklar）」という航空用語にしても、死者の姿勢を形容するとともに、ある「明晰な（klar）」何かを暗示しているようにみえる。「準備完了」することによってこそ「明晰に」なるものを、すなわち死そのものを、だろうか。いずれにせよ、この「明晰」は、「直立」ないし「起立」と不可分である。「起立房」は、九十センチメートル四方の小さな地下室で、そのなかに、一度に四人の収容者が夜通し拘禁されていたという。暗闇で、すわることも横たわることもできないままに[164]。闇のなかでは識別することもできなかったはずの「壁」に、もちろん「何も書かれてはいない（unbeschrieben）」。この形容詞が由来する動詞 beschreiben は、そもそも二義的である。「何も書かれていない」からこそ、そこには、何も読むことができない。そして、またこの「壁」について「何も書くことができない[165]」。

*

(162) ケロールのナレーションのなかで、不定冠詞ともにもちられている une peur ininterrompue（「たえざる不安」）を、ツェラーンは一転して、die ununterbrochene Angst と、定冠詞を付加した形に訳しかえている。Cayrol: Nuit et Brouillard. / Nacht und Nebel. GW 4, S. 82f. この「不安」がすでに周知のものであるかのように、定冠詞による指示は、この詩においても同様である。

(163) Grimm 1897, S. 3594.

(164) Smolen u.a. 1980, S. 250. ――「起立房」という名称は、逆説的でもある。というのは、この独房のなかでは、事実上、「起立」することはできなかったのだから。ケロールは、こう書いている。「この独房は、立ったままでいることも、横たわったままでいることも、できぬように計算されていた。」Cayrol: Nuit et Brouillard. / Nacht und Nebel. GW 4, S. 92f. ――ヴァイスは、一人の「証人」につぎのように証言させている。

広さは九十センチメートル四方で
高さはおよそ二メートルでした
［…］
天井の隅に　四センチメートル四方の
通気孔が一つあるばかりでした
［…］
地面から五十センチメートルの高さの窓から
這いつくばってはいりこむしかありませんでした

Weiss 1965b, S. 168.

(165) 「起立房」について、ケロールは、「この独房のなかでおこった出来事は、叙述するにもおよばない（Inutile de décrire ce qui se passait dans ces cachots.）」と書いていた。ツェラーンは、décrire という不定詞を、Beschreibung という名詞に訳している。Cayrol: Nuit et Brouillard. / Nacht und Nebel. GW 4, S. 92f.

匿名の「私」がみずからにむかって「横切って」「生き」ることを命じるのは、「直立」したまま、「起立」したまま死ぬこととの対比においてである。そこで何を「横切る」というのだろうか。ほかでもない、建築群ないし観念群（*Komplex*）としての、文脈（*Kontext*）としての、集中（*Konzentration*）としての強制収容所（*Konzentrationslager*）を、である。「横切って（*querdurch*）」生きることは、この強いられた文脈の「横断面（*Querdurchschnitt*）」を空間的に露呈させることでもあるだろう。カメラ・アイのように詩行から詩行へとごいていく語り手の眼差しは、すでにこの要請を実践していた。「時計もなく」、いわば共時的に。「時計」を所有して、収容所を、収容所のルーチンを管理し、ガスが効力を発揮する時間を、焼却炉の運転時間を測っていた親衛隊員とは、[166] およそ位相を異にして。しかしまた、おなじように「時計」をもつことなく、そうであればこそ、収容所の日常の「時刻」に呪縛されていた収容者たちとも、[167] また相違して。かつて、「死のフーガ」のなかで、そのような時間が再現されていた。

夜明けの黒いミルク私たちはそれを晩に飲む
私たちはそれを昼に飲む朝に飲む私たちはそれを夜に飲む
私たちは飲むさらに飲む[168]

収容所の内部で、日常の時間は、ただ永劫に回帰するかにみえる。句読点もなく呪文のように反復される文のなかに、この呪縛がそのまま作用している。しかし、そこにも他者の眼差しが、たとえば死体を焼却する煙を「黒いミルク」と表現する隠喩の眼差しが、存在してはいた。「私たち」を名のりながら、独自の隠喩法によって、[169] すでにこの常ならぬ日常の時間の連鎖から、同胞たちから、離脱した詩人の眼差しが。

(166) ヴァイスの『追究』のなかで、「証人第七号」は、「どれほどのあいだ、室内にガスが残留していたのか」という判事の質問にたいして、こう答えている。

二十分間です
それから　換気装置が作動して
ガスが外へ排出されました
三十分後に扉がひらかれました

Weiss 1965b, S. 197.

(167) ドイツ語の Uhr（「時計」）は、英語の hour（「一時間、時刻」）と語源がおなじである。

(168) Schwarze Milch der Frühe. In: Mohn und Gedächtnis. BA 2.-3.1, S. 101.

(169) ツェラーンは、「夜明けの黒いミルク」が「二格隠喩」のたぐいではなくて、「現実」であると主張している。「二格隠喩、いいえ、そうではありません、それは、心の苦しみのもとで、たがいにむかって生まれてきた言葉なのです。」Der Meridian. TA, S. 158. ――「黒いミルク」と「夜明け」は、たしかに相互を代表する形象ではない。しかし、「黒いミルク」がすくなくとも何らかの隠喩であることは、やはり否定できないだろう。ここには、「ゴル事件」に関連して、ハンス・エーゴン・ホルトゥーゼンとクレメンス・ヘーゼルハウスの批判にたいする、ツェラーンの過剰反応を読みとることができるかもしれない。――ホルトゥーゼンは、詩集『罌粟と記憶』のなかにみられるという「純然たる言葉遊び」を示唆する。「すべてが隠喩になりおおせるところでは、詩の『意味』をいわば隠喩の『背後に』さがしもとめることは、許されていないようにみえる。[…] ツェラーンにあっては、サンボリスムの原理が、シュルレアリスム風に展開され、変換されているのである。そこで支配的なのは、連想への無条件の自由とすべてをすべてに結合する隠喩法である。」Holthusen 1954a, S. 387ff.; Holthusen 1954b, S. 158ff. ホルトゥーゼンは、他の箇所でもツェラーンを揶揄している。「今日、シュルレアリスム的な放恣の時代にあって、隠喩の『果敢さ』によって、とりわけ不快な二格隠喩によって、すべては証明されうるも同然

夜明けの黒いミルク私たちはおまえを夜に飲む
私たちはおまえを昼に飲む朝に飲む私たちはそれを晩に飲む
私たちは飲むさらに飲む[170]

「夜明けの黒いミルク」は、いまや三人称から二人称へと変化する。「それ」から「おまえ」へ、「物」から「人」へ。この隠喩の意味を知っている者の眼差しのもとで。

＊

他方で、この標題のない詩のなかでは、もはや「私たち」と名のることがない「私」の眼差しは、現実連関を、空間的な布置を、はじめから換喩の連鎖によってたどっていく。それは、「見物」する者の眼、「物」を「見」る眼、「物」と化した「人」を「見」る眼である。たとえそこかしこに隠喩の痕跡がみられるにしても、それは、もはや詩人の隠喩的な眼差しではない。それは、換喩の眼差しであるからこそ、逆に虚偽としての隠喩を、シャワー室に喩えられるガス室を、宙吊りにする。隠喩によって語の指示対象を曖昧にし、「バロック風」の寓意まがいの隠語によって擬装する「意味論」は、同時に命名し、指示対象を同定し、番号を付し、同一化し、差異をたて、選別し、分類し、差別する体の、抑圧としての「意味論」でもあるだろう。ビルケナウ地区に、当初、設置されたガス室では、入口の扉に「浴室」、出口の扉に「消毒」の標示があった。[171]なるほど「浴室」にはちがいなかった。もっとも十分に「暖房され」たうえで「浴」びるのは、結局、湯ではなくて、ガスだったのだが。「消毒」も、まったくの嘘とはいえなかった。ツィクローンBは、上述のように害虫駆除用の薬剤であって、ナチスは、害虫にもひとしい存在と見做したユダヤ人の、その「毒」を「消」そうとしただけなのだから。あまつさえ、アウシュヴィッツ地区の第一号炉に付設されているガス室には、これらの指示は、ドイツ語、フランス語、ギリシア語、ハンガリー語の四ヵ国語で書かれて

である。」Holthusen 1955, S. 49; Holthusen 1961, S. 52. —— ヘーゼルハウスは、ツェラーンの作品から、「格子の技法」を、たとえば「二格隠喩」と撞着語法を、とりだしてみせる。彼は、そうすることによって、ツェラーンをふたたびフランス・シュルレアリスムへ、イヴァン・ゴルの「象徴の交叉」の系列へと、位置づけようとする。Heselhaus 1961, S. 421, S. 430, S. 433. ——「『絶対的』隠喩」に関するゲーアハルト・ノイマンの論文にたいして、のちにツェラーンがしめした峻拒の姿勢は、たとえそこでツェラーンの詩作品がシュルレアリスムにではなく、ドイツ・バロック抒情詩とマラルメの純粋詩に対置されているとはいえ、こうした観点から理解されうるだろう。Neumann 1970; Baumann 1986, S. 83ff.

(170) Schwarze Milch der Frühe. In: Mohn und Gedächtnis. BA 2.-3.1, S. 102.

(171) ヴァイス『追究』から。

狭い階段の上方に
案内板がとりつけられていました
そこには数カ国語で書かれていました
「浴室ならびに消毒室」と

Weiss 1965b, S. 193.

いた。[172] まちがいなく「意味論的に照らしだされて」。「意味論的（semantisch）」に、すなわち「反ユダヤ主義的（antisemitisch）」に。

ビューヒナー賞受賞講演『子午線』のなかで、ツェラーンはこう語っていた。

> そして、そのとき形象とは何でしょうか。
> ただ一度、くりかえしただ一度、ただいま、ただここにおいて知覚されたもの。そして、したがって、詩とは、あらゆる譬喩や隠喩が不条理なるものへと導かれようとする、そうした場所であることでしょう。[173]

*

ツェラーンは、ギュンター・ブレッカーが『言葉の格子』を書評したなかで、とりわけ「死のフーガ」と「ストレッタ」にむけた批判に、激しく反応していた。[174] ブレッカーの書評が一九五九年十月十一日付で掲載された、その『ターゲスシュピーゲル』紙の編集部に宛てた書簡のなかで、ツェラーンは、その措辞をあからさまに引用しながら、こう反論している。

> アウシュヴィッツ、トレブリンカ、テレージエンシュタット、マウトハウゼン、殺人、ガス室による殺害。詩がそうしたことに思いをいたしている、そうした場所で、実行されているのは、楽譜上での対位法的な修練だというのでしょうか。[175]

ツェラーンは、従来、「アウシュヴィッツ」を叙述するのに、「フーガ」の対位法や「ストレッタ」の遁走曲を下敷きにもちいていたのに比して、のちになるとそうした楽曲形式にたいして、むしろ拒否的な姿勢をしめすようになる。それは、一九六六年十二月二十六日に、したがってこの詩の成立からさほど遅れてもいない時期におこなった発言によって、それと認めることができる。

実際また、私は、さんざもちあげられ、次第に教科書向きに使いまわされるようになった「死のフーガ」の時代のように、詩を奏でることはもはやしておりません。いまは、抒情詩と音楽を厳密に区別しています。(176)

それにくわえて、一九六七年中旬に書かれたと推定されるノートが存在するが、そこでは、またしても何らかの「歌」に関連して、「厚顔にも、アウシュヴィッツを小夜啼鳥もしくは歌つぐみのパースペクティヴ

(172) Adler u.a.1984, S. 65.
(173) Der Meridian. BA 15.1, S. 46f.
(174) Blöcker 1959; CSa, S. 24ff, S. 118f; Wiedemann 2000, S. 834; CL, S. 126, S. 228; CH, S. 86ff, S. 93, S. 265ff.; CSz, S. 79ff., S. 141; BC, S. 127f., S. 166f.
(175) MS, S. 110f.; CH, S. 87.
(176) Huppert 1988, S. 320.

から、仮説的、思弁的に考察し、詩作しようとする」、アドルノの「自惚れ」が揶揄されているが、[177] それは、「人間たちの彼岸」での「歌」への要請を、ツェラーン自身、撤回しようとするかにみえる。音楽を思わせるあらゆる痕跡が消し去られている詩「勤勉な地下資源」は、ツェラーンがみずからの詩作にたいする反ユダヤ主義の側からの攻撃と見做した、ブレッカーの批判にたいする反応ととらえることもできよう。それゆえに、彼がヴァイスの『追究──十一の歌唱によるオラトリオ』について沈黙していたことも、容易に理解される。首尾一貫したこうしたラディカリズムの志向する先は、「真実」ないし「現実」にほかならなかった。

上述のように、ヴァーゲンバッハがヴァイスの文章にかかわりながら、「アウシュヴィッツ」に言及したとき、ツェラーンは、それにたいしてつぎのように返信していた。

あなたがこれまであれほど多く語られたこと、伝えられたこと、共有されたことを、いまになって遺憾に思います。あなたが、カフカについてのご著書の最後にお書きになったことを、それでもやはり一貫して考えつづけておられるものと、信じていたことを遺憾に思います。[178]

もっとも、ここで「カフカについてのご著書」といわれているのは、二様に想定されうる。いずれもヴァーゲンバッハから贈られて、ツェラーンの蔵書のなかに残されている二冊の著書は、それぞれつぎのように結ばれている。

その言葉を論究することによって［…］まさにカフカの本質が、とりわけカフカにおける真実のファナティズムが、このうえなく明らかに証されることになる。反ユダヤ主義が猖獗をきわめる数世紀にあって、ひとりのユダヤ人がもっとも明晰なドイツ語の散文を書くことができたという事実は、歴史の数すくない正義のひとつでありつづけるだろう。[179]

厳格な真実のファナティズムという、ただ一つの道具をもちいて、カフカは、この、そして「彼の」、状況に由来する成果を記録しようとこころみた。その成果とは、彼がその生涯の終りにいたって、おなじ厳格さでもって、不完全と認めたところのものにほかならなかった。遺言のなかで、彼は、こうした断片を破棄するようにもとめたのである。[180]

いずれにあっても、ヴァーゲンバッハがカフカにおける「真実のファナティズム」を指摘しているにはかわらないにしても、[181] しかし、それぞれ語られている内実のしめす方向は、微妙にちがっている。一方で

(177) MS, S. 122. ――『遺された散文』の編纂者は、この日付のないノートが、一九六七年四月二十一日に書かれたものと推定している。「このテクストの下に、[…]『糸の陽』に関するノートがつづいている」ことが、その根拠である。MS, S. 598.
(178) CWa, 11.2.1965.
(179) Wagenbach 1958, S. 185.
(180) Wagenbach 1964, S. 135.
(181) 「真実のファナティズム」は、ゴットフリート・ベールマン・フィッシャーが、当のヴァーゲンバッハの気質を述べ

ヴァーゲンバッハは、カフカの「もっとも明晰なドイツ語の散文」を称揚しながら、他方でこの作品を、カフカの視点に立ってではあるものの、「不完全」と形容するのである。「真実のファナティズム」は、作品を成立させもすれば、烏有に帰せしめもする。おなじようなツェラーンの「真実のファナティズム」に、ヴァーゲンバッハは、ヴァイスにも通ずるような冷静な姿勢を、どうやら認めることはできなかったらしい。ヴァイスは、ツェラーンの「勤勉な地下資源」よりも二年早く成立していた散文「私の小邑」のなかで、こう書いている。

> 私は、みずからの自由意志でここへやってきた。私は、列車で連行されてはこなかった。私は、梶棒でこの構内へ追い立てられてきたわけでもなかった。私がここへ来るのは二十年遅すぎた、というだけだ。焼却炉の小窓の前の鉄柵。脇に、重い朽ちた扉があり、蝶番にななめにかかっている。内部は、じめじめとして冷たい。崩れていく石の床。すぐ右側の小部屋に、大きな鉄製の焼却炉がある。その前方にレールが敷設されていて、そこには、人間の身長ほどの大きさの、槽の形をした金属性の運搬車がおかれている。地下室の内部には、さらに二基の焼却炉があり、レール上には担架つきの貨車が載っている。炉の覗き窓は大きくひらかれたままで、内部には灰色の埃がつもっている。一台の貨車には、干からびた花束がある。
> とくに思うことは何もない。私がここに独りで立ちつくしていること、寒いこと、焼却炉も冷えていること、貨車がこわばり、錆びついていること、それ以上の印象とて、とくに何もない。[182]

これもまた、「真実のファナティズム」の一形式ではないだろうか。ひとはつぎのことを忘れてはならないだろう、ヴァイスの父親が改宗したハンガリー系ユダヤ人だったこと、ヴァイスがアウシュヴィッツのことを、「私がそこへ赴くべく定められていた」にもかかわらず、「そこから逃れた」、そうした「小邑」と形容したことを。というのも、彼は、その場所にたいして、自分の名前が、たとえ想像上のことであれ、「そこへ永久に移住させられるはずであった人々の名簿に」記載されていたという、「それ以外の関係をもたなかった」からである。(183)

しかし、「私の小邑」の結びには、こう書かれている。

ひとりの生者がやってくる。そして、この生者の眼前で、ここで生起したことどもは閉ざされている。ここではどこか別の世界の出自をもつにすぎない、その生者は、数字についての、書きとめられた報告についての、証人の発言についての、そうした知識のほかに何ももちあわせていない。それらのことは、彼の生の一部であって、彼はその重荷をもち歩いてはいるものの、せいぜい彼みずからの一身におこる出来事を把握することしかできない。彼自身がその机から突きはなされ、縛りつけられるときにのみ、

るのにもちいた形容だったようである。ツェラーンは、一九六三年十二月十四日付のフィッシャー宛書簡のなかで、「クラウス・ヴァーゲンバッハにたいする信頼」について語っている。すなわち、それは、「あなたが彼の『真実のファナティズム』と名づけるところのものから、彼が帰結を――ありとあらゆる帰結を――引きだすだろうという、そうした希望をともなう信頼」であるという。CFi, S. 21.

(182) Weiss 1965a, S. 34.

(183) A.a.O., S. 32.

踏みにじられ、鞭打たれるときにのみ、彼は、この何たるかを知る。彼らが追いたてられ、集合させられ、打ちのめされ、貨車に載せられる、そうした事態が彼のかたえでおこるときにのみ、彼は、この何たるかを知るのである。

いま、彼は、すでに没落した世界のただなかに立っているにすぎない。ここで、彼はもはや何をするすべもない。ひととき、極度の静寂が支配する。

それから彼は知るのだ、事はまだおわっていない、と。[184]

ヴァイスは、まぎれもなく自身を「生者」に数えいれている。彼は、おのが「小邑」に「鼻曲がりの、ユダヤ訛りの、片輪者の、あのアウシュヴィッツとトレブリンカの死者たち」をみいだすことはできなかったにちがいない。[185]

ヴァイスとツェラーンは、たとえどのような直接の原因があったにせよ、たがいに出会うことはなかった。[186]「真実のファナティズム」に関連して、ここではひとつの引用をつけくわえるにとどめておこう。ツェラーンは、一九六六年十月三十日、したがって詩「勤勉な地下資源」が成立した直後に、ある知人から、ヴァイスの『追究』とおなじように、フランクフルト裁判を主題とするジャン・アメリーの著書『罪と罰の彼岸』を贈られていた。そのなかに欄外の傍線や下線を引かれた箇所は数多いが、そのひとつに、つぎのように書かれている。

私が自分のルサンチマンに責任を負うとしても、私がわれわれの問題を熟考するにあたって「とらわれている」ことを、みずから許容するとしても、それでも私は知っているのだ、自分が葛藤の道徳的な真

実の、その囚われ人であることを。(187)

(184) A.a.O., S. 43.

(185) Der Meridian. TA, S. 127.

(186) ツェラーンは、ヴァイスの『亡命のトロツキー』には、否定的な評価をくだしていたが、他方、『マルキ・ド・サドの演出のもとにシャラントン精神病院患者たちによって演じられたジャン＝ポール・マラーの迫害と暗殺』は、称賛していた。Baumann 1986, S. 131. ――「私の小邑」と『追究――十一の歌唱によるオラトリオ』については、これまで知られているかぎり、ツェラーンは何も語っていない。――ヴァイスとツェラーンの作品の比較については、下記を参照のこと。Bennholdt-Thomsen 1988, S. 20ff.; Vogt 1995. ―― いわゆる「半ユダヤ人」であるヴァイスの「アウシュヴィッツ」についての二つの作品を、ツェラーンが完全に黙殺したことは、若年のヴァイスがフランス・シュルレアリスムに影響されていた事実に、その理由をもとめることができるかもしれない。「さらにイヴァン・ゴルの作品が、無視できない役割を演じていたのだろう。」Pretzer 1979, S. 261.

(187) Améry 1966, S. 112. 下線（日本語訳では傍線）はツェラーン自身による。

第二章　ベルリンもしくは布置

ツェラーンの全作品のなかで、「ベルリン」という地名は、ただ一度、「閏世紀」の語ではじまる詩のなかに、「ベルリンからのメノーラの詩」としてあらわれるのみである。(189) それは、彼にとって、「アウシュヴィッツ」と同様に、たやすくは発音できない「名前」だったのだろうか。たとえば、つぎの詩行のなかで、それは、ほとんど自明のように、黙して語られぬままである。くりかえされるB音が、かろうじてそれを思わせるように。

Ü*b*er Krakau
*b*ist du gekommen, am Anhalter
*B*ahnhof
floß deinen *B*licken ein Rauch zu,
der war schon von morgen.

クラクフ経由で
おまえはやってきた、アンハルト
駅で、
お前の眼差しに、一条の煙が流れこんできた、
すでに明日のものである煙が。(190)

故郷のチェルノヴィッツからロンドンへむかう旅の途上で、ベルリン・アンハルト駅で列車を乗り換える際に、一九三八年十一月の「水晶の夜」をつかのま体験した若きツェラーンにとって、「一条の煙」は、ひとつの標徴そのものだった。すでにはじまりつつある未来における、名状しがたい、名前なき「ベルリン」をさししめす信号として。帝都全体を包摂し、統合するはずの「名前」のかわりに、ここでは、「アンハルト／駅」という、局所化され、隔離され、分断された「名前」が名ざされるのみである。

＊

遺されているツェラーンの蔵書のなかに、『発作のための場所』と題された小冊子が含まれている。不定冠詞を付した「場所」という語によって、何が暗示されているのか、それは、ただちに読みとることができるだろう。というのも、インゲボルク・バッハマンのこの散文のなかには、「フリードリヒ通り」、「ヴァンゼー」、「ツォー」、「テーゲル」、「ティーアガルテン」、「シュプレー川」といったさまざまな地名にとどまらず、ツェラーンとは様相を異にして、「ベルリン」という都市の名前そのものが名ざされているからである。

一九六五年版の本文には、[191]つぎのようなパッセージも欠けてはいない。

その歴史的な前提条件がすでに周知のものとなっている、かのベルリンの毀傷は、いかなる神秘化をも、いかなる象徴への昇華をも許さない。それにもかかわらず、その毀傷によって、疾病にたいする、疾病がひきおこすさまざまな症候群にたいする、ある心構えを強いられることになる。[192]

「疾病」の語がたびたびもちいられているのは、もとより偶然ではない。バッハマンが当初、ベルリンに赴いたのは、フォード財団の奨学金を得てのことだったが、その滞在中に、[193]彼女は、くりかえし病院に収容されていた。[194]ベルリンにおける空襲（「いまは毎分ごとに、飛行機が部屋をつらぬいて飛んでいく」[195]）、政治

(188) この語は、もともとペーター・ソンディに由来している。「ツェラーンがベルリンで過ごした日々の、なかば偶然によって仕組まれたさまざまな出来事と、詩そのものであるところの技巧をこらした布置とのあいだの、その緊張の場に、当時、ツェラーンに同行することを許された読者の眼に、こうした事柄がたちあらわれてくる。」Szondi 1972, S. 116.

(189) Schaltjahrhunderte. In: Lichtzwang. BA 9.1, S. 102.

(190) La Contrescarpe. In: Die Niemandsrose. BA 6.1, S. 85.

(191) 見返しに記された覚え書きによれば、ツェラーンは、この本を一九六五年三月五日に、ヴァーゲンバッハから入手している。

(192) あとがきに、この箇所が再現されている。Bachmann 1965, S. 70.

(193) バッハマンは、当初、ティーアガルテンに位置する芸術アカデミーのゲストハウスに入居したが、ここには、ツェラーンものちになって宿泊することになる。

的反対派の弾圧（「プレッツェンゼーでは、絞首刑が執行されている」[196]）、焚書（「クーアフュルステンダムとヨアヒムターラー通りの角に、薪の山がつくられている」[197]）などの幻想をともないながら、「発作」ないし「偶然」として彼女を襲った[198]「狂気」について、当初、『ドイツの発作』と題されていたこの奇矯なビューヒナー賞受賞講演に先だって、ツェラーンがすでに知っていたかどうか[199]、それはつまびらかではない。残されたそのわずかな痕跡から看取されるのは、すくなくとも彼がのちになって、この小冊子を読んだという一事のみである。

ツェラーンも、「かなり長いベルリン滞在」を企てていて、この「ベルリン計画」のために、フォード財団の奨学金を受けていた。これは、バッハマンのような「奨学生に、一年間、ベルリンで生活し、仕事をすることを可能にする」ものだった。「ノルトライン・ヴェストファーレン芸術大賞」を授与されたことで、彼は、結局、この奨学金を辞退したが、かねてから家探しのために助力をもとめていたヴァーゲンバッハに、この決断について知らせたのは、一九六四年十月二日、すなわちバッハマンのビューヒナー賞受賞講演のわずか二週間前のことだった。「ところで私は、しばらくのあいだベルリンへ行くという計画をふたたび断念しなければなりません。おそらくかなりあとになって、いつかの時点で、そこへ赴くことにはなるでしょうが[201]。」彼にはすでに一九六〇年に、ベルリンへ行く機会が与えられていたものの、それも実現することはなかった。ルードルフ・ヒルシュが朗読会のためにベルリンへ招待したとき、ツェラーンは、一九六〇年三月十五日付の手紙で、五月には学生のための「アグレガシオンの選抜試験」がはじまることを口実にして、謝絶していたのである[202]。ヤンツが伝えるソンディの言葉によれば、「ベルリンへ来て、芸術アカデミーで朗読するようにと、ヘレラーがすでにかねてから誘ってもいたのだが、ツェラーンは、あらたに発病したことを理由にして、一九六七年にはとりあえずそれを受けることができなかった」という[203]。「発病」がツェラーンのベルリン行きを困難にしたばかりではなくて、逆にこの旅行計画が「病気」をいよいよ悪化させたことは、かならずしも考えられなくもない。一九六七年も十二月になって、彼のベルリン訪問がようやく実現したの

（194）バッハマンは、すでに一九五八年三月に、数日間、ベルリンに滞在していた。三月二十三日付のツェラーン宛の手紙のなかで、彼女はこう書いていた。「私はベルリンに到着して以来、役所から役所へ駆けずりまわったおかげで、すっかり消耗し、すっかり空っぽになってしまっています。というのも、私のパスポートにはスタンプが欠けているのです。それで私は、四月には『追放され』て、退去しなければなりません。［…］それにくわえて――そして、なかでもとりわけ――私を意気阻喪させるのは、ドイツでの政治的な展開なのです。」BC, S. 89.
（195）A.a.O., S. 9.
（196）A.a.O., S. 44.
（197）A.a.O., S. 63.
（198）ドイツ語の Zufall の語には、「偶然」と古義としての「発作」の、二つの意味がある。
（199）Bachmann 1965, S. 70.
（200）ツェラーンは、すでに一九六三年九月二十一日付のバッハマン宛の手紙のなかで、こう書いていた。「君がロシアに行っていたことを新聞で読んだとき、僕は、その旅のことで、君をひどくうらやんでいたものだった。とりわけ、君がレニングラードに滞在したことについてはね。しかし、その直後になって、それは八月下旬だったが、フランクフルトでクラウス・ヴァーゲンバッハから聞いたところによれば、まったくそうではない、それどころか君は具合が悪かった、ようやくまた退院したばかりだとのことだった。」BC, S. 158. ――バッハマンの受賞講演の準備は、ようやく一九六四年の四月ないし五月に開始された。
（201）CWa, 2.10.1964.
（202）CH, S. 105.
（203）Janz 2003, S. 336.

は、前日に「遺言のメモ」をしたためたうえでのことだった。[204]

＊

ベルリンへの旅を経てようやく成立した、ツェラーンの詩「おまえは横たわっている」[205]は、すでにさまざまに論議の的になったが、またあらたな視点から光をあてることもできるだろう。ここには、なるほど二つの河川の名前と、標識となる若干の具象名詞がもちいられているが、しかし、「ベルリン」という名前そのものは登場しない。[206]何しろ大都市の広いパースペクティヴが、かなりの程度まで欠落してしまっているのである。詩の最初におかれている場所の標示は、「おまえ」の場所すら、限定することができない。「おまえ」は、いったいどこに位置しているのだろうか。

おまえは横たわっている、聞き耳をたてる大きなしじまのなか、
繁みにかこまれ、雪片につつまれて。

「聞き耳をたてる［…］しじま」と意訳した語 Gelausch[e] は、詩人の造語だが、おなじようにアナロジーによって理解するにしても、その類比の対象は、たとえば Gerede（「お喋り」）よりも、相互的な意味での Gespräch（「対話」）がふさわしいだろうか。もっともここでは、対話の可能性は排除されているのだが。ここで「聞き耳をたて」ているのは、ティーアガルテンの「繁み」に「かこまれ」、「雪片」に「つつまれて」いる「おまえ」ばかりではなくて、単数ないし複数の未知の人物が、「おまえ」自身にたいして、「聞き耳を

たて」て、動静をうかがっているのである。そうでなければ、「聞き耳をたてるしじま（Gelausch[e]）」に、「大きな」という形容が付されるはずはないだろう。「繁みにかこまれ」と「雪片につつまれて」の二つの過去分詞は、かくまわれた安全よりも、むしろとりかこまれた閉域を暗示している。[207]「おまえ」が宿泊している施設ないし家屋が、あるいは、その延長上にひろがっている「大」都市が、ここでは無名のままに、暗黙のうちに、その存在を強めていく。主語が一人称ではなく、「おまえは横たわっている」と、一見、客観的に、二人称になっているのは、もしかして語りの主体のただの追跡妄想にすぎないのではないかと考えるか

(204) CCL 2, S. 477.
(205) Du liegst. In: Schneepart. BA 10.1, S. 12.
(206) 初出の際に日付とともに記されていた場所の標示、「ベルリン、一九六七年十二月二十二日—二十三日」は、詩集に収録されるとともに削除されている。Du liegst. In: Schneepart. BA 10.2, S. 59.
(207) 従来の解釈者たちは、場合によっては背馳するその読解にもかかわらず、大枠において、このGelausch[e]を、もっぱら不可逆的、志向的なものと見做すことでは一致して、「おまえ」が「聞き耳をたてて」いるという前提から出発している。Gadamer 1973, S. 127; Gadamer 1986, S. 127; Janz 1976, S. 195; Manger 1979, S. 240; Buck 1988, S. 148; Bollack 1988, S. 92; Speier 2002, S. 179. —— ただ一人の例外は、ペーター・ブランデスである。「しかし、この『聞き耳』が、ある脅威を意味していることも考えられる。［…］lauschig（「人目にたたぬ、ひっそりとした」）といった語義とならんで、Gelausche は、Belauschen（「様子をうかがう、注意深く観察する」）の意とも理解されうる。［…］『大規模盗聴（der große Lauschangriff）』という新語に如実にあらわれているように、Gelausche の語には、いわばスパイの意味がひそんでいる。［…］そのように『大規模盗聴』は、私人の人目にたたぬ生活圏への干渉なのである。『居心地のいい（heimelig）』と『ひそかな（heimlich）』は、ここでは、事実上、『無気味な（unheimlich）』に変化していく。」Brandes 2003, S. 182. ——「大規模盗聴」とは、ドイツ語圏の刑事訴追機関、情報機関がおこなう監視行為をさす。

もしれぬ、そうした読者の疑念を打ち消して、事態にみかけばかりの現実性を付与するものである。[208]（たとえばアカデミーの宿舎の）「叙述される物象的な世界のかわりに」せまってくる、注意を「集中する」ことを強いる空間のなかに、[209]「内的な市街地図が浮かびあがってくる」ことも、たしかにあるだろう。[210]もっとも、そのなかには、不安を喚起するすくなからぬ空隙が含まれていて、それらを充填するように、「おまえ」が命令文によって要請されることになるのだが。

シュプレー川へ往け、ハーフェル川へ往け、
肉屋の吊るし鉤のもとへ往け、
スウェーデン産の
林檎を刺した赤い木の飾り環のもとへ――

接続詞をあえて欠落させる、このパラタクシスの並列技法のなかで、いくつかの集合名詞は、おしなべて機能不全に陥ってしまっている。ただし、広範囲におよぶ地名「スウェーデン」を別にすれば。しかし、その前置詞句「スウェーデン産の（aus *Schweden*）」にしても、そこから「エデン（Eden）」に相当する字母を切り離された残余の aus Schw- のなかに、おそらくは詩人の識閾下に、またしてもかの地名「アウシュヴィッツ（*Auschwitz*）」が忍びいってくる。スカンディナヴィアのある国にむけられていたはずの、一定の意味論的な価をそなえた元来の指示機能は、ここで突然、失効して、新しい疎遠な指示機能におきかえられる。「スウェーデン産の」というなにげない詩行のなかに、「アウシュヴィッツ」と「エデン」が、いまや共生している恰好である。

贈り物を満載したテーブルがやってくる、
とあるエデンの角をまがっていく──

「エデン」は、もともとヘブライ語で「至福」を意味していた。この語源は、後世、さまざまな仕方で隠喩としてもちいられることになる。しかし、不定冠詞をともなって、いまはすでに普通名詞であることがあからさまになっている、この詩の「エデン」にあっては、ローザ・ルクセンブルクとカール・リープクネヒトが、近衛騎兵師団の幕僚の監視下で「殺害されるに先だつ最後の数時間を過ごした」(211)かつてのホテルの、

(208) ライマール・ツォンスは、「私」の不在を的確に指摘している。「第一連では、[…]『おまえ』に語りかけられるが、それは、抒情的自我の自己である必要はない、というにとどまらない。それは、むしろ、そして、この詩の『伝記的性格』と対比するなら、およそ論外である。もしかしてベルリンを遊歩するかもしれない、そうした『私』のかわりに、都市そのものが、亡霊さながら事物が、うごきはじめるのである。」Zons 1993, S. 153.

(209) ツェラーンは、公式には「ヴァルター・ヘレラーに主宰される、芸術アカデミーのスタジオでの朗読会のために」ベルリンを訪れたばかりか、その「ゲストハウス」に宿泊していた。Szondi 1972, S. 116f. ──ちなみにツェラーンは、芸術アカデミーの員外会員に推挙されて、一度はそれを受諾しながら、一九六二年一月にそれを撤回していたが、その理由は、会員名簿からハンス・エーゴン・ホルトゥーゼンとクルト・ホーホフが会員であることが判明したからだった。Wiedemann 2000, S. 546f.

(210) Speier 2002, S. 179.

(211) Szondi 1972, S. 118.

その固有名の固有性は、すでに無効と化している。ここで表現されているのは、ただイロニーというにとどまらず、もしかして可能であるやもしれぬ真の名前の、その不在なのである。ソンディの遺稿を編纂したジャン・ボラックによれば、彼が「作業にもちいた」ところの、「すでに大幅に修正の手がくわえられてあった草稿のコピー」は、「エデン、ベルリン」と題されているという。[212] あたかも、この二つの名前が、ほかでもない、たがいに同格として結びつけられているかのように。

男は篩になった、女は
泳がなければならなかった、雌豚は、
自分のために、だれのためでもなく、各人のために——

これらの詩行は、エリーザベト・ハノーファー＝ドゥリュックとハインリヒ・ハノーファーによって再現された裁判調書から引かれた、二つの箇所に依拠している。その一つには、こう書かれている。「私は［…］、リープクネヒト博士がもうほんとうに死んでいるのかどうか、尋ねました。それにたいして、同僚の一人はこう答えました、リープクネヒトは、まるで篩のように穴だらけになっているさ、と」。[213]「リープクネヒト」と「篩」のあいだの差異を前提にしている元来の直喩は、しかしながら、ツェラーンにあっては、「リープクネヒト（*Liebknecht*）」という名前を、行内韻によって普通名詞「篩（*Sieb*）」のなかに吸収する、そうした隠喩に変換される結果、そこに名前のない主体「男」が提示されることになる。そうして名前を奪われることによって、人間は、ただの物体に貶められる。典拠になったいまひとつの箇所でも、このことはおなじように観察されるだろう。「ルクセンブルクについて、このような言い草が使われた、『老いぼれの雌豚は、もう泳いでいるさ』と。」[214]「豚が泳ぐ」のは、たしかに不条理だろう。しかし、ツェラーンの詩では、「雌豚」の語は、同格として文末におかれていて、その代理として、「女」という普通名詞が、またしても名前なき主語としてもちいられることになる。「女は／泳がなければならなかった」というフレーズが、「女が泳ぐ」ことに何のふしぎもない日常語のなかで、隠喩として成功することができるためには、生前には「ローザ・ルクセンブルク」という名前をおびていた主体が、いったん死んで、無名になり、死体として物象化されることが、その必然的な前提である。そうしてこそ、屍骸はついにふたたび擬人化されて、ようやくのことで「泳ぐ」ことができるだろう。ちなみに、「雌豚（*Sau*）」という語は、ドイツ語では、たとえば「雌豚一匹、いなかった」といったふうに、否定的な言い回しにもちいられる。辞書によれば、「雌豚一匹……いない」は、「だれも……いない」と書き換えることができる。[215]「女は／泳がなければならなかった」、依然として「雌豚」として、[216]したがって「だれも」泳が「なかった」わけではなく、やはりひとりの「だれでもない者」として「泳がなければならなかった」、すなわち、殺害されたユダヤ人として。[217]「自分のために、だれのためでもなく、各人のために」という規定は、その死がただ「自分のため」、あるいは「各人のため（für *jeden*）」（あるいは「ユダヤ人（*Juden*）のため」、だろうか）にとどまらず、「だれのためでもなく」とも定義される

(212) A.a.O., S. 134.
(213) Hannover 1967, S. 99.
(214) A.a.O., S. 129.
(215) Duden 1999. Bd. 7, S. 3295.
(216) ヤンツは、「雌豚」の語の「反ユダヤ主義的な使用」を指摘している。Janz 1976, S. 196.
(217) ツェラーンにおいて、すでに早くからユダヤ人の死者は、「無」と同一化されている。

ことによって、あらゆる意味づけの無効性を物語るのである。人間と獣を逆転させる倒錯は、すでに第二連で表現されていた。ヒトラー暗殺をくわだてた一九四四年七月二十日の謀反人たちは、プレッツェン湖畔で処刑されたが、その際に、まるで固有名をもたない牛か豚ででもあるかのように、「肉屋」の「鉤」に吊るされた。

そして、最終連。

ラントヴェーア運河はざわめかないだろう。
　何も
　　よどむものはない。

「何も（Nichts）／よどむものは」なく、「ラントヴェーア運河」がいつものように、何ごともなかったかのように、流れている、その一方で、しかし、テクストのなかでは、「無（Nichts）」が「よど」んでいる。[218]ツェラーンは、はたして一九六八年一月九日付の手紙のなかで、フランツ・ヴルムに宛ててこう書いている。

［…］私は、ベルリンから帰って以来、このうえもなく強く、私の限界に、私の不自由に、私のどこにもない場所に、追いやられています［…］。[219]

「私の」という所有形容詞を付した、この「どこにもない場所」は、それでもやはり「どこにもない場所」としての「ユー・トピア」をさしているのだろうか。[220]それは、とりあえずは「ベルリン」という名前とかさなるにしても、しかし、この名前は、「ドイツという不安の風景[221]」を現出させる、そうした記号と化していく。

ひとつの無
だった、私たちは、無であり、無でありつづける
だろう、花咲きながら、
無の
無神の薔薇として。

Psalm. In: Die Niemandsrose. BA 6.1, S. 27. たとえば、ユダヤ人の一女性が一九五八年に上梓したある著書は、『だれでもない者、無――ユダヤ人』と題されている。Salus 1981.

（218）Gadamer 1973, S. 129.――それにたいして、以下を参照のこと。Bollack 1988, S. 90f.――シュパイアーは、つぎのように指摘しているが、これは正鵠を射ている。「むしろこの詩は、そのなかで表現される人間の生の無＝化を、みずからを、その語りをとおして、無を現前させることによって、註解している。」Speier 2002, S. 192f.

（219）CWu, S. 124.――シュパイアーの見解にしたがえば、この手紙のなかでのツェラーンの発言が、「そのアクチュアルな契機をこえて、意味を」もつにいたるのは、「作品の特殊と伝記の特殊とが、地名において結びつくからである」という。Speier 2002, S. 175f.

（220）「ユー・トピア」については本書二三八ページを参照。エメリヒは、ツェラーンのベルリン滞在を、「冥府への旅と死者たちによる裁き」と理解する。Emmerich 1999, S. 145.

（221）Buck 1988.――「彼が連邦共和国の国境をこえるやいなや――と、幾人かの友人たちが報告しているが――彼は、人が変わったようになり、緊張して、縛られているようにみえた。」Emmerich 1999, S. 105.

一　「研ギスマサレタ切先ニ」

おまえはベルリンへ旅することができるではないか。おまえは、かつてそこにいたことがあるのだし、反復が可能かどうか、それがどのような意味をもっているのか、確認してみるがいい。

セーレン・キェルケゴール(222)

死の側から規定されて。冬、水晶への近さ、無機物。［詩のなかで］語っている者がこのうえなく本来的に向かいあう領域としての。——〔すなわち〕死者の国。

パウル・ツェラーン(223)

詩集『無神の薔薇』のなかに、フランス語の表題をもつ、つぎのような詩が含まれている。

研ギスマサレタ切先ニ

鉱物が露出している、水晶、
晶洞が。
書かれなかったものが、言葉へと
硬化されて、ひとつの
空を劈開する。

(上方へ、地表へと、断層変位して、
たがいに交叉して、そのように

私たちも横たわっている。

かつてそのまえにあった扉よ、そのうえの
殺された白墨の星を
書きつけた板よ。
その星をもっている、
いま——読んでいる？——ひとつの眼。）

そこへといたるいくつかの道筋。
森の刻限、
呟きつづける轍にそって。
拾い
集められた、
ちいさな、割れている
ブナの実。黒ずんだ
裂け目、指の
思念によって問いただされる、
何に——
ついて？

反復できないものに
ついて、それに
ついて、すべてに
ついて。

呟きつづける、そこへといたるいくつかの道筋。

心となったもののように、
挨拶もなく、去りゆくことのできる何かが、
いま到来する。(224)

この詩のフランス語の標題「研ギスマサレタ切先ニ(À la pointe acérée)」は、ボードレールの散文詩集『パリの憂鬱』におさめられた「芸術家の告白」中の、「無限」の「切先」ほど、「研ぎすまされた切先はほ

(222) Kierkegaard 1961, S. 7.
(223) Der Meridian. TA, S. 99, S. 187. [ ] はツェラーン自身による加筆を、{ } はおなじくツェラーン自身による上書きなどによる修正をさしている。
(224) À la pointe acérée. In: Die Niemandsrose. BA 6.1, S. 53f.

かにない」という一文から引かれている。[225] しかし、そこには、「秋」と「空」というモティーフ以外に、ツェラーンの詩に通じるものはない。おそらく彼の関心をひいたのは、フランス語の動詞 acérer（「鋼をきせる、鋼で刃をつける、（鎌などを）鋭利にする、辛辣にする」）だったにちがいない。過去分詞形 acéré(e) には、「鋼をきせた、鋭利な、辛辣な」といった語義にくわえて、「鋭く尖った」という博物学用語が含まれている。ツェラーンの作品中の語彙に即していうなら、それは、「鉱物」、「水晶」の形状にとどまらず、「硬化され」た、すなわち「（鋼鉄などが）焼き戻された、焼きを入れられた」状態にも関連していくだろう。「鉱物」、「水晶」、「晶洞」、さらには「断層変位」といった鉱物学、地質学用語にたいして、植物に属する語として、「森の刻限」、「ブナの実」があらわれる。「鉱物」の領域と「植物」の領域がどのように関連しているのかは、第四連の最初の行「そこへといたるいくつかの道筋」から推測することができる。つまり、これらの「道筋」は、「植物」の領域を経由して、「鉱物」の領域へと通じているのである。

「鉱物」や「植物」を意味する語彙にくわえて、「言葉」にかかわる語がいくつか、もちいられている。たとえば、「書かれなかったもの」、「言葉」、「書きつけた」、「読んでいる?·」、等々。それをさらに敷衍すれば、「拾い／集められた（auf- / gelesen）」という過去分詞は、とりあえずは「ブナの実」の採集をさしているが、それが修飾している名詞の「ブナの実（Buchecker）」から、「本（Buch）」という名詞を導きだすならば、[226] 行分けによって切り離された基礎動詞の lesen は、まさに「読む」を意味することになる。事実、「本（Buch）」の語源は、「ブナ（Buche）」にほかならない。この「ブナの実」は、しかしながら、「黒ずんだ／裂け目（schwärzliches / Offen）」を呈していて、二様の意味で「ひらかれて（offen）」いる。すなわち、「見開きに」なっていると同時に、「未解決の」ままでもある。そのように、何らかの仕方で「読む」ことが要請されていると思われるにもかかわらず、現在分詞 lesendes（「読んでいる」）に疑問符が付されていることからして、そうした広義における言語記号をただ視覚によってのみ、読みとることは、その「眼」にとってすでに不可能になりつつある。したがって、この「本」は、「指の思念によって問いただ」す、すなわち、点字のように「指先でさぐりつつ読みと」るほかはない。「森」のなかをくぐり抜けて、「水晶」が露出している場所へ、この道行の意味するところを、「言葉」として、「言葉」になりうるものとして、読みとり、解釈することが、「読む」ことの原義に遡った営為が、ここで要請されているといえるだろう。「書かれなかったもの」を「言葉」へと結晶させること、「硬化させる」ことは、「鋭く研ぎすます」ことと軌を一にしている。[227] しかし、「硬化させる」には、「心を頑なにする、冷たくする」といった比喩的な用法もあるとすれば、それは、いったいどのような「言葉」でありうることだろうか。

この道行は、「呟きつづける轍」にともなわれていく。「呟く（blubbern）」という動詞は、日常語で、おそらく擬声音に由来しているのだろうが、「（液体状の物質によって）鈍い音をたててはじける泡を投げる」が原義で、そこからさらに比喩的にもちいられて、「（腹をたてて、不明瞭に）話す」を意味することになる。[228]

（225） Meinecke 1970, S. 229.

（226） デリダは、「ブナの実（Buchecker）」から「本（Buch）」の「余白（Ecke）」を読みとっている。Derrida 1986a, S. 14; Derrida 1986b, S. 13; Hamacher 1988, S. 119.

（227） ジュリアナ・P・ペレスによれば、「この詩は、『研ギスマサレタ切先』について語ろうとはしていない。『切先に』、『切先へ』、『切先によって』、あるいは『研ギスマサレタ』仕方で、言われる事柄について、すなわち、鋭利と苦痛を含意する語りの、その一定の様態について、語ろうとするのである」。Perez 2010, S. 144. —— しかし、この「水晶」は、ただ言語の様態をしめしているばかりか、またしてもその言語の指示対象へ収斂していこうとする。

（228） Duden 1999. Bd. 2, S. 625. —— 以下の記述を参照のこと。『呟きつづける、そこへといたるいくつかの道筋』は、その

元来、意味がないはずの噪音は、いまや何らかの有意の事柄を物語って、あの「書かれなかったもの」とおなじような、なるほど錯綜してはいるものの、それでもまがりなりにもひとつの指示機能を行使する。klaffen（「割れている」）という動詞の原義は、「きわめてさまざまな仕方で鳴る、音をたてる」で、たとえば「雷鳴、風のそよぎ、水のせせらぎをあらわす」が、同時にまた人間の声にももちいられて、「喋る、大きな声で話し、かつ多弁である」の意味にもなる。[229] 形容詞の schwärzliches（「黒ずんだ」）は、草稿の段階では、タイプミスで schwä[t]rzliches と綴られていて、[230] schwätzen あるいは schwatzen（いずれも「喋る」を意味する動詞）への傾きをしめしていた。あたかも何か音声的なものが抑圧されるのにたいして、そうして抗するかのように。

*

第二連と第三連は、括弧にいれられている。そのなかで語っているのは、疑いもなく第一連とは別の主体であり、あえていえば運命を共有する者たちの名においての「私たち」である。第一連の「私」の声と、第二連の「私たち」のなかにひそんでいる「私」の声は、とりあえずは明確に区分する括弧によって、たがいに分離されているようにみえる。[231] 第二の「私」は、「断層変位した、排斥された（verworfen）」者たちが囚われている、その空間を措いて、ほかの場所では語ることを許されていない。あたかも彼らが、テクスト処理の過程で非合法化され、差別されているかのように。言語記号によって引かれた境界は、同時に生者と死者との境界である。不変化詞 auch（「も」）は、「私たち」も「水晶」も、おなじように「露出し」、「地表」に「横たわっている」という、共通した事態を示唆している。[232] しかし、ここで「私たち」は、いずれも受難をともにする者として、声をそろえて叫んでいるのではなくて、名詞「扉」の単数形が個別の出来事を暗示しているように、孤独な「私」がただあてどなく語っているにすぎない。

「扉」にたいする呼びかけに、かつておなじように「扉」にむけられた、いまひとつの呼びかけが結びつくかもしれない。それは、おなじ「扉」について語っている、いわゆる平行箇所なのだろうか。いずれにせよ、「扉」は、内と外とを、庇護されてあるさまと「露出し」、「地表」に「横たわっている」さまとを、相互に分割することにかわりはないが。

樫の扉よ、だれがおまえを蝶番からはずしたのか。
私のやさしい母は、もう帰れない。[233]

泡がはじけるときに隠されたものを明らかにする、ある語りの『轍』に――掛詞さながら――したがっていく。」Hamacher 1988, S. 118.

(229) Grimm 1873, S. 894.

(230) À la pointe acérée. In: Die Niemandsrose. BA 6.2, S. 192.

(231) ビューヒナー賞受賞講演のなかで、ツェラーンは、「ひとつの声がそれを感知してくれるはずの『おまえ』へといたる、いくつかの道筋」に言及している。Der Meridian. BA 15.1, S. 49.

(232) ウクライナへ強制連行されたユダヤ人たちは、ツェラーンの両親を含めて、ハルフェンの言にしたがえば、三日三晩、「露天の石切場のなかで夜を明か」さなければならなかった。Chalfen 1979, S. 124.

(233) Espenbaum. In: Der Sand aus den Urnen. BA 2-3.1, S. 40; Mohn und Gedächtnis. BA 2-3.1, S. 79.

この一見しての一致は、括弧のなかで語っているのが、「私」の「やさしい母」であることを想定させる。ところで、死者とおぼしきこの人物が発する括弧内の声は、当初、草稿ではつぎのように過去時制になっていた。

（私たちも
裸で、上方へ断層変位して、
横たわっていた[234]

それがいまや現在時制に変化して、死者がなおも生きているかのように、その声が呼びだされてくる。草稿段階での過去時制が、最終稿で現在時制に書き換えられることは、ツェラーンの詩作品ではまれではない[235]。文法的な時制のこの可逆性は、しかし、その当の人物が不可逆的に死者であることを、逆説的に証明している。現実化された死者の声は、交霊会での出来事でもあるかのように、テクスチュアのなかに侵入してくる[236]。過ぎ去った時間のみかけばかりの可逆性について、若きツェラーンは、ディト・クロース＝バーレントトレヒトに宛てた手紙のなかで、みずから説明していた。「失ったと思った」時間は、「ふたたび存在しているのです。単独に、ではありません、そこに属する人々とともに、再来したのです。［…］いいえ、それは、ふたたびそこに存在しているというわけではありません、私の思考が未完了過去へと移行したときに、それはすでにそこに在ったのです［…］[237]。」時間にたいするツェラーンのこの特異な関係は、ゲーアハルト・バウマンによっても裏書きされている。「ツェラーンが過去を現在化する、その場にあっては、人物や出来事は、たいていは直接の邂逅の瞬間に可能であるよりも、はるかにひとを震撼させるような、より激しい仕方で甦ってくるのだった。［…］むしろ彼は、あらゆる過ぎ去りしものをひとの虚をつくような現在性へと更新した、といっていいだろう。彼にとっての現在は、恒常的な回想を形づくっていた［…］。(238)」ハンス・マイアーは、それどころか、ツェラーンが「非人間的なものの印象」すら、与えたことを指摘している、「［…］そこには、あからさまな、すべてを包含する現在が支配していた」と。彼のいうところによれば、ツェラーンは、「回想を」、すなわち「回想」に必然的に前提される「間歇的な忘却」を、欠いていた。(239)

ポグロムの際に、ユダヤ人の住居や商店を標示して、ユダヤ人自身の換喩としてもちいられた「星」(240)、戸口の「扉」のうえに「白墨」で記されたダビデの「星」の印は、その住人が死すべく定められることによっ

---

(234) À la pointe acérée. In: Die Niemandsrose. BA 6.2, S. 190.

(235) 注397を参照。

(236) 注271、274を参照。

(237) CKB, S. 70. ── この「時間感覚」を、パウル・サルスは、逆の観点から解き明かしてみせる。それは、サルスによれば、「永遠に過ぎ去ったもの、失われたものの様態でなければ、『いまここ』をどこか他の場所で生きるほかはない、その場に十全には実在していない、そうした逆説的な経験である」という。Sars 1993, S. 26. ──「未完了過去」は、ラテン語、およびそこから派生したロマンス語系諸語に存在する時制で、「完了」と区別して、「継続、反復」を表現する。

(238) Baumann 1986, S. 12f.

(239) Mayer 1971, S. 180.

(240) Günzel 1995, S. 180. ──ブリギッタ・アイゼンライヒは、この詩行を、彼女を訪れてくるツェラーンと連絡をとるために、戸口にそなえつけた「白墨つきの小さな石板」と結びつける。もっとも彼女は、それがこの詩では「ダビデの星」を意味することを認めているのだが。Eisenreich 2010, S. 56, S. 153.

て、ここでもいわばすでに「殺され」てしまっている。ところで、死者の言葉にしたがえば、かつてこの「白墨の星」をみつめていたのであろう「眼」、そして、「いま」はみずから「眼（Auge）の星（Stern）」として、すなわち「瞳孔（Augenstern）」として、すなわち自身の提喩となって、畢竟、ユダヤ人の存在証明として、この「白墨の星」をわがものにした「眼」とは、そもそもだれの「眼」なのだろうか。まちがいなく、語っている生者としての「私」の「眼」である。しかし、死者は、この「私」の「眼」がよく「読む」ことができるかどうか、懸念しているようにみえる。それにしても、「私」は、いったい何を「読む」ことを要請されているのだろうか。あるいは、要請されているのは、もしかして読者自身でもあるのだろうか。

*

植物学の語彙であるBuchecker（「ブナの実」）は、換喩的かつ隠喩的に、Bukowina（「ブコヴィーナ」）という地名を喚起することができる[241]。この土地の名前は、一方で「ブナの国」を意味しながら、他方で「人々と書物（Bücher）が生きていた地方[242]」をさししめしている。*Waldstunde*（「森の刻限」）と*Buchecker*（「ブナの実」）の結合から、Buchenwald（「ブーヘンヴァルト」）という地名を導きだすこともできよう[243]。たとえば、「そこで発見された、殺害された人たちの『たがいに交叉して』横たわっている屍骸の、戦後になって公表された写真[244]」をかえりみるならば。それにくわえて、この詩の劈頭は、「水晶の夜」を暗示していると解釈されてもいる[245]。そのときには、*blubbern*（「呟く」）は、そこでの出来事がツェラーンに強く印象づけた土地の、あのBerlin（「ベルリン」）という名前のアナグラムともみえるかもしれない。こうした読解によって、すべてBの頭韻を共有している三つの地名が再現されることになる、すなわち、「ブコヴィーナ」、「ブーヘンヴァルト」、「ベルリン」と。幻想裡の旅は、たがいに隔たった土地の、その指示対象においてたがいに背馳する名前を、相互に結びつけようとこころみるのである。[246]

おなじようにB音をくりかえし響かせていた、詩「コントルスカルプ広場」のあの詩行を、ここでいま一度、思いおこしてもいいだろう。[247] それ以後も見え隠れしてあらわれる、間歇してやまぬ「おまえ」の追想は、おぼろげながら一定の地理的なルートを瞥見させるところの、旅の印象のモードに定着されていた。[248] この「言語への志向」の収斂する先は、畢竟、「言葉へと／硬化され」た何かを形づくることになる。この詩は、

(241) Schulz 1997, S. 212.

(242) Ansprache anläßlich der Entgegennahme des Literaturpreises der Freien Hansestadt Bremen. BA 15.1, S. 23.

(243) Meuthen 1983, S. 267; Pöggeler 1986, S. 330; Schulz 1997, S. 211; Böschenstein 2006b, S. 373.

(244) Meuthen 1983, S. 267. ── 以下を参照のこと。Pöggeler 1986, S. 328; Werner 1998, S. 182.

(245) Janz 1976, S. 138; Pöggeler 1986, S. 327. ── ヤンツとペゲラーが「水晶の夜」に関係づけていることに、ペレスは同意しない。Perez 2010, S. 147. 注227を参照のこと。

(246) そうした統合的な志向は、つぎの詩にもみられる。Schibboleth. In: Von Schwelle zu Schwelle. BA 4.1, S. 59; In Eins. In: Die Niemandsrose. BA 6.1, S. 72. ── ベンホルト＝トムゼンは、「そこで要請されてくる詩人の想起が、それぞれの時点において、なかんずくともに名ざされるべき場所を恃みにしている」ことを証明している。「現象する場所は、想起される、あるいは想起されるべき、あるひとつの体験が、かつておこなわれた、その当の場所にほかならない。」Bennholdt-Thomsen 1988, S. 9.

(247) La Contrescarpe. In: Die Niemandsrose. BA 6.1, S. 85. 注190を参照。

(248) このトポグラフィによって暗示されるのは、「ブーヘンヴァルト」よりも、むしろ「クラクフ」との近さからして、ほかならぬ「アウシュヴィッツ」だろう。Winkler 1997, S. 336.

つぎのような詩行でおわっていた。

［…］しかし、またしても
そこに、おまえが赴かなければならないところに、あの
同一の
水晶が。[249]

詩「研ギスマサレタ切先ニ」のなかでは複数形で標示されていた「水晶（Kristalle）」は、とりたてて「地表へと（zutage）」、明るみにだされるまでもない。というのも、それらは、「帝国水晶の夜」に粉砕された窓ガラスが夜の路上にきらめいていたように、そうでなくとも「露出して」いるのだから。しかし、それらの「水晶」は、詩「コントルスカルプ広場」では、おなじように事態の明証性を「そこに」というダイクシスによって明らかにする、その単数形によって同一化されていた。一方で der eine / genaue / Kristall（「あの／同一の／水晶が」）という句跨りは、[250] 草稿段階では、大文字をもちいて der Eine / genaue Kristall と記されていて、その同一性が強調されているが、[251] 他方で wieder（「またしても」）という副詞は、それに反して、同一の事態の回帰（*Wiederkehr*）、複数化を意味している。すなわち、それは、「アナムネーシス」、すなわち「再想起」[252] を経てようやく認識されるようにみえる。たとえ、ツェラーンにおいては、先験的なイデアというよりも、むしろトラウマによる記憶痕跡が想定されうるとしても。ツェラーンは、一九六一年五月十九日に、したがって「研ギスマサレタ切先ニ」が成立する前月に、ヴァルター・イェンスに宛ててこう書いている。

すなわち、存在するのです――アナムネーシスが！――真の出会いがおこるところで、畢竟……再会が。(253)

しかし、そのような「出会い」は、意図して成就すべきものとされる。プラトンのこの思想がツェラーンをひきつけたのは、おそらくは、そこにノエシスとしての志向的、統合的な性格が帰せられているからだろう。プラトンの『パイドロス』には、こう書かれている。

真理をもちろんまったく眼にしたことがない、そうした魂にかぎっては、こうした形をとることはないだろう。というわけは、人間は、それをいうならばイデアの形式において把握しなければならないからだ。感性的な知覚の多様性から生起して、論理的思考によって統一へとまとめあげられる、そうした形

(249) La Contrescarpe. In: Die Niemandsrose. BA 6.1, S. 85.

(250) 「詩の末尾で名ざされる『水晶』、同時にまた、歴史的な出来事（『帝国水晶の夜』）の意味論的な核として認識されるところの『水晶』について、イヴァノヴィッチは、つぎのように注釈をくわえている。「ジュネーヴ、パリ、ベルリン、クラクフ。それにたいして、たとえすくなからず現前しているとはいえ、名ざされぬままにとどまっているのは、自身の出自の場所（『おまえはやってきた』）、および、いわゆる『最終的解決』のあとに、このユダヤ人の詩人にも予見されていた目的地（『おまえが赴かなければならないところ』）である。」Ivanović 2006, S. 410.

(251) La Contrescarpe. In: Die Niemandsrose. BA 6.2, S. 280.

(252) ヴィンデルバントの『古代における西欧哲学史』から引かれた、ツェラーンの読書ノートのひとつには、こう書かれている。「すでにかつて知っていたことの再想起（ἀνάμνησις）。」Windelband 1923, S. 125; BP S. 676.

(253) Wiedemann 2000, S. 532.

式において。しかし、それは、かつてわれわれの魂がまのあたりにしたところのものの、その再想起にほかならない［…］[254]。

このプラトンのテーゼに接続する契機を、ツェラーンは、みずからの蔵書に含まれるフッサールの『内的時間意識の現象学講義』のなかにみいだしたたにちがいない。その付録第四には、このような一節がある。

ある時間的対象の知覚を、私は「反復する」ことができる。しかし、この知覚の継起のなかに、二様の、ただ同様であるにすぎない時間的対象の意識が構成されるのである。ただ再想起のうちにおいてのみ、私は、同一の時間的対象を反復して、所有することが可能になる。そして、私は、想起のうちにおいてもまた、以前に知覚されたものが、事後に再想起されたものと同一であることを確認することができる。それは、「私はそれを知覚した」という素朴な想起のなかで、そして、「私はそれを想起した」という第二段階の再想起のなかで、おこる事柄である。このようにして、時間的対象は、反復された、経験された作用の同一的な対象となる。その対象がいったん与えられてしまえば、それは、任意にしばしば再現され、ふたたび観察され、しかるのちに継起を形成するところの、さまざまな作用において同一化されるのである[255]。

そのように「同一化」と規定されたはずの「再想起」には、しかしながら、本文ではつぎのように変更がくわえられる。

再想起のなかで、われわれにひとつの今が「あらわれる」。しかし、それは、その今が知覚のなかであらわれるのとは、まったく異なった意味で「あらわれる」のである。**この今は「知覚され」ていない、すなわち、それ自身、与えられていない。そうではなくて、現在化されているのである。**それは、与えられていない今を表象する。(256)

(254) Platon o.J. II, S. 439f. 下線（本書では傍線）はツェラーンによる。以下の箇所も参照のこと。「なぜなら、全自然は親和性をもつ連関の裡に在り、魂は万象から知識を獲得したものであるがゆえに、ようやく**ひとつのこと**を想起した者が——それを人々は学ぶと呼ぶのだが——**他のすべてのこと**を発見する妨げになるものは何もない。ただし、彼がその際に気丈に身を持して、探求することに倦まぬかぎりは。なぜなら、探求し、学ぶことは、あくまでも再想起そのものにほかならぬからだ。［…］そのとおりです、ソクラテス様、あなたは無条件に主張されるのですか、われわれは学びなどしない、そうではなくて、私たちが学ぶと称していることは、再想起にほかならぬ、と。」原書の隔字体は、本書ではゴシック体にして標示した。下線（本書では傍線）はツェラーンによる。それにくわえて、ツェラーンは、この箇所に二重の欄外傍線を付している。Platon o.J., I, S. 429.——プラトンのこの思想にたいするツェラーンの関心は、シェストフの文章に付された、いまひとつの下線、および欄外の傍線からも推量される。「プラトンは、アナムネーシス（ἀνάμνησις）を認めて、そのイデアの存在を信じた。そして、彼をこの問題へと導いたのは、いうまでもなく理性ではなかった。」Chestov 1928, S. XIII. 下線（本書では傍線）はツェラーンによる。——南ドイツ放送で一九五四年四月七日に録音され、六月十五日に放送された、カール・シュヴェートヘルムとのインタヴュー番組のなかで、ツェラーンはこう語っている。「詩は、どこかでやはり再想起なのです。それどころか、ときには前想起ですらあります。そして、この語をもちいてよければ、この前想起にあっては、ひとは何らかの仕方で、詩にしたがって生きるのです。詩が真実でありつづけるためにこそ。」MS, S. 191.

(255) Husserl 1928b, S. 459.

(256) A.a.O., S. 400. 原書の隔字体は、本書ではゴシック体で表示した。

しかし、フッサールが表出しているこの二義性、より適切にいえば、その矛盾は、元来、「反復」によって根拠づけられている「再想起」の、その特質に由来している。ここには、「反復できないもの」を「反復する」ことへの要請が、つねに存在しているのである。その際に注目すべきは、プラトンもフッサールも、結局は二次的な「再想起」を一次的な「知覚」から区別していることである。「再想起」は、「感性的な知覚の多様性から」導きだされるが、しかし、ツェラーンは、それにたいして明らかに内的な留保を付している。彼は、そのビューヒナー賞受賞講演の草稿のなかで、「看取されたもの、言語によって知覚されたもの」に、「依然として」こだわろうとする。[257]

詩は――どのような条件下にあることでしょうか――ひとりの――依然として――知覚する者、現象するものに向きあった者、この現象するものに問いただし、語りかける者の詩になるのです。それは対話になります――しばしばそれは、絶望的な対話ではありますが。[258]

そして、そのとき、形象とは何でしょうか。

一回かぎり、くりかえし一回かぎり、そして、ただいまのみ、ただここでのみ、知覚されたもの、知覚されるべきもの、なのです。[259]

ツェラーンにおける（そしてまた、みたところフッサールにおける）、「一回」と「くりかえし」の矛盾のなかで、[260]「不条理なるものへと導かれ」るのは、「あらゆる譬喩と隠喩」のみならず、その詩学の理論そのものでもある。「なぜなら、あらゆる詩は、一回性、反復不可能性への要求を、必然的に提起するからです[…]」。(261) もしも読者が、たとえばおなじようにプラトンの「アナムネーシス」の驥尾に付しているキェルケゴールの、「反復」と「回想」は「ただ方向が逆であるにすぎない、同一の運動である」とする定義を援用するならば、(262) ツェラーンも直面したはずの、そのおなじアポリアに陥りかねないだろう。すなわち、それでもやはり「再想起」によって遂行するほかはない、「反復不可能なもの」の「反復」という、あのアポリアに。

---

(257) Der Meridian. TA, S. 71.

(258) Der Meridian. BA 15.1, S. 45.

(259) A.a.O., S. 46f.

(260) トビーアス・トゥンケルは、詩「かつて（Einmal）」を解釈する際に、『子午線』のこの箇所に言及している。「過去におこった出来事へのかかわりは、いわば一回性と反復との緊張のなかに位置しているように思われる。」Tunkel 2001, S. 217.

(261) MS, S. 102.

(262) Kierkegaard 1961, S. 7. この書のドイツ語訳を、ツェラーンは、二部、所有していた。フランス語訳の該当する箇所には、下線がほどこされているが、それは、あるいはジゼル・ツェラーン＝レストランジュの手によるものかもしれない。Kierkegaard 1948, S. 9. ── ツェラーンが所蔵していたハラルト・ヘフディングのキェルケゴール論には、集中して読んだ形跡がうかがえるが、傍線をほどこされた二つの箇所には、こう書かれている。「[…] というのは、未来においてただ可能であるにすぎないことが、それが過去に属するからといって、どうして必然的になりうるのだろうか。過去の事柄は、未来の事柄よりも必然的であるというのだろうか。」Höffding 1896, S. 66. ── 「[…] 現実の関連は、精神生活にあっては、つねにあらたな緊張によって、すなわち、かつて獲得されたものを、それがあくまでみずから存続することなきがゆえに、あらたな現実のなかに固定する、そうした反復の作業によって、うちたてられなければならない。」A.a.O., S. 77.

蔵書に残された書き込みによって、ツェラーンがボードレールの上記の言葉を、ホーフマンスタールの二つのテクストから、すなわち、手記「アド・メ・イプスム」[263]と未完の小説『アンドレーアスもしくは合一された人々』のためのノートから、引用したことが明らかになっている。後者の該当する箇所を、ツェラーンがもちいた版から再現してみよう。[264]

＊

［…］そして、感じるのだ、ここで無限が、一定の苦痛よりも鋭い矢で自分を射たことを。彼は、すべてこうした無限ノ研ギスマサレタ切先を含んでいる、三つないし四つの記憶をもっている［…］。[265]

「無限」は、その都度、「研ギスマサレタ切先」に収斂することによって、時間のなかでみずからを個別化し、分節する。そうすることによって、それは、「再想起」の様態にしたがうかぎりにおいて、たとえば「三つないし四つの記憶」のなかにあらわれて、また反復可能にもなる。というのは、「有限化」のうちにあってこそ、畢竟、「あの――ホーフマンスタールによってしばしば喚起された――ボードレールの『無限の鋭い切先』」を、「われわれが感じる」からである。[266] 依然として到達しがたい「無限」を志向するためには、こうした個々の「記憶」を綜合すべく努力しなければならないだろう。したがって、ツェラーンにあっては、「反復不可能なもの」、「無限のもの」へ、「そこへといたるいくつかの道筋」をたどることになる。

それにくわえて、ベンヤミンの論文「プルーストのイメージについて」から、ツェラーン自身が下線を付した箇所を引いてみよう。

プルーストの視点がひらく永遠は、絡みあった時間であって、かぎりない時間ではない。(267)

プルーストにおける「永遠」は、ホーフマンスタールにおける「無限」が「三つないし四つの記憶」のなかに顕現するように、さまざまな種類の「想起」のなかにあらわれる。

そして、無意志的想起の自由思想的な形象もまた、なお大部分は孤立して、ただ謎めいて現存する歴史像にすぎない。しかし、まさにそれゆえにこそ、[…] 回想の瞬間がもはや個別に、像としてではなく、姿、形とてない [...]、この無意志的想起の特別な、もっとも深い層へと、ひとは沈潜しなければならないのである。(268)

(263) Hofmannsthal 1959, S. 233.『遺された手記・日記』のなかにも、ボードレールからの引用が含まれている。A.a.O., S. 181f. ——Meinecke 1970b, S. 229f. を参照。
(264) Hofmannsthal 1932, S. 120.
(265) Ebd.
(266) Der Meridian. TA, S. 126.
(267) Benjamin 1955, II, S. 143. 下線（本書では傍線）はツェラーンによる。
(268) A.a.O., S. 146f. 下線（本書では傍線）はツェラーンによる。——二巻本の選集による die freigeistigen（「自由思想的な」）の箇所は、現行の全集版では、die freisteigenden（「自由にたちのぼってくる」）に訂正されている。Benjamin 1977, S. 323.

あらゆる「想起」が「無意志的」であるほどに、それは、「特別な、もっとも深い層」へと志向的に「沈潜」することが要請されることになる。

はたしてプルーストにおいて、ひとは「絡みあった時間」に出会う。『失われた時をもとめて』の「花咲く乙女たちのかげに」のなかで、ホーフマンスタールとおなじような「さまざまな」記憶に言及されている。

［…］絶対などというものはほとんどない、すくなくとも持続するという仕方では存在しない、そうした人間の心のなかでは、さまざまな記憶が不意にひしめきあうことでも確認されるように、間歇がその法則のひとつなのである［…］。[269]

ここには、「ソドムとゴモラ」の末尾におかれた「心情の間歇」の節で十全に展開されるテーゼが、すでに先取りされている。つぎの箇所は、そうした記憶の差異化を証明している。

（時間のなかに、さまざまに異なるままに、平行している、そうした系列が存在するかのように[270]）

ここには、ツェラーンにおけるホーフマンスタールとプルーストの結節点が存在するといっていいだろう。しかし、プルーストの小説の標題『失われた時をもとめて』が、「反復不可能なもの」の「反復」を「もとめ」るという、見紛うべくもないアポリアをしめしているとあらば、「アナムネーシス」とは様相を異にする、その「想起」の「無意志」性を、いったいどのように理解すべきなのだろうか。

*

「指の／思念」は、括弧内で語っているらしい死んだ母親にむかって、「反復不可能なもの」について問いただそうとする。(271) そして、その末尾。

心となったもののように、
挨拶もなく、去りゆくことのできる何かが、
いま到来する。

(269) Proust III 1919, S. 204. ちなみに、「花咲く乙女たちのかげに」は、ベンヤミンがフランツ・ヘッセルと共同で、ドイツ語訳をこころみている。該当する箇所は、以下の通り。Benjamin 1987, S. 165.

(270) Proust IX 1921-24, S. 202.

(271) これについて、フリードリヒ・A・キットラーの指摘を参考にすることもできるだろう。それは、いわゆる「音読学習法」をほどこす「母親の口」についてである。「母親の口は、そのように子どもたちを本から解放する。ひとつの声が、その字母を音に置換するのである［…］。あとはただ母親の人差指だけが、視覚的な字母の形態にたいする関係を保っているばかりである。それにたいして、子どもたちが生きていくうちに、後年、本を手にとるとき、彼らは文字をみないで、おさえがたい憧れとともに、行間にひとつの声を聞くことになるだろう。」Kittler 1987, S. 40. ——デリダから引いたつぎの箇所も参照のこと。「指示のシステム、人差指と眼の運動は、ここでは不在というよりも、むしろ内面化されている。」Derrida 1967b, S. 87; Derrida 1979, S. 134. ——そのように考えると、「母親」の声から疎外された「私」が、読みとられるべき「ブナの実」に、みずからの「指の／思念」によって向きあおうとする、そうした志向を理解することもできよう。

「心となったもののように、／挨拶もなく」の詩行は、一見、「去りゆくことのできる」という関係文を補足しているように思われる。「何か」は、それがすでに「心となったもののよう」であるからして、とりたてて別れの「挨拶もなく」去っていく。しかし、「心となったもののように」という詩行は、その意味から、主文の動詞「到来する」にかけることもできるだろう。この「何か」は、忘却の心的過程がそうであるように、なるほど「挨拶もなく」立ち去ることができるが、しかし、それは、「心となったもののように」、すなわち回想（*Erinnerung*）として、内面化（*Verinnerlichung*）として、やはりおなじように「挨拶もなく」たちかえってくる。「反復されるべきもの（zu Wiederhólendes）」ないし「取り戻されるべきもの（Wiederzuholendes）」[272]が、意志によって回収されなければならないのに比して、ここで期待されているのは、「反復できないもの」としてのこの「何か」が、あの「無意志的想起」のように、思いがけず「到来する」ことである[273]。

死者の顕現は、プルーストにおいてもまた、重要な意味をもっている。『失われた時をもとめて』の「心情の間歇」のくだりには、死者について、唐突に生起する、幻視さながらの視覚的な想起が、「ほんとうの私の祖母の［…］相貌」[274]が、衝撃として、「私の全人格の顛倒」として[275]、語り手を不意打ちにする。それは、なるほど当初こそ、「私を助けにやってきた、私を魂の枯渇から救出してくれた存在」と受けとめられるが[276]、しかし、まもなくまさにその反復不可能な一回性によって、彼が祖母を「永遠に失った」ことの証左であると思われてくる。

［…］私は知っていた、自分は何時間でも待つことができる、そして、祖母は、二度と私のもとにたちかえってくることはないだろう、と。私は、たったいまそのことを悟ったのだった。というのは、心が張り裂けんばかりに、胸も一杯になって、はじめて祖母を、生きている、ほんとうの祖母を、感じたこ

とによって、すなわち、結局は祖母をふたたびみいだしたことによって、祖母を永久に失ってしまったと理解するにいたったからだった。永久に失ってしまった、と。(277)

(272) ゲルハウスは、この「アクセントの二義性」を的確に指摘している。「この黒ずんだ『裂け目』は〔…〕『反復できないもの』を問いただしている――これは、無限なものへの核心的な問いである。しかし、その意味は、『反復できないもの（Un-wie-der-hol-ba-res）』という言葉のアクセントに依存している。通常どおり第四音節にアクセントをおくなら、それは、過ぎ去ったものへの問いであり、その意味はまさに一回性のうちに看取されなければならない。それに反して、第二音節にアクセントをおくなら、ただ喪失のみが意味をもつことになる。」Gellhaus 1996, S. 188.

(273) ツェラーンは、詩を「きたるべき想起の投企」と形容している。Baumann 1986, S. 136.

(274) Proust IX 1921-24, S. 200. ――注目に値するのは、プルーストにおいて特権的な地位を有している「声」である。それは、たとえば「ゲルマントのほう」のなかに挿入された、突然、中断される電話での会話のエピソードにもうかがえる。電送されてくる祖母の声は、あたかも冥府から「私」に語りかけてくるかのように思われる。それは、「祖母が死んだあとで、私のもとを訪れてくるかもしれぬ、そのように、触れることもままならぬ亡霊さながらであった〔…〕。私は、むなしくこうくりかえすばかりだった。『お祖母さん、お祖母さん』と、オルペウスがひとり取り残されて、死者の名をくりかえすように」。Proust VI 1949, S. 165f. ――ちなみに、このパッセージは、最初にヘルベルト・シュタイナーによってドイツ語に抄訳された。Proust 1926, S. 35f. ――注236、注271を参照。

(275) Proust IX 1921-24, S. 200.

(276) Ebd.

(277) A.a.O., S. 203. ――ここでは、以下の的確な性格規定が参考になるだろう。「Anfälligkeiten（『発作』）の語が意味しているのは、ほとんど身体的なショックによって、意識を日常の平凡な反復とそれによる鈍麻から引き離すところの、不意打ちにやってくる想起にほかならない。このドイツ語の訳語は、フランス語の intermittence du cœur（『心情の間歇』）に含ま

「私の祖母のほんとうの記憶」にも、このことはあてはまる。「というのは、記憶の混乱に、心情の間歇が結びついているから」である。[278] 年代的な時間継起の法則にもはやしたがわない「記憶」に、ひとが時間のなかに「無限」を予感することができるような、そうした「研ギスマサレタ切先」もあらわれないではおかない。

私は感じた、ただ苦痛をとおしてしか、祖母をほんとうに思いだすことはないのだ、と［…］。

「土地の名、名」への志向は、プルーストとツェラーンのいずれにあっても、なかんずく旅の途上で形を与えられるが、ここではそれにふれないでおこう。従来のツェラーン研究においてとりあげられたことのない[280]、おそらく隠蔽されているプルーストとの関係は、いずれ解き明かしてみる意味がある。詩「研ギスマサレタ切先ニ（*À la pointe acérée*）」の標題からしてすでに、その字母の連鎖（*À la p-t c-r-e*）が『失われた時をもとめて（*À la recherche du temps perdu*）』、すなわち *À la r-c-e t p* に響きあうからには[281]。

*

詩人自身によって撤回された詩「狼豆」[282]は、その成立時期がちょうど詩集『無神の薔薇』にかさなっているが、そこには二つのモットーが考えられていた。

おお……
おんみらドイツの華よ、おお、わが心は
まぎれもない水晶となる、そこに
光がみずからを験すところ　ドイツが[283]

……ユダヤ人の家々に（破滅
したイェルサレムを記念して）、いつも
何かが未完のままに打ち捨てられ
なければならぬ……[284]

れる『心臓麻痺』ないし『心拍障害』という医学的、病理学的な観念連合を隠してしまうことになる。無意志的想起におけるように、発作は、唐突な五感の連合によって誘発されるが、しかし、マドレーヌ体験やその他の無意志的想起とは異なって、それは肯定的な啓示の性格をもたない［…］。」すでに「作品の標題に予定されていた『心拍障害』は、［…］プルーストが当初から、想起の反面として死と忘却を、つねに考慮にいれていたことを証明している」。Sprenger 1997, S. 22f.——この「心拍障害」のモティーフは、ツェラーンにおける「消息点（Atemwende）」、すなわち「息の転回」に関係づけることもできよう。

（278）Proust IX 1921-24, S. 201.

（279）A.a.O., S. 204.

（280）Hirano 2010, S. 18ff.

ヘルダーリーンとジャン・パウルからのこの引用は、「心」、「水晶」、「家々に」（ひいては「戸口に」）といった語彙によって、「研ギスマサレタ切先ニ」への明らかな関連をしめすことによって、この二つの詩がおかれていた共テクスト性を指示してもいる。ツェラーンの詩集『言葉の格子』にたいするギュンター・ブレッカーの批判を契機にして、一九五九年十月二十一日に書かれた「狼豆」の詩行[285]は、はたして一貫して「母」にむけられている。

昨日、彼らの一人がやってきて、そして、
あなたを殺しました、
いま一度、私の
詩のなかで。[286]

はっきりと時間の副詞「昨日」からはじまるこの詩は、[287]ツェラーンがそれを発表しないようにというルードルフ・ヒルシュの助言にしたがったにもかかわらず、[288]一九六五年四月二十五日にいま一度、改稿された。[289]そのはざまに「研ギスマサレタ切先ニ」が位置している、それは、どのような年月であったことだろうか。そのタイプ打ちされた「決定稿」には、「とうとう」と「今日」の二つの時間の副詞が、暫定的に挿入されていた。[290]

去りゆくことのできる何かが、挨拶もなく〔、〕／**そしてだしぬけに**

~~到来する~~　［とうとう］心となったもののように、~~今日、~~
到来する[291]。

（281）シュルツによれば、この引用からなる標題は、「この詩の内部では、どちらかといえばまだ隠されたままになっている、フランス的なものへの文学的コンテクスト」をひらくものであるという。Schulz 1997, S. 209.

（282）Wolfsbohne. In: Zeitraum 'Die Niemandsrose'. BA 11, S. 241.

（283）Hölderlin 1953, S. 261.

（284）Jean Paul o.J., S. 51.

（285）Blöcker 1959. 以下に再掲。CS, S. 79ff.; BC, S. 124f.

（286）Wolfsbohne. A.a.O., S. 242. ── おなじ年の十一月十二日に、ツェラーンはバッハマンに宛ててこう書いていた。「君は知っているだろう── いや、君は知っていたはずだ── そして、いまそのことを思い出してもらわなければならない── 死のフーガは、僕にとってこうしたものでもある、ということを。すなわち、墓碑銘であり、墓所であるということを。このブレッカーが書いたたぐいのことを、死のフーガについて書くような手合いは、墓所を陵辱しているのだ。／僕の母も、この墓しかもっていない。」BC, S. 127.

（287）これがどのような出来事を示唆しているのか、明らかではない。ブレッカーの書評は、すでに十月十一日に、すなわち十日前に、掲載されていた。

（288）CH, S. 117.

（289）KG, S. 921.

（290）*À la pointe acérée*. In: Die Niemandsrose. BA 6.2, S. 194; TA, S. 77.

（291）タイプ原稿のファクシミリ版を参照。In: Die Niemandsrose. TA, S. 160.〔　〕は著者自身による上書きなどによる修正を、ゴシック体は手書きによる修正および挿入を、それぞれ意味する。

動詞「到来する」の現在時制は、したがって、すくなくともこの時点においては、永遠に通用する何ごとかではなくて、いま、あるいはごく近い未来に生起する何ごとかをしめしている。なぜなら、「とうとう」という副詞は、「長期にわたる待機を、躊躇を、疑念を経て」[292]、待ちのぞまれた何かが到着することを予告している一方で、いまひとつの動詞「立ち去る」は、それに反して助動詞「ことができる」によって、可能態を意味しているからである。いやそれどころか、「今日」、ある具体的な日付が名ざされていた。すくなくともそれが「きょう」であって、「こんにち」でないかぎりは。それによって何が決定されていたのか、とりあえずは不詳としておくほかはないが、それを死者としての母親の幻想的な顕現であり、「心情の間歇」のなかで「心となったもの」であると想定しても、それほど不適切でもないだろう。しかし、「とうとう」と「今日」が最終的に削除されたことによって、動詞「到来する」は、なるほどその時間的な決定性と、おそらくはある確かな希望を失いはするが、しかし、それと同時に、プルーストの「無意志的想起」を取り戻しはしているのである。

この詩が成立した期間（一九六一年六月十日から十六日）に、ツェラーンがいわゆる「ゴル事件」のために、精神的に不安定な状態にあったことは、すくなくとも確認される。[293]一九六一年五月十二日、「ドイツ言語文学アカデミー」に依頼されて、ラインハルト・デールが作成した報告書『ある攻撃の歴史と批判――パウル・ツェラーンにむけられた主張に関して』が公にされて[294]、そこではツェラーンのほうに理があるものと判定されていた。それとともに、新聞雑誌によるキャンペーンは、終りを告げて、なかんずく同年の六月二日から十二日にかけて、いくつかの陳謝の意思表明がなされた。[295]それにもかかわらず、デールの報告書の原稿の写しを、三月八日の時点で受けとっていたツェラーンは[296]、深く失望して、傷つけられたとさえ、感じていた。それどころか五月二十五日には、マリー・ルイーゼ・カシュニッツにたいして、一緒にビューヒナー賞を返上することを提案している。

あなたもいつかの手紙のなかで、私がこの賞を受けると知ったことは、自分にとっても名誉であるとお書きになっておられました。
マリー・ルイーゼさん、それはたしかに名誉なのです。それは、私の殺された母があなたに与えた名誉なのです、あなたに、ドイツ人であるあなたに。(297)

「狼豆」には、はたしてこう書かれている。

---

(292) Duden 1999. Bd. 3, S. 1024.
(293) Lyon 1989, S. 175ff. とりわけ S. 188f., S. 190f.「ゴル事件」は、ツェラーンが詩人イヴァン・ゴルの作品を剽窃したとする、クレール・ゴルによる中傷をさす。
(294) Döhl 1961.
(295) Wiedemann 2000, S. 364ff., S. 375ff.
(296) CH, S. 172.
(297) Wiedemann 2000, S. 535. ツェラーンは、その翌日にクラウス・デームスにもこう書いている。「私は、君とマリー・ルイーゼ・カシュニッツ、そして、インゲボルクの三人に敬意を表して、反論をお願いしました。[…] 私の母の名において、私は、あなたたちにこの名誉を与えた次第です。」CDe, S. 79.

母よ。
母よ、だれの
手を、私はにぎったことでしょう、
私があなたの
言葉をたずさえて、ドイツに
赴いたときに。[298]

ツェラーンは、しばしばドイツを訪れてはいた。ギュンター・グラスの言によれば、ドイツ「連邦共和国へ旅するごとに」、彼は「壊れて」戻ってきたとはいえ。[299] しかし、彼は、「水晶」が「露出」していた、あの場所には、たえて足を踏みいれていなかった。その彼がベルリンにむけて出立するのは、ようやく一九六七年十二月十六日のことである。そして、今回は、その道行が「轍」のあとを残すことはなく、ただ「機影」を投げかけるばかりだった。[300] というのも、彼は、列車でチェルノヴィッツから「クラクフ経由」で「アンハルト／駅」へむかったのではなくて、[301] なるほどおなじようにエンジン音で「呟きつづける」ものの、航空機でパリからフランクフルト経由、ベルリン・テーゲル空港に飛来したからである。彼を迎えたのは、「帝国水晶の夜」ではなくて、クリスマスを控えた「エデン」にほかならなかった。

（298） Wolfsbohne. BA 11, S. 242. ——この詩行で示唆されているのは、おそらく一九三八年のベルリン・アンハルト駅での出来事ではなくて、一九五二年のリューベック近郊ニーンドルフでの「四七年グループ」の会合と、戦後の彼の最初のドイツ滞在だろう。一九六一年十月二十一日と推定されるノートのなかで、彼は、「そこへといたる道行」について書いている。「そうした者が存在しなければならない、そうした者が存在しなければならなかった——現代ドイツ文学において。この排除された者——正確にいえば、排除された者たちの一人——それが私なのだ。」MS, S. 116.

（299） Böttiger 1996, S. 15.

（300） Ungewaschen, unbemalt. In: Schneepart. BA 10.1, S. 11.

（301） La Contrescarpe. In: Die Niemandsrose. BA 6.1, S. 85.

二　「一枚の葉」

詩は孤独です。それは孤独であり、途上にあります。詩を書く者は、
そこにともにゆだねられたままでいるのです。
しかし、詩はまさにそれゆえにこそ、したがってすでにここにおいて、
出会いのうちに——**出会いの秘儀のうちに**あるのではないでしょうか。
パウル・ツェラーン(302)

毀傷された理性についての詩。毀傷されてはいるが、まだ破壊されて
はいないラツィオ。傷つくことをめぐる詩、そして、傷つけられた詩。
ハンス・マイアー(303)

たまたま経験した一九三八年十一月の「帝国水晶の夜」と、そののちの一九四二年「壱月二十日」のヴァンゼー会議によって、ツェラーンの心中に刻みつけられていた、「ベルリン」という不吉な地名は、彼が一九六七年十二月に、西ベルリンを再度、訪れたとき、一九一九年一月のローザ・ルクセンブルクとカール・リープクネヒトの政治的な殺害の現場に、あらためて結びつくことになる。この都市での滞在の記憶は、その翌年に、それと明示されてはいないにせよ、いまひとつのベルリン詩篇を書くにいたる、その動機になったのかもしれない。

一枚の葉、木とてなく、
ベルトルト・ブレヒトのための。

何という時代か、
ひとつの対話が

あやうく犯罪になりかねないとは、
そんなに多くの語られた言葉を
ともに含むからといって[304]？

しかもそれは、ちょうど一九三九年、すなわち、「水晶の夜」の一年後に、公にされていたブレヒトの詩「のちに生まれる者たちに」への参照を含んでいる。

何という時代か、
木々についてのひとつの対話が、ほとんど犯罪であるとは、
それがそんなにも多くの悪行についての沈黙を含むからといって[305]！

ツェラーンの詩において、「ベルトルト・ブレヒト（*Ber*tolt *Br*echt）」の姓名のそれぞれの前半部分をなしている、b-e-r あるいは b-r-e の系列は、前置詞「ために（für [fy:r]）」が「犯罪（Ver*brech*en）」の前綴 Ver-（[fɛr]）を先取りすることによって、b-r-e の系列を含んでもいるキーワードの「犯罪（Ver*brech*en）」に関係づけられていく。「対話（Ges*präch*）」の語には、別の系列に属する p-r-ä が響いているが、それはまた、b-r-e のヴァリエーションでもある。副詞「ほとんど（fast）」がいまひとつの副詞「あやうく（beinah）」に変換されていることにも、「犯罪（Verbrechen）」に関係づけるなら、音韻効果がはたらいているといえよう。すなわち、ブレヒトにおける「ほとんど（*f*ast）」が前綴 Ver-（[*f*ɛr]）を先取りする一方で、ツェラーンにおける「あやうく（*b*einah）」は、基礎語の -*b*rechen をともなって、先行して四度もくりかえされるBの頭韻につら

なっていくのである。[306]したがって、ここには、どうやらただ吃りつつ発音するしかない、b-e-r あるいは b-r-e の音連鎖への衝迫が存在していることになる。いまだいかなる明示的な意味を構成することもない、この未完のままに反復される調音を統合しているのは、ほかでもない、最初の行の「一枚の葉、木となく (Ein Blatt, baumlos)」である。「葉 (*Blatt*)」、「木となく (*baumlos*)」、「ベルトルト (*Bertolt*)」といった語彙群に属している他の系列 b-l が、系列 b-e-r に子音 l を、不定冠詞 ein が in を、それぞれおぎなうとき、Berlin (「ベルリン」) のアナグラムの構成要素はすべてそろうことになる。

＊

詩「一枚の葉」の成立は、もともと一九六八年に遡る。ユルゲン・P・ヴァルマンは、この詩がどのようにして、一見、ふさわしいコンテクストのなかにおさまることになったか、その次第を報告している。それは、彼がツェラーンと「最後」に会ったとき、しかも「一九六九年四月」の「偶然の出会い」の際でのことだった。

(302) Der Meridian. BA 15.1, S. 45. イタリック体 (本書ではゴシック体) はツェラーンによる。
(303) Mayer 1967, S. 186.
(304) Ein Blatt. In: Schneepart. BA 10.1, S. 63.
(305) Brecht 1967, S. 722ff. なかんずく S. 723.
(306) 手稿の前段階には、「B. B. のために」と書かれている。Ein Blatt. In: Schneepart. TA, S. 97.

私の企画についてのツェラーンの問いかけに応じて、私は、なかでもベルトルト・ブレヒトの詩についての小さな論集を編纂するという、私の計画について話した。自分もブレヒトによせた短い詩を書いた、と彼はいった。それは未発表だ、とも。私の願いに応じて、彼は、それを書きはじめたが、やがて手がとまって、できれば送らせてもらうほうがいい、といった。[307]

それから「二日のち四月十六日に、いまアンソロジー『あとに生まれた者たちから』の劈頭を飾っている詩[308]を同封した手紙が届いた。それは、ベルトルト・ブレヒトにたいするパウル・ツェラーンの暗示にみちた応答だった」[309]。そののち、この詩は、死後に公刊された詩集『雪の声部』のなかで、最終的な形をとるにいたる。

ヴァルマンは、彼らの会話がめぐっていたいくつかの主題を思いおこしている。ツェラーンは、「彼が新聞紙上で注意深く追いかけていた、世界の政治的な出来事について」話していた。たとえば、「チェコスロヴァキア情勢について、ドイツでのネオ・ナチについての彼の懸念について、有色アメリカ人のあいだで広がりつつある反ユダヤ主義について」。それにくわえて、ヴァルマンは、「東独に住んでいる詩人ライナー・クンツェについて」話したという。[310] そこから浮かびあがってくるのは、ツェラーンの「ブレヒトによせた短い詩」が身をおく布置である。すなわち、それは、東欧の社会主義圏の政治的風土と、またしても生起しつつある反ユダヤ主義の動向のはざまに位置している。

ブレヒトの詩は、みたところ「木々についての対話」ですら、もはや邪気のないものとは見做されない、そうした不条理な「時代」にたいする嘆きを表出している。こうした「対話」は、静かなひとけのない自然に没頭することによって、残虐な歴史的現実を無視する廉で、事実上、そのまま断罪される。ツェラーンによるこのブレヒト詩篇の解釈のパラダイムを、最初につくりあげたテーオ・ブックは、ブレヒトにあっては、『副文』の概念にさからって、断定的な確認が、具体的な演繹によって表現され」ていることを、的確に指摘していた。[311]「木々についてのひとつの対話が、ほとんど犯罪であるとは」と、「それがそんなにも多くの悪行についての沈黙を含むからといって」の、この二つの副文が、それほどまでに定言的に表出される結果として、最後におかれた感嘆符が、本来、かかっているはずの主文「何という時代か」にではなく、むしろ後続の二つの副文に結びついているようにみえる。このきびしい判決をくだすのは、公共の世論ではなく、つねに政治状況に積極的に参加しようとする、ブレヒトの「私」自身にほかならない。

しかるのち、ブックは、ツェラーンの詩においても、そのような強勢の移動を認めながら、それに沿って、いまや「対話」そのものに有罪を宣告する、よりきびしい判決を、やはり著者自身に帰せしめようとする。その結果、彼は、当該の二つの副文から「言語にたいする疑い」にとどまらず、それどころか「言語にたいする絶望、言葉とコミュニケイションの否定」をすら、読みとることになる。[312]詩人自身の手になる詩行でさ

(307) Wallmann 1971, S. 84.
(308) Wallmann 1970, S. 9.
(309) Wallmann 1971, S. 84.
(310) A.a.O., S. 83f.
(311) Buck 1974, S. 71.
(312) A.a.O., S. 75.

えも、たとえみずから「疎外され」ていようとも、畢竟、そうした「疎外された言語」に依拠せざるをないからこそ、ブックは、ツェラーンの詩における、一見、「相応している文法的な文形式」が、実際にはブレヒトとは「まったく逆の方向をたどって」いることから、この「対話」が「内面へとむけられていて、[…]直接的にはいかなる相手をももっていない」と結論づける。ブックにとって、ブレヒトの感嘆符のかわりにおかれたツェラーンの疑問符は、「内向」としての自己対話、独語を意味することになる。[313] しかし、「犯罪(Verbrechen)」は、「罪(Sünde)」とはちがって、元来、社会的な、いわば「外向」的な概念だろう。そのことは、ブレヒトがそれを隠喩としてもちいているにせよ、やはり妥当するはずである。

ツェラーンの詩行は、まちがいなくブレヒトのそれとは、事情を異にしている。ブレヒトの感嘆符と同様に、ツェラーンの疑問符も、なるほどすでに変更をくわえた二つの副文に関係しているが、しかし、それが疑義に付するのは、まさにブレヒトとは逆に、「対話」そのものではなく、そこで表出されている発言全体であって、そのただしさを実証し、正当化するかわりに、それを宙吊りにする。この差異を標示しているのは、二つの副詞「ほとんど(fast)」と「あやうく(beinah[e])」である。エーバーハルトの『同義語中辞典』には、こう書かれている。

行為が現実へと接近する、その度合が大きくて、それを開始するにあたって、眼にみえぬほどに微細な何かが欠けているという場合には、「あやうく(beinahe)」という。空間的な全体に、なおすこしばかりのものが欠けているにすぎず、問題になる箇所ないしその部分を、そこから区別しがたいような場合には、「ほとんど(fast)」を[…]もちいるのがよい。したがって、「あやうく(beinahe)」は、元来、近さを、「ほとんど(fast)」は、何ものかの程度の高さをしめしている。[314]

ブレヒトが「木々についての対話」を「ほとんど犯罪」であると規定するとき、したがって彼は、「行為」がすでに幾分かは「現実になっている」ことを示唆している。他方で、ツェラーンの「あやうく……なりかねない」は、「開始に非常に近づいているが、まだ現実にはなりはじめていない」、そうした「行為」に関係づけられる。[315]「木々についての対話」は、副詞「ほとんど」をもちいることによって、たとえ部分的にではあれ、「犯罪」と同一化される。それにたいして、ただの「対話」は、「あやうく……なりかねない」をもちいることによって、末尾の疑問符が証しているように、まがりなりにも「犯罪」から差異化されるのである。ブレヒトの「木々」がもっぱら「対話」の主題をなしているからには、「対話」と「木々」は換喩的に結合されているのに比して、「犯罪」は、あくまでも同一化を志向する「類似の原理」に依拠した、ひとつの隠

（313）A.a.O., S. 75f. ――従来の解釈は、概して多かれ少なかれ、標準化ないし規格化された言語にたいするツェラーンの懐疑ないし批判が表現されているとする、こうしたパラダイムにしたがってきたように思われる。たとえば、Gnüg 1977, S. 112f.; Menninghaus 1980, S. 37ff.; Oelmann 1983, S. 401f.; Holzner 1986, S. 39; Goltschnigg 1987, S. 56; Kummer 1987, S. 94ff.; Ostrowski 1991, S. 197f., S. 201ff.; Waniek 1992, S. 257; Fassbind 1995, S. 82. ――この観点からすれば、ウルリヒ・コニーツニーの以下の解釈は、注目に値する例外として強調されなければならない。Konietzny 1985, S. 109ff. もっともコニーツニーは、ツェラーンの詩に言及されている「時代」を、ブレヒトと同様に、「第三帝国」の時代に限定してしまっているが。A.a.O., S. 114f.

（314）Eberhard 1910, S. 463.

（315）Ebd.

喩としてもちいられている。[316] それにたいして、ツェラーンの「一枚の葉、木とてなく」は、植物学および文書にかかわるコノテーションをうちに含みつつ、「あやうく犯罪になりかねない」という措辞は、結合しつつも差異化する方向に作用するところの換喩を条件づけながら、何らかの現実連関を示唆する、ひとつの「隣接性」をきわだたせることによって、[317] 詩作品そのものの隠喩になっている。ブレヒトが「木々についての対話」によって、おそらくは一定の詩的営為を批判的に示唆しているにしても、そのようにしていわば「現実」と化した「犯罪」は、いうまでもなく厳密に法的な概念ではなくて、せいぜいのところ倫理的な意味で問題的な現象をしめしている、文彩としての譬喩にすぎない。他方、ツェラーンが、「対話」をまだ「現実」になっていない「犯罪」と特徴づけるとき、彼は、その表現によって、公の法に抵触するであろう、刑法上の罪科と理解しているのである。ここでは、「あやうく……なりかねない」という注意深い副詞的規定によって、より高揚した「ほとんど」が暗示するよりも、むしろより重大な、より深刻な事態が語られている。ツェラーンにおける「対話」は、たとえおなじように文学史的なコンテクストにおいて把握されうるにしても、パラフレーズされた判決が予感させるように、すでに何らかの犯罪不法行為をあらわす事態に近づいてしまっているように思われる。[318] その際に、「ひとつの対話が／あやうく犯罪になりかねないとは、／そんなに多くの語られた言葉を／ともに含むからといって」の数行は、事実上、場合によっては間接話法で表現することもできようという、隠された引用を意味している。ツェラーンの「私」は、疑いもなくブレヒトにもまたツェラーンにも由来しない、この見知らぬ密告から距離をおいている。いやそれどころか、ブレヒトの感嘆文を疑問文に書きかえているように、なるほど慎重な挙措ではあるものの、しかし、疑う余地のない姿勢で、それにたいして異をとなえているのである。

この「対話」は、もはや「木々」に限定されずに、それに応じて「そんなに多くの語られた言葉を／ともに」含んでしまっている。かつてすでにおこなわれたそうしたディスクールを包含する「対話」は、その批評的、批判的な性格のゆえに、もはやただの「木々についての対話」ではありえない。それゆえに、それはまた、おそらくは言論出版の自由に関係する擬似「犯罪」の烙印をおされ、追放されるのだろう。「私」がすでにメタ言語的な様相を呈しているこの構造を、あらためて加工することによって、この詩のテクスチュアは、二重のメタ言語を産出する。自己言及としてのツェラーンの詩は、ある未知の「対話」について語りながら、みずからまたあらたな「対話」を開始しようとする。もっとも、ブレヒトのそれとは異なった意味ではあるが。この「葉」が属していたはずの、まだ、あるいはもはや、存在していない「木」は、したがって、のぞましい、おそらくは詩的な「対話」の媒体として構想されている。のぞむらくは東西ドイツの境界をも超えて、広がっていくはずの「対話」の。ツェラーンのフライブルク、フランクフルト、キールをめぐる朗読旅行の途次に成立したこの詩によって、詩人は、ドイツ連邦共和国から、すでに死せるブレヒトにむかって、彼がまだ生きてでもいるかのように語りかけようとする。おそらくは、とりあえずは名前を伏せられている他者の、そのかつて挫折した「対話」を再開するためにこそ。この「葉」が、しかしながら、目下のところは「木とてなく」語ることを強いられている状況は、部分的にはブレヒトの責任にも帰せられてい

(316) Jakobson 1974, S. 138.
(317) Ebd.
(318) コニーツニーは、この「時代」に支配的である「恣意的な権力・法体系」に、注意を喚起しようとする。もっとも、もっぱらナチ体制に関係づけてのことではあるが。「このように理解すれば、犯罪とは、広範な処罰（たとえば自由の剝奪）と結びついた、重大な刑法上の違法行為を意味する法律概念として把握される。」Konietzny 1985, S. 112.

るように思われる。死せるブレヒトとの「対話」がフィクションであるとすれば、これらの詩行は、しかし、事実上、いったいだれに宛てられているのだろうか。

＊

詩「一枚の葉」は、またちがった布置のなかにおかれてもいる。詩集『雪の声部』におさめられた詩作品は、大部分、パリで成立しているが、ドイツで書かれたわずかな詩篇も含まれている。これらは、さらに二つの詩群に分けられる。（一）西ベルリン滞在に由来する四編の詩。なかんずくそのなかには、しばしば論議の的になった「おまえは横たわっている」も数えられる。[319]（二）ツェラーンが前述の朗読旅行の途次に書いた詩。[320]この第二の詩群に組みいれられる詩「一枚の葉」は、しかし、ベルリンを想起させることによって、ひそかに第一の詩群を参照してもいる。他方、第一の詩群の三篇の詩もまた、当初、論集『ペーター・フーヘルのためのオマージュ』に発表されただけあって、[321]もともとベルリンの刻印を有している。[322]「対話」と「木々」の結合が、もはや換喩的な種類のものではなく、すでにあらためて隠喩的に組織されている、ツェラーンのテクスト構成は、ブレヒトとは別の典拠をもっている。もっとも、そのペーター・フーヘルの詩「テオフラストスの庭」もまた、ブレヒトの詩行をふまえてはいるのだが。

正午に、詩行の白い炎が、
骨壷のうえにひらめくとき、
想起せよ、わが息子よ、かつて対話を

木々のように植えた人たちのことを。
庭はもう死んでいる、私の息は重苦しくなる、
この刻《とき》をとどめるがいい、ここをテオフラストスが歩んだと、
樫の樹皮粉で土を肥やすため、
傷ついた樹皮を靭皮で縛るために。
一本《ひともと》のオリーブの木が脆い塀を断ち割っていく、
そして、熱い埃のなかに、なおも声が聞こえる。
奴らは命令を下した、根こそぎにせよ、と。
おまえの光が消えていく、庇護なき木の葉よ。(323)

(319) Du liegst. In: Schneepart. BA 10.1, S. 11ff.
(320) A.a.O., S. 61ff.
(321) Best 1968, S. 15f.
(322) この論集に副題として記されている「一九六八年四月三日」の日付は、「一枚の葉」の成立に先だつこと、わずか三ヵ月である。――ちなみにソンディは、フーヘル記念論集のなかで、「おまえは横たわっている」と他の二つの詩に、成立地である「ベルリン」の記載が保持されたことについて、その理由を、ツェラーンが「当時、ベルリンの近くに住んでいたフーヘルを思いやった」ことにもとめている。Szondi 1972, S. 114.――ヤンツもまた、そこにおさめられている「ベルリンで生まれた二つの詩『おまえは横たわっている』と『藤色の大気』」を、「フーヘルの詩『冬の頌』にたいする一種の応答、ひとつの木霊」と見做している。その際にヤンツは、「ある手稿では」、フーヘルのその詩は、『『冬の詩』と、また別の手

ブレヒトの詩が「のちに生まれる者たちに」むけられていて、ツェラーンの詩も、たとえフィクションではあれ、「ベルトルト・ブレヒトのために」定められているのに比して、このフーヘルの詩は、「私の息子に」という、簡素な献辞をそなえているばかりである。これら三つの詩が語りかける相手は、「対話」への志向の、それぞれに異なった様態を規定している。ブレヒトの歴史的、社会的な、フーヘルの強いられた形で私的な、そして、ツェラーンの個別的、アクチュアルな、そうした様態を。

フーヘルにあっては、「かつて対話を／木々のように植えた人たち」は、「想起」するに値する存在として顕彰される。この直喩によって、「対話」と「木々」は、相互に隠喩的に組みあわされる。こうした植物的な譬喩は、古代の伝説に依拠する、この詩の寓意構造の一部をなしている。「ここをテオフラストスが歩んだ」という直説法によって、「私」は、みずからをその後継者と同一化する。ディオゲネス・ラエルティウスの伝えるところによれば、「テオフラストスは、弟子たちに庭を」遺贈したが、それは、「彼らがそれを『聖所のように共有し、たがいに親しく、相和しつつ、利用する』ためであった。[324] 詩人をそのように自己を韜晦する神話化へと導くのは、おそらくはある批判的な意識にほかならない。すでに「詩行の白い炎」の詩句には、ツェラーンにおいてもまた、つねにそうであるように、はたして抒情詩のテクスチュアの自己言及が看取される。フーヘルの「私」もまた、みずから相続人として、その貴い遺産に心をくばろうとする。「庭」の「オリーブの木」を「根こそぎ」にするようにとの、お上の「命令」が「下った」いまとなっては、それはなおさらのことだろう。ここで言葉を発しているのは、支配する社会体制との緊張関係にある、そうした「私」の対自である。

こうした緊急と想定される事態によって、何が暗示されているのかは、そのテクストが位置している文脈から推測されうる。この詩は、フーヘルの他の五編の詩とともに、雑誌『意味と形式』に発表されたが、それは、フーヘル自身が編集長として責任を負っていた最後の号でもあった。[325] そこには、現編集長は「年末をもって依願」退職する、そして、『意味と形式』誌は、今後、「ドイツ民主共和国の芸術生活に、文化政治的諸問題の解明を通じて寄与する」はずである旨の、ドイツ芸術アカデミー総裁ヴィリー・ブレーデル名の「宣言」が告知されていた。[326] しかし、それにつづくページに、まさに暗示的な仕方で掲載されていたのは、ブレヒトの遺稿「理性の抵抗力についての講演」だった。[327] ブレヒトが生前にしばしばフーヘルを擁護していたことが、ドイツの東半分で「あやうく犯罪になりかねない」として禁止されていた「対話」について、

稿では『冬の韻』と、題されて」いることを指摘する。Janz 2003, S. 343f. ――「ハンス・マイアーのために」という献辞を付した、フーヘルのこの「冬の頌」は、『意味と形式』誌の後述の号に掲載された。Sinn und Form 1962, S. 870. ――フーヘルは、一九〇三年にベルリン近郊のグロース・リヒターフェルデに生まれ、後年になって、幾度かベルリンに定住したが、当時は完全に孤立した状態で、ポツダム近郊ヴィルヘルムスホルストに隠棲していた。

(323) Huchel 1963, S. 81.

(324) Huchel 1984, Bd. 1, S. 411 から引用した。

(325) Sinn und Form 1962, S. 868.

(326) A.a.O., ohne Seitenzahl.

(327) A.a.O., S. 663ff. ――マイアーは、つぎのような脈絡を証言している。「『のちに生まれる者たちに』宛てて、暗い時代について書かれた詩を含む、ベルトルト・ブレヒトの遺稿のなかに、『理性の抵抗力についての講演』が発見された。[…] 詩人ペーター・フーヘルが一九六二年末、アカデミー社の『意味と形式』誌のみずから編集した最後の号の巻頭に、この講演原稿を掲載したとき、政治的な方面から憤激した反応がかえってきて、ブレヒトがどれほどただしく判断していたかを立証する結果になった。」Mayer 1967, S. 129. ――マイアーは、別の箇所でも、フーヘルの「冬の頌」に関連して、「雑誌『意味と形式』の――立場次第で――賞賛されもすれば、不評嘖々でもある終刊号」に言及している。マイアーのこの著書

ツェラーンが全ドイツ的、両ドイツ的な問題提起を、たとえ形式的ではあるにせよ、ほかならぬブレヒトにさしむけた、その理由のひとつででもあったのだろう。ちなみに、ツェラーンがフーヘルからさらにベルリンを連想した、その契機は、ベルリンの壁が「断ち割ら」れるべき「脆い」塀として呼びおこされてくる、詩「テオフラストスの庭」だったのだろうか。[328]そうだとすれば、ここでは「ベルリン」は、暗に分割されたドイツの提喩をなしていることになる。[329]

ところでツェラーンのいくつかの詩も、この布置に属している。[330]なかんずく、彼にたいするクレール・ゴルの中傷を暗示した「……泉はざわめいている」や、[331]くわえてエフトゥシェンコの『バービイ・ヤール』のドイツ語訳などがそうだが、[332]おそらくそれは、おなじように迫害された者と見做していた、ツェラーンのフーヘルとの精神的な連帯のしるしだったのだろうか。[333]一九六二年十一月十五日付の礼状のなかで、フーヘルのほうもツェラーンに宛てて、こう書き送っていた。

現在——今年の二月以降——私は、手紙をだしても何の応答もない、そうした状況下にあります。［…］私は、ここ数ヵ月というもの、ヴッパータールで私たちがこころみた、あの長い夜の対話のことを、くりかえし思いおこさないではいられませんでした。私は、しばしばあなたの詩を読んでいます。[334]

古代の哲学者にして植物学者のテオフラストスの、その匿名の後継者の形姿は、ほかならぬブレヒトの批判がむけられていた、いわゆる「自然抒情詩」の系譜に、ややもすると組みいれられることになる、作者のフーヘル自身をかたどっている。しかし、みずからは「レールケおよびレーマンの後継者の範囲には属していない」と感じていたからこそ、[335]彼は、ブレヒトの「木々についての対話」という換喩的結合を、あえて意は、ツェラーンの遺した蔵書中にも含まれている。Mayer 1967, S. 186. ―― ちなみにマイアーは、この論文のなかで、フーヘルの「テオフラストスの庭」を解釈してもいる。A.a.O., S. 180ff. ―― ここにもしかして、ツェラーンが「一枚の葉」を書くことになる、その機縁が認められるかもしれない。

(328) 詩「テオフラストスの庭」の解釈は、ピーター・ハチンソンの論文に多くを負っている。Hutchinson 1973, S. 81ff.

(329) たとえば、フーヘルの詩「到着」は、イスラエルとユダに二分されていた、いにしえのイスラエルを隠喩にもちいて、分断されたドイツを主題にしている。これは、当初、一九六七年に発表されて、それからあらためて一九七〇年一月に、『メリアン』誌の『ベルリン』編に掲載された。Huchel 1984, Bd. 1, S. 177, S. 416. ―― Vieregg 1976, S. 44ff. を参照。

(330) 同様にツェラーンの蔵書に保管されている『意味と形式』誌の当該の号には、彼の詩も、「彼らのなかに土があった」、「……泉はざわめいている」、「戸口に立ったひとりの者に」の三編が発表されている。Sinn und Form 1962, S. 701f.

(331) ... rauscht der Brunnen. In: Die Niemandsrose. BA 6.1, S. 39; GG, S. 687. 以下を参照。Wiedemann 1995, S. 107ff.

(332) Sinn und Form 1962, S. 729ff. ―― 末尾の数行には、こう書かれている。

しかし、おいらは忌み嫌われているのさ、ぜんぶの反ユダヤ主義者どもに、
猛り狂って、もう胼胝ができたような憎しみでもって、
それほどやつらはおいらを憎む――
　　ユダヤ人を憎むように。
それでもっておいらは
　　ほんもののロシア人なのさ。

この号には、ツェラーンの関心をひいたにちがいない、二つの東欧色の濃い記事も含まれている。すなわち、イサーク・バーベリ「陋屋の終焉――オデッサ物語から」とアルノルト・ツヴァイク「だれかが警告される」である。Sinn und Form 1962, S. 732ff., S. 741ff. ツヴァイクの短編小説は、つぎのような書き出しではじまる。「おれの名前はリーヒャルト・カルトハウス、五十五才、チェルノヴィッツの産［…］」。

図して、「木々のよう」な「対話」という隠喩的結合へと変換するのである。この際に、いうならば植物的であることをもとめられるのは、「対話」の仕方そのものである。ツェラーンもまた、フーヘルに倣って、この変換をみずからの詩行において受けついでいる。自身の詩作品のなかで、多くの植物の名辞を登場させることによって、彼は、ただおなじように「木々についての対話」をこころみるだけではなくて、みずからの詩行の挙措を、さまざまな植物の形象をもちいて寓意化しているように、「木々のよう」な「対話」を遂行しようとする[336]。

「テオフラストスの庭」の、何らかの危機を強調するかのような「庇護なき木の葉」の語は、ツェラーンにおける「一枚の葉、木とてなく」に反響している。ちょうどツェラーンの詩の冒頭が、フーヘルの詩の末尾につづくように。双方のテクストで、「木」は、「木の葉」もしくは「一枚の葉」の「庇護」と見做されている。しかし、それによって示唆されているのは、ただ雑誌『意味と形式』にとどまらず、おそらくはまた、あらゆる「対話」が必然的に前提とせざるをえない、かつて幾分かは実現していた、未来においてもなお潜在的に可能である、そうした言語システムでもあるのだろう。なぜなら、フーヘルにおいては、「庇護なき木の葉」は、なるほど消えゆく「光」と同格におかれているにせよ、しかし、この「光」は、いつの日にか「詩行の白い炎」となって、いずれか死せる詩人たちの「骨壷のうえに」、かならずや回帰する定めにあるからである。「対話」への希望を保証するかにみえる、この光もしくは炎の秘儀は、ツェラーンのある別の詩のなかに受けつがれることになる。

*

さきに引いた手紙のなかで、フーヘルは、「ヴッパータールで私たちがこころみた、あの長い夜の対話」に言及していた。その際に彼が示唆しているのは、一九五七年十月十一日から十四日にかけて開催された「文学批評——批判的観点から」と題したワークショップであり、(337)なかでも十三日の日曜日の夕方に、ツェラーン、バッハマン、ハンス・マグヌス・エンツェンスベルガー、ヴァルター・イェンス、ハンス・マイアーが、「葡萄酒をまえにしてたがいに語りあった」、そして、「投壜通信の形による詩について」論じた。(338)

(333) ツェラーンは、フーヘルが一九二七年から二九年にかけて、フランスに滞在していた折に、イヴァンとクレールのゴル夫妻と交流していたことを、おそらく知らなかったのだろう。Parker 1998, S. 82.——一九七二年に刊行された詩集『数えられた日々』の、フーヘルからクレール・ゴルに贈られた版は、マールバッハのドイツ文学資料館に保存されている。

(334) Huchel 2000, S. 381.

(335) A.a.O., S. 401.——ヴィルヘルム・レーマンは、ちょうど一九六四年に、その前年に刊行されたばかりのフーヘルの詩集『国道、国道』にたいして、激しい批判を浴びせていた。「石を静寂の納屋としたり、くらげを焼かれたポリペーモスの眼としたりするなど、こうした譬喩は、いよいよ成功していない。因襲的な二格隠喩も[…]。」Lehmann 1986, S. 34.——レーマンのこうした否定的な反応は、スティーヴン・パーカーによれば、ホルトゥーゼンの批判と軌を一にしている。「レーマンは、二格隠喩の技法の増殖に遺憾の意を表した、そのホルトゥーゼンによるフーヘルの形象表現にたいする批判に与した。」Parker 1998, S. 442.——ホルトゥーゼンによるフーヘル批判は、約十年前にツェラーンの「二格隠喩」にむけられていた攻撃の、その焼き直しとして理解されうる。Holthusen 1954a; Holthusen 1954b; Holthusen 1955.——こうした事態が、すでにツェラーンの知るところとなっていた可能性は、いまのところ立証できない。

(336) 下記を参照。平野 2002.

(337) Mayer 1984, S. 226; Eckhardt 1995, S. 93.

(338) Mayer 1984, S. 228.

その記憶であった。戦後に成立して、東独にもひらかれていた「文化同盟」にその淵源をもつ、このヴッパータール「同盟」のワークショップは、東西ドイツ間の対話の機会にも、考慮されていたからこそ、[339] マイアーにくわえて、フーヘルも「とりわけ、定評ある雑誌『意味と形式』の編集長」として招かれていたのだった。[340] 一九六六年九月から十月にかけて書かれ、その生誕六十年を記念してマイアーに献呈された、ツェラーンの無題の詩の第一連には、こう書かれている。

白いざわめき、束ねられて、
光線の
進行、
テーブルをこえて
投壜通信をたずさえつつ。[341]

「テーブルをこえて」すすんでいく「光線」の「束」は、フーヘルにおける「炎」と「光」のように、「対話」の可能性を現出させるはずである。というのも、それは、「テーブル」上の「投壜通信」にふれていくのだから。原稿の前段階を参照すれば、そこには「投壜通信を空けながら」の語句がみられて、[342] 実在の葡萄酒の壜から、「投壜通信の形による詩」という詩的なテーゼが生まれる、[343] ひとつの隠喩が生成しながら、かつ抹消されていくあとをたどることができるだろう。一見、キリスト教的な象徴の名残は、つぎの詩行にも作用している。

ただひとつの秘儀が
永遠に言葉のなかにまじっていく。[344]

「ただひとつの秘儀」は、手稿の段階ではまだパンと葡萄酒の全質変化説の痕跡を残していた、[345]「赤い秘儀」というとりあえずの言い回しが、決定稿で削除されることによって、はじめて成立したのだった。

ツェラーンは、ヴィーデマンの推測にしたがえば、「投壜通信」のモティーフがあらわれるオシップ・マンデリシュタムの散文を、当時はまだ読んでいなかった。[346]このモティーフは、彼のブレーメン講演のなかで、つぎのように形容される。

(339) A.a.O., S. 225.
(340) A.a.O., S. 226.
(341) Weißgeräusche. In: Fadensonnen. BA 8.1, S. 44.
(342) Ebd.
(343) Mayer 1984, S. 228. ——「投壜通信」の隠喩は、おそらくデュッセルドルフ市民大学のある教授に由来している。ツェラーンは、一九五七年十二月十二日付の、ヴッパータール「同盟」のリーダーだったハンス゠ユルゲン・レープ宛の手紙のなかで、そのことを示唆している。「私は、たとえばマーガー教授が、投壜通信と無時間性についての彼の言葉（それから引用）を、なおも非常に正確に再現できるだろうと信じています。」Eckhardt 1995, S. 95.
(344) Weißgeräusche. In: Fadensonnen. BA 8.1, S. 44.
(345) Weißgeräusche. In: Fadensonnen. BA 8.2, S. 99.
(346) KG, S. 762.

詩は、言葉の現象形態であって、それとともにその本質上、対話的であるがゆえに、投壜通信でありうるのです。いつかどこかの陸地に、もしかして心の陸地に、打ち上げられているかもしれないという――たしかに、かならずしも強い希望にささえられているというわけでもない――そうした思いをこめて海に投じられた便りとして。(347)

ツェラーンは、ある会話のなかで、「詩」をまたしても「言葉の現象形態」として定義づけながら、より明確に、「詩」はけっして「言葉」そのものではない、と語っている。(348) しかし、こうした差異化から明らかになるのは、一種の従属関係でもある。「言語」一般が存在しなければ、いかなる「言葉の現象形態」もまた、生成しようがないだろう。そのとき、ツェラーンのブレヒト詩篇のなかの「木」と「葉」の隠喩も、ようやく明らかになってくる。

(そこからまろび落ちる者は、
葉もない木の下にころがっていく。(349))

「投壜通信」に封印された「ただひとつの」無比の「秘儀」が、いまや「言葉」のなかにまじることによって、ひとつの「対話」が成就する。この「秘儀」から脱落し、「まろび落ちる者」は、「葉もない木」と称されるところの、したがって「木とてない」と形容される「葉」の対極にある、「現象形態」のない、ただ社会的に制度化されているにすぎない「言語」のなかへと「ころがっていく」ほかはない。この括弧は、あるいは、ヴッパータールで実際にかわされた「対話」を、おそらくマイアーかフーヘルの発言を、再現しているとも考えられる。そうだとすれば、のちになって、「庇護なき木の葉」と「一枚の葉、木となく」という、この二つの合言葉で何が暗示されているかが、いよいよ明確になってくるだろう。ツェラーンのこの詩が、当時はまだライプツィヒ大学に勤務していたマイアーに献呈されているからには。フーヘルにあっても、またツェラーンにあっても、さしあたって「詩」は、ほかでもない「言葉」をもたない「言葉の現象形態」にほかならない。そうだとすれば、さきに引用した括弧内の文は、つぎのように逆転して表現することもできよう。「葉」は、すなわち、「対話」の成就から期待されてしかるべき、「言葉の現象形態」としての「詩」は、「木」が、すなわち、コミュニケイションの媒体としての「言語」が、欠けているかぎりは、のぞむとのぞまざるとにかかわらず、孤絶し、自閉的であることを強いられる、と。なぜなら、「一枚の葉」が「木」にかかっている（hängen）ように、「詩」は、そもそもこの「言語」に依存している（abhängen）のだから。

（347）Ansprache anläßlich der Entgegennahme des Literaturpreises der Freien Hansestadt Bremen. BA 15.1, S. 24.
（348）以下より引用した。Meinecke 1970a. Einleitung, S. 28.
（349）Weißgeräusche. In: Fadensonnen. BA 8.1, S. 44.

第三章　ウクライナもしくは喚起

「ウクライナ」という固有名があらわれるツェラーンの初期の詩篇は、そこに呼びおこされた形象によって二分される。それは、雪と植物であり、換言すれば、白と緑である。この二つの詩群を、とりあえず雪の系列、植物の系列と名づけることにしよう。この二つは、一見してそれぞれ対照的な徴表をしめしている。雪の系列では、「私」独自の情動が、みたところ直截に表白されるのに比して、植物の系列は、人工的な、いわばわざとらしい印象を与える。

一九四二年ないし四三年にチェルノヴィッツで書かれたと想定されていて、ようやく詩人の死後に公にされたある詩は、つぎのようにはじまっている。

Es fällt nun, Mutter, Schnee in der *Ukraine*…
Des Heilands *Kranz* aus tausend *Körnchen Kummer*…[350]

母よ、いまウクライナに雪が降っています……

数かぎりない心痛の粒子からなる、救世主の冠が……

「冠（*Kranz*）」、「粒子（*Körnchen*）」、「心痛（*Kummer*）」と、「ウクライナ（*Ukraine*）」という地名からひきおこされる音の連鎖 k-r-n は、詩の末尾で、不意に「母」に関係づけられた私的な感情をあらわにする、よそよそしい w [v] 音にぶつかることになる。

Was wär es, Mutter: Wachstum oder Wunde —
versänk ich mit im Schneewehn der Ukraine?[351]

母よ、それが何でしょうか、成長が、あるいは傷が——
私がウクライナの吹雪のなかで、ともに斃れないのなら。

数多くの誤植のせいでみずから撤回された、ツェラーンの第一詩集『骨壷からの砂』には、「ウクライナ」という地名は、その変化形をも含めて、二度、出現する。そのひとつは、一九四四年に成立したとおぼしき「黒い雪片」である。[352]

雪が降りました、光もなく。ひとつ、
あるいはふたつの月が過ぎました、秋が僧服を身にまとって、
とある知らせを、ウクライナの斜面からの一葉を、私にもたらしてから。

ここでも「私」の体験は、無媒介に表出されているような様相を呈しているにもかかわらず、秋ないし冬の形象のなかに、やはりすでにメタ言語的に媒介された反省がはいりこんでしまっている。「一葉（Blatt）」は、「秋」の木の葉であるとともに、歴史の領域に属している文書をも意味する。「雪」もまた、ただ「光もなく」というばかりではなく、それどころか「黒い」と知覚されるにおよんで、すでにそのリアリティを剥奪されている。[353] このように異化作用をおよぼす詩行は、畢竟、さきに引いた詩とおなじような構成をとっていて、強弱弱格による「母」への悲歌的な呼びかけによって結ばれる。ふたたび「雪」の複合によって媒介されて。

(350) Winter. BA 1.1, S. 106. イタリック体は筆者による。

(351) Ebd. イタリック体は筆者による。——この詩について、フェルスティナーは、つぎのような注釈を付している。「ツェラーンの抒情詩に、はじめて地名があらわれる。エキゾチックな『彼処』への神話的な到達を拒否する、現実の地域が［…］。『ウクライナ』は、韻を踏む語として、二度、登場する［…］。その名前は、詩の最初と最後の行を結び、私たちの視野の方向を劃そうとする。」Felstiner 1995, S. 17; Felstiner 1997, S. 42.

(352) ボラックは、ツェラーンがこの詩を「一九四三年にルーマニアの労働キャンプで」書いたものと推定している。Bollack 2006, S. 63.

(353)「ウクライナは」、とボラックは書いている、「死の風景に変容している」。Ebd. ——注41を参照。——地名としての「ウクライナ」、すなわち Ukrajina について、以下の事実が指摘される。kraj はスラヴ語でもともと「地域」の意であるからには、否定の接頭語 U- を付した U-krajina は、まさに「どこにもない場所」としての地名を形づくっている。それにくわえて、raj が「楽園」を意味することを考えあわせれば、このアナロジーは、否定的な含意をもつことになる。

母よ、秋が血を流しつつ私から去ったとき、雪が私を灼きました。
私がわが心に泣くようにもとめたとき、私は、ああ、夏の息吹をみいだしたのでした
［…］。[354]

後年のツェラーンにおいても依然として作用しつづける、この雪の系列については、この章でさらに幾度か、とりあげることになるだろう。

＊

いまひとつの系列、植物の系列のなかでは、ツェラーンにおける地名「ウクライナ」は、前述のように、緑の色彩によって規定されている。とりあえず一九四四年に成立したものと推定されている、死後に公にされた詩「ロシアの春」には、つぎのような詩行が含まれている。

彼女は私とともに知っているだろうか、花綵で飾られた騎士として、
ウクライナの緑のなかに、忠実なフランドルの死が逗留しているのを。[355]

「ウクライナ」と「緑」を結合するステレオタイプな観念連合によって、「死」は擬人化され、寓意化されてたちあらわれる。ここでは、神話化の作用といわゆるニーベルンゲン詩節の使用によって、[356] トラウマとしての「ウクライナの雪」から、幾分か距離がおかれている。おなじことは、同様に『骨壷からの砂』におさ

められた詩「ハコヤナギ」にもあてはまる。

ハコヤナギよ、おまえの葉は白く闇のなかをみつめている。
私の母の髪は、けっして白くならなかった。

タンポポよ、ウクライナはこんなに緑だ。
私の金髪の母は、家に帰ってこなかった。

この詩においては、心的な防御システムとして、前述の神話化のかわりに、フォークロア的な様式化が機能している。[357]「母」は、もはや呼びかけられることはなく、固定観念のように、くりかえし呼びだされてくるばかりである。それぞれ二行からなる二つの連では、第一の詩行と第二の詩行が、植物と「母」が組みあわされることによって、たがいに対比されている。しかし、隠喩法が依拠する「類似性の原理」[358]は、ここではもはや機能していない。「ハコヤナギ」の「葉」が「白く闇のなかをみつめている」のに反して、「母」の

(354) Schwarze Flocken. In: Der Sand aus den Urnen. BA 2-3.1, S. 19.
(355) Russischer Frühling. BA 1.1, S. 123.
(356) Striehler 1979, S. 25.
(357) A.a.O., S. 31; Silbermann 1993, S. 28; KG, S. 597.
(358) Jakobson 1974, S. 138.

「髪」は、「けっして白くならなかった」。「ウクライナ」の「緑」は、「母」の「金髪」から、およそかけはなれている。若干の色彩効果がのぞめるなかにあって、それでもひとつひとつの形象は、記号の恣意性を露呈させるためでもあるかのように、たがいに孤立している。それによって、すでにひとつの裂け目が予告される、すなわち、明らかに現実の諸関係の裂け目が、である（「私の金髪の母は、家に帰ってこなかった」）。それは、「ウクライナ」という地名を召喚することによっても、裏書きされるように思われる。

それぞれ二行ずつの詩連のなかで、ほとんど恣意的に呼びだされてくる自然現象（「ハコヤナギ」、「タンポポ」、「雨雲」、「まるい星」）が、そのたびごとに「母」の必然的なイマーゴと連合する、こうしたみかけばかりの均衡は、最終連で破綻する。

樫の扉よ、だれがおまえを蝶番からはずしたのか。
私のやさしい母は、もう帰れない。(359)

「樫の扉」は、もはや自然の領域には属していない。いまや歴史が、そのリアリティによってこの二つの詩行を支配するにいたる。「ウクライナ」の「緑」は、テクストのなかでただでさえ孤立して作用するばかりだった、その刹那の生気をも失うのである。

詩「ハコヤナギ」は、一九四五年ないし四六年に、ブカレストで書かれ、「ウクライナ」あるいは「ウクライナの」の語彙があらわれる詩篇のなかでは、唯一、詩集『罌粟と記憶』に再録された。したがって、ツェラーンの生前に「ウクライナ」の語が公然と存在しつづけていた、ただひとつの詩ということになる。しかし、ツェラーンが一九四七年にウィーンへ、翌一九四八年にパリへ移住してのちは、この地名は、それ以後の詩集では、もはや口にされることはない。ツェラーンにおける当初の西欧への志向は、それとともにやがて東欧へと逆転していくが、その東欧では、そうこうするうちにもチェルノヴィッツも、やはり「ウクライナ」に帰属するようになっていた。

＊

「ハコヤナギ」以後にもなお「ウクライナ」の語がかいまみえる、ただひとつの詩「狼豆」[360]は、一九五九年に書かれたが、さきに述べたように、それが「私的」なままにとどまっていて、「そもそも詩ではない」という理由で[361]、いったん撤回された。ツェラーンは、みずからこう書いていた、『ああ、母よ』。このような言葉をたずさえて、人前に出るわけにはいかないでしょう」と[362]。それにもかかわらず、一九六五年にふたたび作成された第二稿は、またしても未発表のままにおわった[363]。そこには、このような詩行が読みとれる。

（359）Espenbaum. In: Mohn und Gedächtnis. BA 2-3.1, S. 79.
（360）Wolfsbohne. BA 11, S. 241ff.
（361）CH, S. 117.
（362）A.a.O., S. 106.
（363）Wolfsbohne. BA 11, S. 245ff.

（遠く、ウクライナの
ミハイロフカで、
ガイシンで、
彼らが私の父母を打ち殺した場所に［…］(364)

地図上でかなり広大な地域を覆っている、「ウクライナ（Ukr*ai*ne）」という地名のなかには、はるかに小さな町村である「ガイシン（G*ai*ssin）」と「ミハイロフカ（Mich*ai*lowka）」の地名との共通項として、スラヴ語の二重母音 ai ないしは aj が書きこまれている。ここでは、言語的かつトポグラフィ的な志向がみずから見当識を得るのに手がかりにする、そうした副詞のひとつである「遠く（w*ei*t［vait］）」が、ドイツ語の二重母音 ei［aɪ］にくわえて、その意味論的な指示によって、「ウクライナ」の地名の連鎖をひきおこす契機となっている。もっとも、「ウクライナ」が「ミハイロフカ」や「ガイシン」に置換されたところで、それらの名前は、あたかもそれ自身が追放された者でもあるかのように、一編の未刊の詩のなかに、(365)あるいはまたこの撤回された詩のなかに、その字母をあらわにするにすぎないだろうが。ツェラーンは、「暗号化された沈黙の夜のなかに送り返すためにも」、そのかずかずの「地名」を名ざしたと、デリダが想定しているにしても、(366)それは、この漠とした「ウクライナ」という地名には該当しない。ツェラーンは、結局のところ、この地名を逆説的に喚起することをめざしている、そのようにも思われてくる。

＊

いや、そうではない、「ウクライナ」という地名の暗号化は、すでに早くからはじまっていた。すでに引用した詩「荒野の歌」の第一連を、あらためてとりあげてみよう。

黒ずむ葉から花輪が編みあげられたのは、アクラの故地でのこと、
そこで私は黒馬を乗りまわし、死にむかって短剣で斬りかかった。
私が木作りの皿から飲んだのも、アクラの泉からわきでる灰、
そして、私は、面鎧をおろすや、天の廃墟にむかって突きすすんだ。[367]

その呪術的な響きによって、脚韻として詩行のなかへ六度にわたってはいりこむ語「アクラ(Akra)」、詩人の下意識から、あるいはせいぜいその前意識から、発しているからこそ、歪曲され、縮減されざるをえない、この語は[368]、読者の心中にも一定の音響像を、おそらくある衝撃を、産出することになる。もっとも、そ

(364) A.a.O., S. 245. —— 一九四四年七月一日付のキエフからの手紙のなかで、ツェラーンは、友人のエーリヒ・アインホルンに宛てて、自分の両親が「ドイツ人によって射殺され」たことを告げていた。「僕は、ただひたすら屈辱と虚無を体験した。かぎりない虚無を。」CE, S. 3.
(365) In meinem zerschossenen Knie. KG, S. 524.
(366) Derrida 1986a, S. 37; Derrida 1986b, S. 42.
(367) Ein Lied in der Wüste. In: Mohn und Gedächtnis. BA 2.-3.1, S. 71.
(368) 「アナグラム」は、「狭い範囲内で、たとえば一語ないし二語のなかで、主題となる語のすべての要素を蓄積するこ

れだからといって、それが読者の側で何らかの明瞭な意味に達するわけではないが。「アクラ」とは、とりあえずは、「およそ紀元前二世紀に、イェルサレム市内の、昔、ダビデ街があった場所に建設された砦」である。[369] しかし、こうした歴史的な装いをこらさずとも、ツェラーンにおける「アクラ（Ak*ra*）」は、ただ音韻的な類似にとどまらず、その語義の近さからしても、たやすく「ウクライナ（Uk*raine*）」と同定することができるだろう。なぜなら「ギリシア語の akra は、最後尾、尖端、あるいは前山ないし頂」をさしているように、[370] Ukraina は、もともと「境界の国」を意味するからである。[371]

＊

ツェラーンがフランスに移住してから成立した詩「畑」[372] は、つぎのようにはじまる。

いつもあれが、あのポプラの木が、
思念の縁に。
いつもあの指が、突っ立っている、
畦のほとりに。

Rain（「畦」）の語に含まれる二重母音 ai が、ドイツ語ではおなじ発音になる ei にくらべて、比較的まれにしかあらわれないからこそ、それは、音声よりもむしろその字母によって、Uk*raine*（「ウクライナ」）を想起させないではおかないだろう。さきに述べたその語源にふさわしく、舞台は、はたして「思念の縁」に設定されている。

そのはるか手前では
夕闇のなかを、畝の溝がためらっている。
しかし、雲は、
雲はながれていく。

とを、作者が好む、そうした場合にのみ、使用される」べきであるとする、ソシュールの厳格な前提を、幾分かやわらげて、あるいは、テクストの志向を作者の識閾下に設定することによって、その亜種を許容することが許されるだろう。Starobinski 1971, S. 31; Starobinski 1980, S. 24. ——ソシュールは、つぎのようなノートを残している。「私が『アナグラム』の語をもちいるとき、文字を介入させることをけっして考えてはいない［…］。『アナフォニー』というほうが、私が思い浮かべていることからすれば、より正確だろう。しかし、この概念をたてるとなると、それは、別の用途、すなわち、所与の語の完全な再生産に努めることもなく、いくつかの音節を模倣することに限定する、そうした不完全なアナグラムを標示するほうが、よりふさわしく思われてくる。」Starobinski 1971, S. 27; Starobinski 1980, S. 20. ——「アナフォニー」は、「アナグラム」の「不完全な形式」と定義されるが、それももっともではある、というのも、音声は文字よりも容易に、意識の検閲をすり抜けるからである。

（369）KG, S. 593.

（370）Ebd.

（371）Brockhaus Enzyklopädie 1974, S. 195.

（372）Die Felder. In: Von Schwelle zu Schwelle. BA 4.1, S. 48.

「ポプラ（Pappel）」の語源は、ラテン語のpopulus、すなわち、「人々」を意味する語の同音異義語である。「畑」のなかに刻まれた「畝（Furche）」は、医学用語としての「（脳の）裂溝」を、書きこまれた記憶を、連想させつつも、死者を擬人化しているとおぼしき「ポプラ」[373]が、遠く到達しがたいがゆえに、「はるか手前」で「ためらっている」。しかし、大地に縛られない「雲」は、この不可視の境界をこえていくことができる。生者と死者との境界は、そのまま土地の境界、国境にかさなっていく。

いつもあの眼。
いつもあの眼、その瞼を、
伏せられた兄弟の光のもとで、
おまえがひらいてやる眼。
いつもこの眼。

いつもこの眼、視線を紡いで、
あれを、あのポプラの木を、つつみこむ眼。

語末音消失によって、Auge [aʊgə]（「眼」）のかわりにくりかえされるAug [aʊk]が、たとえばRain（「畦」）の語に[ʊk]音を供給するとき、「ウクライナ」という地名が合成されることになるだろう。四度、吃るかのように反復される仮想上の前綴Uk-は、先行する基本語Rainにまたしても追いつこうとして、しかしながら、いつまでもはたせないままである。そのような「眼」の志向は、この言語のパフォーマンスと協働している。ちなみに、前置詞句 am Rain（「畦のほとりに」）は、ただ聴覚によって感受するかぎりは、am Rhein（「ライン川のほとりに」）とも同一化されうる。しかし、それは、ただの言葉遊びにとどまらない。というのは、ポーランドとウクライナに住みついたアシュケナジム系ユダヤ人は、もとをただせば「ライン」沿岸に発していたからである。こうした関係に、読者は、詩「チュービンゲン、壱月」のなかで、ふたたび出会うことになるだろう。(374)

(373) Landschaft. In: Mohn und Gedächtnis. BA 2-3.1, S. 134.
(374) Tübingen, Jänner. In: Die Niemandsrose. BA 6.1, S. 28.

一　「帰郷」および「チュービンゲン、壱月」

すべて伝えられたものは、ただ一度、声として、そこに現前する。その再度の出現、その都度の現在とは、いったん無声へと退いたのち、そこに保存されていたものの有声化にほかならない。あらたにあらわれるにあたって決定的なのは、そのあらたな声である［…］。

パウル・ツェラーン[375]

多かれ少なかれ言外に規定されてきたように、フォーネーの本質は、「思惟」のなかでロゴスとして「意味」に関係して、意味を産出し、受容し、表出し、「とりあつめる」ところのものに、直接、近いということになろう。

ジャック・デリダ[376]

ツェラーンにおいてもまれならず出会うところの、プルーストの「無意志的想起」について、前章においてただ示唆したというにとどまらず、ツェラーン自身の「声」への傾斜に関連づけて語ってもいた。[377] 記憶と声が複合する、この主題については、本章でツェラーンによるフリードリヒ・ヘルダーリーンへの照合をたどることによって、あらためてとりあげ、詳論することにする。それにそなえて、三つの術語を先行させておこう。[378] 最初の二つは、ツェラーン自身がその研究ノートに書きとめている。「記憶痕跡（Engramm）の賦活（Ekphorierung）」[379]、「連合的記憶、すなわち記憶把持（Mneme）（シェーラー）」[380] と。前者は、明らかに彼が所蔵していたオイゲン・ブロイラーの『精神病理学教程』から引用したものである。

心的に体験されるすべては、持続する痕跡（記憶痕跡）を残していく。ある過程がより頻繁に反復されるほどに、それだけより容易に経過するようになること、［…］ひとがくりかえし体験されたものを反復と認めること、なかんずく、心的な過程をみずから想起することができること、そうしたいくつもの事実から、われわれはそれを認識するのである。［…］想起するにあたっては、以前の体験に似た機能

（知覚されたものの表象作用）が〔…〕ふたたび作動するにちがいない。それを記憶痕跡の賦活と呼ぶ。[381]

後者は、ツェラーンが記しているように、やはり彼の蔵書に含まれている、マックス・シェーラーの『宇宙における人間の地位』から引かれている。

〔…〕連想、再生、条件反射といった事実の総体、すなわち、われわれが**「連合的記憶（記憶把持）」**と呼ぶ〔…〕あの諸能力〔…〕。[382]

「記憶痕跡」と「記憶把持」の二つの術語は、もともとはおなじ著者、すなわち進化論の立場に立つ生物学者で、いまでは長く忘れられているリーヒャルト・ゼーモンに由来している。その著書『有機的な出来事の変化における保存原理としての記憶把持』の第二版には、つぎのような記述がみられる。

きわめて多くの場合に、有機体の刺激に敏感な実質は、〔…〕ある刺激が作用し、再停止して、しかるのち、また再開したあとで、二次的な無作用状態へと持続的に変化させられてしまっていることが証明されうる。私は、この刺激作用を**記入作用**と名づける。というのも、それは、有機体にいわば刻みこまれ、書きこまれるからである。そのようにして惹起された有機体の変化を、私は、当該の刺激の**記憶痕跡**と名づける〔…〕。有機体において、ある特定の記憶痕跡、ないしはそうしたたぐいの総和の現存から結果する現象を、私は**記憶把持**現象と名づける。ある有機体の記憶把持能力を、私は、その**記憶把持**と名づける。[383]

ギリシア語で「書きこまれたもの、銘文」を意味するEngramm（「記憶痕跡」）は、したがって、つねにエクリチュールの様態において保存されることになる。

［…］刺激*a*に属している同期的な興奮状態は、［…］他の刺激、ここではかりに刺激*b*としておくが、それによってあらたに惹起され、ふたたび喚起されることができる。私は、それを可能にする影響を、

(375) Der Meridian. TA, S. 118.

(376) Derrida 1967a, S. 21; Derrida 1974, S. 24.

(377) 注231、注271、注274を参照。

(378) この節のもとになった二〇〇一年発表のドイツ語論文を、筆者は、Engramme – Mneme – Phoneme（「記憶痕跡——記憶把持——幻聴」）と題したが、その際には、関係するツェラーンのノートをまだ知ることはなかった。

(379) Der Meridian. TA, S. 212.

(380) A.a.O., S. 188, S. 245; BP, S. 445.

(381) Bleuler 1960, S. 54.——ツェラーンは、この図書を一九六四年七月一日に購入しているが、その初版は、すでに一九一六年に出版されていた。——チュービンゲン版ツェラーン全集の編者は、さきのノートの記述を、フッサールの『純粋現象学と現象学的哲学のための諸構想（イデーン）』に帰しているが、編者自身がそれを証明しえていない。Der Meridian. TA, S. 249. おなじページの別の記述に「ブロイラー、教程」とあるように、そのただしい典拠がしめされている。A.a.O., S. 212.

(382) Scheler 1949, S. 26. イタリック体（本書ではゴシック体）はシェーラーによる。下線（本書では傍線）および欄外の傍線はツェラーンによる。

(383) Semon 1908, S. 22. 初版は一九〇四年に出版された。イタリック体（本書ではゴシック体）はゼーモンによる。

賦活的影響と呼ぶ［…］[384]。

しかし、この「記憶痕跡の賦活」は、ツェラーンにあっては、「有声的に」生起するものとされる。エクリチュールは、その都度、パロールへと機能変換されるのである。そのためには、三つめの術語が必要になるだろう。それは、ここでは言語学用語に属するというよりも、むしろ精神病理学のタームであって、まさにエクリチュールと対照的に、パロールを要請するものである。医学用語辞典に、こう書かれている。

Phoneme——複数形。音声の形式による聴覚上の幻覚（たとえば、統合失調症において）[385]

この術語を、そうした医学的な含意を考慮しながらも、より広義に、すなわち、その語源（「音声」）に遡行して、デリダのようにもちいてみよう。

どうして音素（phonème）は、「もっともイデアな」記号なのか。音とイデア性との、あるいはさらにいえば、声とイデア性との、この共犯関係は、いったい何に由来するのか。［…］私が話しているとき、それは、自分が話しているちょうど**その時間に**、同時に**自分を聞いている**という、この操作の現象学的な本質に帰属していることになる。私の気息によって、意味作用の志向によって、賦活されたシニフィアン［…］は、私に絶対的に近い[386]。

精神医学的な意味における「幻聴」は、すなわち「声の聴取」は、デリダの「話すのを聞くこと

（s'entendre-parler）」の、[387]その分裂した、疎外された形式と理解することができよう。ツェラーンにおける「声」の、この乖離現象を統合し、相互に同一化することが、なおさら要請されてくる所以である。

＊

「追想」と題されたツェラーンの詩のなかでは、「そのなかで、あの刻限が／死者の扁桃眼を思念しつづけている」、そうした「心」について語られている。[388]そこにヘルダーリーンの痕跡がうかがえるのも、偶然ではない。[389]アウシュヴィッツ以後のドイツ系ユダヤ人の詩人が、「追想」や「ムネーモシュネー」について語ったドイツ人の詩人に、くりかえしかかわろうとする。ツェラーンは、本章で扱う詩「チュービンゲン、壱月」を含む詩集『無神の薔薇』のモットーに、ダンテ、マンデリシュタム、それからヘルダーリーンからの引用を予定していたことがあった。[390]イスラエル旅行を契機にして書かれたある後期の詩では、彼は、ヘルダーリーンをとりあげて、「私は、二つのグラスから葡萄酒を飲む」と、ある種の折衷主義を標榜しているよ

（384）A.a.O., S. 26. イタリック体（本書ではゴシック体）はゼーモンによる。
（385）Duden 1979, S. 544.
（386）Derrida 1967b, S. 86f.; Derrida 1979, S. 134. イタリック体（本書ではゴシック体）はデリダによる。
（387）Derrida 1967b, S. 17; Derrida 1979, S. 19.
（388）Andenken. In: Von Schwelle zu Schwelle. BA 4.1, S. 49.
（389）Manger 1983, S. 161ff.
（390）Die Niemandsrose. TA, S. 4f.

うにさえみえる。(391) しかし、本章で意図するのは、二つのテクストの照合ではなく、いわんやギリシア、およびユダヤの、それぞれの文化的意味の解読でもない。ツェラーンによる二編のヘルダーリン詩篇をもとにして、その「ムネーモシュネー」の、すなわち「ミューズ」の母の、言語的な挙措をたどる試みである。
最初に、詩「帰郷」をとりあげてみよう。

雪が降る、おもく、いよいよおもく、
鳩のいろして、昨日のように、
雪が降る、おまえがいまでもまだ眠っているかのように。

遠くまで広がるいちめんの白。
彼方に、はてしもなく、
失われたものの橇のあと。

そのしたに、隠されて、
反転しているのは、
これほどに眼に痛い何か、
丘また丘、
不可視のままに。

それぞれのうえに、
おのが今日のなかへと回収されて、
黙せるもののうちへ辷りおちた自我。
木と化して、一本の杭さながら。

あそこに。ひとつの感情、
氷まじりの風に吹きよせられて、
その鳩の、その雪の
いろした旗布を繋ぎとめている。[392]

これらの詩行においては、ことさらヘルダーリーンを明示するものはないとしても、「旗布」の語と「W音の指示的性格」から、詩「生のなかば」との関連が指摘されている。[393] この想定は、第一連の「おもく、いよいよおもく（dichter und dichter）」のなかに、二人の詩人（Dichter）の架空の出会いが暗示されていると読むことによって、[394] いよいよ説得力をもつようになるだろう。

（391） Ich trink Wein. BA 14, S. 33. さらに Böschenstein 1983、Manger 1983 を参照。
（392） Heimkehr. In: Sprachgitter. BA 5.1, S. 20.
（393） Hölderlin 1953, S. 121.
（394） Beese 1976, S. 197f. 注407を参照。

ちなみに、「遠くまで広がるいちめんの白（Weithin gelagertes *W*eiß）」、「これほどに眼に痛い何か（*w*as den Augen so *w*eh tut）」、「氷まじりの風に吹きよせられて（vom Eis*w*ind herübergе*w*eht）」と、この詩全体に散布されているw音は、さきに引いた初期の詩のなかにも、すでに感知されていた。

母よ、それが何でしょうか、成長が、あるいは傷が——
私がウクライナの吹雪のなかで、ともに斃れないのなら。[395]

痙攣するように反復されるw音は、どうやら地名「ウクライナ」によって作動し、代置されている。しかし、詩「帰郷」では、この契機は、すくなくとも詩行のなかには明示されていない。それにもかかわらず、「帰郷（Heimkehr）」という標題そのものの響きのなかに、いくつかの痕跡（[ai] あるいは [aɪ]、[k]、[r]）を残しているように思われる。

「おまえ」と呼ばれている人物は、いったいだれなのだろうか。たとえば、「昨日」、雪のなかで「眠って」いた死者なのだろうか。たぶんそうだろう。そうだとすれば、非現実をあらわす接続法「眠っているかのように（schlief[e]st）」は、死者がいまはもはや雪のなかに存在していないことをしめしている。そうした空虚な墳墓については、草稿段階での「これほどに眼に痛かった何か」という詩行が語っているところである。[396]この過去時制は、推測するに「昨日」の出来事に発して、あるいは意識のなかでは消失しかかっている記憶痕跡を、あるいは何らかのトラウマを、証言している。決定稿にいたって、時制は現在に変換されて、急性の経過をたどりつつある、もしかするとまだ再発する、そうした症候を暗示するようになる。[397]

そうした現在化は、もともとこの詩のなかに作用している。なぜなら、この「帰郷」は、過去志向に「昨日」にむけられているのではないからである。この詩は、決定稿に書きあらためられる際に、はじめて「帰郷（Heimkehr）」という標題が与えられた。草稿に含まれていた過去分詞「たちかえって（*heimgekehrt*）」が、「回収されて」におきかえられるとともに、秘匿されていた土地の名前「ウクライナ」に、やはり特権が与えられてしかるべきである、といわんばかりに。

それぞれのうえに、
おのが今日のなかへとたちかえって、
黙せるもののうちへ辷りおちた自我。[398]

「帰郷」は、したがって、「おまえ」がもはや「昨日のように」眠ってはいない、匿名の「私」の「今日」のなかへとむかっていく。しかし、この逆説的な道行は、最初は能動の分詞「たちかえって」によって記述されているところをみると、自分の意思で足を踏みだしたようにみえるものの、そのあと、受動の分詞「回収されて」によって、強いられたものであることが明らかになる。[399] それにくわえて、「今日」にかかってい

（395） Winter. BA 1.1, S. 106. 注351を参照。
（396） Heimkehr. In: Sprachgitter. BA 5.2, S. 113ff.
（397） 注235を参照。
（398） Heimkehr. In: Sprachgitter. BA 5.2, S. 112, S. 114f.
（399） Werner 1998, S. 82; Olschner 2003, S. 110; Olschner 2005, S. 147; Olschner 2007, S. 51 を参照。

る所有形容詞「おのが」による差異化からは[400]、自己同一性の危機にかかわる孤立のさまが読みとれるだろう。そして、それは、なおさらのこと、新しくたてられた標題が暗示的に告げているように、「ウクライナ」と、その不在の様態においてではあるにせよ、死者を、志向することになる[401]。

そうした「一種の帰郷」が、「言葉が有声になる」、そうした「道筋」のひとつをたどるにしても、しかし、ここでは、音も声も強制的に排除されている。唯一、雪景色を彩る形容詞「鳩のいろ (taubenfarben)」は、「青灰色 (taubenblau)」、「鳩羽ねずみ色 (taubengrau)」から類推された造語だろうが、そこからは同時に、共感覚によるかのように、音声的な形容詞「耳が聞こえない、聾の (taub)」が生じてくる。形容詞の名詞化「黙せるもの (das Stumme)」もまた、「声 (Stimme)」を、すでに空洞化してしまっているのである。そのようにうちたてられた視覚の権力は、一方で、「私」の感情を疎外する離人現象と軌を一にしながら、他方で、「遠くまで広がるいちめんの白」によって、エクリチュールの素地を用意する。「記憶痕跡」によって書きこまれた「失われたものの橇のあと (Die Schlittenspur des Verlornen)」は、ひとつのアポリアを提示する。「失われたもの」がなお不在で、「あと」としてのみ、現存しているかぎりにおいて[402]、その書字を読むことが要請されうる。というのは、「書字」とは、「元来、不在のものの言葉」にほかならないからである[403]。しかし、それを還元的に読もうとすれば、その「失われたもの」は、いよいよ「失われ」ていくことになるだろう。それがそもそも読むことができるのかどうか、そのことはさておいて。いずれにせよ、読もうとする眼差しそのものが、「これほどに眼に痛い」、「不可視の」墳墓をまえにして、機能不全におちいっている。何らかの「記憶痕跡」を書字によって「賦活する」ことは、まだ可能ではない。いわんや、声によって、など。

*

それにたいして、つぎの詩行には、「ヘルダーリーン」という名前が明確に刻みこまれている。それは、はたして「チュービンゲン、壱月」と題されている。

(400) この詩は、一九五五年十二月から一九五六年八月四日までのあいだに書かれて、ここであげている変更も、この期間内におこなわれた。その間、一九五六七月二十七日付のアルフレート・アンデルシュ宛の長文の手紙のなかで、ツェラーンは、「ゴル事件」に関して助言と助力を懇願していた。「[…]私は、ここ数ヵ月、いやここ一年というもの、ほとんどまともな詩行を紙に書きつけることすら、できないでいます。詩を書きとめようとする手が、まるで麻痺しているかのようなのです[…]。」Wiedemann 2000, S. 226. ヴィーデマンによれば、彼は「事実上、一九五六年の前半には、[…]詩を書くことも翻訳することもしていなかった」。A.a.O., S. 235.

(401) ツェラーンの「おのが出自」の「場所」、すなわちチェルノヴィッツと、彼の母親が「眠って」いるトランスニストリアは、もともとドニェストゥル川によってへだてられ、劃されていた。この二つの「場所」は、いまや「ウクライナ」の名のもとに包摂されるようにみえる。Der Meridian. BA 15.1, S. 50.

(402) 「『失われた(Verlor[e]nen)』の *e* 音は」、と、リーケ・フェルカは書いている、「覆い隠された『苦痛(*Weh*)』との地下での結合を維持している」。Felka 1991, S. 198.

(403) Der Meridian. TA, S. 136. ——下線(本書では傍線)はツェラーンによる。この一文は、フロイトの著書『文化の裡の不快』からの引用である。Freud 1931, S. 49. ただし、ツェラーンがこの書物を購入したのは、ようやく一九五九年十月四日である。

盲目へと説き
伏せられた眼、
その——「ひとつの
謎だ、純粋に
発したものは」——、その
思い出、
揺曳するヘルダーリーンの塔の、鷗の鳴き声に
囲繞されて。

溺れた指物師たちの訪い、
これら
浮かびあがる語句のもとに。

生まれるなら、
ひとりの人間が生まれるなら、
ひとりの人間がこの世に生まれるなら、今日、
太祖たちの
ひかりかがやく髯をたくわえて。そうすれば彼は、
彼は話すだろう、この

時代について、彼は
ろれつがまわらぬまま話すばかり、
話すばかりだろう、
いつ、いつ、
までもまでも。

（「パラクシュ、パラクシュ」）[404]

ここでは、さきの詩を支配している、沈黙にとりつかれて、視覚に偏した風景が、「眼に痛」く作用することもなく、その「眼」は、そもそものはじめから「盲目へと説き／伏せられ（zur Blindheit über- / redet）」てしまっている、すなわち、「圧倒的な言説（Über-Rede）」によって、盲目であることを強いられているのである。[405] この認知上の危機にあって、狂気におちいったヘルダーリンのネッカル河畔の寓居と、その家主であり、看護人であったエルンスト・ツィンマーを、指示対象として同定していたはずの、二つの名詞「ヘルダーリーンの塔」と「指物師」は、定冠詞をもたない複数形として、ただ「揺曳」して、「溺れる」ほか

（404） Tübingen, Jänner. In: Die Niemandsrose. BA 6.1, S. 28.
（405） ベッシェンシュタインは、「過剰な言説が侵入してくる［…］眼は、［…］盲いることによって武装している」と解釈している。Böschenstein 2002, S. 96.

はない。漠とした、溶解した記憶像をとおして、標題によって一度はかちとられた、時空にかかわるテクスト上の明証性も、はやそこなわれることになる。
　一見、ヘルダーリーンの「盲いの伶人」に、[406] いわばアイロニカルにたとえられている、「盲目」の匿名の「私」は、したがって、詩人について語る詩人として、メタ言語的な位置をしめている。実際、この詩のなかでは、言葉ないし言語が、集中して主題として扱われている。[407] しかも、それは、声ないし音であって、それは、あたかもここで作動しているいくつかの音響効果が、「思い出」によってかろうじてひらかれる視覚的な映像を、その都度、圧倒せずにはおかないかのようである。視覚による受容が脆弱であることを露呈すればするほどに、すでに「圧倒的な言説」によって予告されていた聴覚的刺激は、[408] それだけ強く影響力を行使するようになる。「群れ（*Schwarm*）」と語源をおなじくしていて、何らかの無定形の質量を暗示する、「鷗」の「鳴き声（*Schwirren*）」は、分節しがたい、その擬声音としての由来からして無意味に響かざるをえない、そうしたただの噪音として、耳を搏つばかりである。この音響の優勢は、「指物師たち（*Schreiner*）」から「叫ぶ（*schreien*）」という動詞を聴きとることもできようという、そうした言葉遊びを経て、最後に支離滅裂な発語「パラクシュ、パラクシュ」にたちいたる。

＊

第二連には、二様の草稿が先行している。

溺れた指物師たちの訪い、

この
沈んでいく語のもとに。[409]
溺れた指物師たちの訪い、
これら
沈んでいく音節のもとに。[410]

「語（Wort）」も「音節（Silben）」も、いずれも最終連の「パラクシュ」に関係づけられているのにたいして、決定稿の複数形の「語句（Worte）」は、明らかにあとにつづく第三連のいくつかの文をさしている。

（406） Hölderlin 1953, S. 56ff.

（407） ゼルプマンは、「ツェラーンの詩」が、「詩学的な詩である」ことによって、「ヘルダーリーンの『生のなかば』を直接にわがものとしている」と考える。Selbmann 1992, S. 220f. さらに以下も参照のこと。Böschenstein 1997, S. 120; Mackey 1997, S. 215; Böschenstein 2002, S. 97, S. 99. ―― 注394を参照。

（408） 「分割された『説き／伏せられた』の語の内部で、この盲目を招来する言説に、意味する力が付与される。それは、視ることを排除し、言葉を優勢たらしめる言説である。」Anderle 1972, S. 104. ――「『説き／伏せる』は、それによって眼が盲いて、言葉において死に絶える、そうした言説の過剰を示唆する。」Lemke 2003, S. 98.

（409） Tübingen, Jänner. In: Die Niemandsrose. BA 6.2, S. 102f.

（410） A.a.O., S. 105.

Wort（「語」）の複数形は、連関する言説内における結合を顧慮することなく、言説のこの構成要素が、個々の、それ自体として存立している音の単位と見做されるときには、Wörter（vocabula）であり、言説内におけるその連関にかかわるときには、Worte（verba）である。[411]

したがって、二つの草稿にあっては、もともとの語り手は、第三連全体をも、みずからの発言として包摂しているのにたいして、決定稿での第三連の各文は、まぎれもなくすべて他者の口をとおして語られていて、直接話法として引用されているのである。その結果として、最後の詩行「(「パラクシュ、パラクシュ」)」は、二重引用として封じこめられることになる。

こうした読解は、その間に進行した現在分詞 tauchend の語義の変化をも明るみにだしていく。単数の「語」も複数の「音節」も、いずれも沈黙へと傾斜するただの子音「クシュ（ksch）」とともに、水中に「沈んでいく（[unter]tauchend）」のに比して、「語句」のほうは、水中から、記憶の貯蔵庫から、「浮かびあがる（[auf]tauchend）」。ちょうど狂気にとらわれた兵士ヴォイツェックの耳を搏つ声のように、「いつまでも、いつまでも」と。[412]「思い出」は、もはや視覚によってではなく、「記憶痕跡」が「幻聴」として再生産されることによって、聴覚をとおしてたちのぼってくる。[413]「私」が発するわけではなく、ただ受動的に、幻覚として感受することができるばかりの、その見知らぬ声は、意味のある「語句」として、いよいよ力をもつようになり、テクストに残存している意味論的な価を統合することによって、水中に沈んでいこうとする、一見、無意味な「音節」をも救いだそうとする。

「語彙（vocabula）」と「語句（verba）」との差異は、この詩のテクストに明示されている（「盲目へと説き／伏せられた眼（Zur Blindheit über- / *redete* Augen）」、「彼は話すだろう、この／時代について（*spräch* er von dieser / Zeit)」)、いまひとつの差異と連関している。その際に、ソシュールが「パロール」と「ラング」ないし「ランガージュ」に相当するドイツ語の語彙として、Rede と Sprache をあげていた[414]ことを指摘しておくのも、意味のないことではないだろう。「ひとりの人間」は、たとえ申し分なく「話す（sprechen）」ことはできなくとも、それでもあの「言説（Rede）」に、「圧倒的な言説」に、抵抗しようとする。記憶として「失われずに」残っていた「言葉（Sprache）」が、「ラング」が、かつて「致死的な言説（Rede）」の、致死的な

（411） Eberhard 1910, S. 998.

（412） Büchner 1958, S. 165ff. さらに以下も参照のこと。Zbikowski 1993, S. 203; Böschenstein 1997, S. 122; Hinck 1997, S. 170; Böschenstein 2002, S. 101f. ―― イレーネ・フースルは、ビューヒナーからの引用の断片からなりたっている詩行を、つぎのように解釈している。「『までもまでも（zuzu）』は、『パラクシュ』と同様に、弁証法的に読むことができる」、というわけは、副詞ないし前置詞としての zu は、「それみずからのなかに閉ざされている」とも、「何ものか、何びとかにむかっている」とも、読めるからである。「それにもかかわらず」、このあとの詩行「(「パラクシュ、パラクシュ」)」は「空虚」であるのだが。Fußl 2008, S. 147f.

（413） カール・ヤスパースによれば、「幻覚がおおむね**複合的な**現象であることは、**基本的な**知覚現象にくらべることによって理解される。後者の場合には、個々の感覚が、必然的に物象化されてしまうこともなく［…］体験されるとすれば、前者にあっては、事象や経過が［…］語句、会話、囁き声、混乱したお喋り（幻聴）として知覚される」。Jaspers 1963, S. 291. イタリック体（本書ではゴシック体）はヤスパースによる。「幻聴（Phoneme）」は、たとえ「混乱」していようとも、通常、やはり独立した、意味ある「お喋り」として把握される。

（414） Saussure 1949, S. 31. ツェラーンは、すでに若いころにソシュールを読んでいて、『ラング』と『パロール』の区別を学んでいた」。Chalfen 1979, S. 87f.

「パロール」の、「数多くの闇をくぐり抜けていかなければならなかった」ように。[415]『山中の対話』のなかで、「ユダヤ人クライン」は、「石」がだれにむかって「語る（reden）」のかという、「ユダヤ人グロース」の問いにたいして、こう答えている。

だれにむかって、同胞よ、石が語りかけるというのかい。石は語りかけはしない、石は話すのだ、そして、話す者はだれでも、同胞よ、だれにむかって語りかけるわけでもない、石は話す、なぜといって、だれも石の言葉なんか聴いてはいないのだから、だれも聴いてはいない、だれも、そして、だれひとり、そして、石はこういうのだ、石が、であって、石の舌が、ではない、石がいうのだ、そして、石だけが。聞こえるかい、てね。[416]

ドイツ語の同義語辞典から、また異なった定義をあげてみよう。

「話す（sprechen）」とは総じて、ある言語の語彙（Wörter）を構成しているさまざまな音を発することである。しかしまた、語彙によって思考を表出することをも意味する。「語る（reden）」とは、語句（Worte）によって、すなわち個々の語の相互の結合、文、文の結合によって、思考を表現することである。[417]

したがって、「話す」は「語彙」に、「語る」は「語句」に、それぞれ関係する。たとえ「ひとりの人間」が「語彙」によって「ろれつがまわらぬまま」音を発するとしても、彼は、やはり「話している」にはちがいない。しかし、彼は、もはや「語句」によって「語っている」のではない。彼は、石の、あるいは死者の、言葉を話しているのだから。おそらくモーセを思わせる、「太祖たちの／ひかりかがやく髯をたくわえ」た「ひとりの人間」の出現は、非現実話法で告知されているように、今日の時代にはけっしてそぐわない、メシア的な出来事だろう。潜在的な聞き手ばかりではない、語り手自身が、「だれも［…］ない」、したがって、「だれでもない者」なのである。

＊

ちなみに、ツェラーンは、「チュービンゲン、壱月」の一九六一年一月二十九日の日付をもつ草稿に、ヴィルヘルム・ヴァイプリンガーの著書『病めるヘルダーリーン』をあげている。[418] エーリヒ・トゥルンムラー編のおなじ標題をもつ論集に収録されているなかで、以下の二つの箇所に、ツェラーン自身が欄外の傍線を付している。

コンツは、ときおり彼に本を与えた。コンツが語ったところによれば、あるとき、ヘルダーリーンは、こちらに身をかがめて、アイスキュロスの詩句を二、三行、読み下した。しかし、彼は、それからひきつるような笑い声をあげて、こう叫んだということだ、「まるでわかりません。これはカマラッタ語で

(415) Ansprache anläßlich der Entgegennahme des Literaturpreises der Freien Hansestadt Bremen. BA 15.1, S. 24.
(416) Gespräch im Gebirg. BA 15.1, S. 29.
(417) Eberhard 1910, S. 842.
(418) BA 6.2, S. 101.

すよ」と。というのも、新語をつくるのも、ヘルダーリーンの奇矯な振舞いのひとつなのだ。[419]

［…］そうすると、彼はお辞儀をして、こう答えるだけだ。「ウィ、ムッシュー、あなたはそう主張されるのですね」、と。それから、生半可フランス語の洪水があふれでてくるのである。[420]

ツェラーンは、ギーゼラ・ディッシュナーに宛てた手紙に同封した紙片に、そこから引用したこの二つのネオロジスムを再現している。

ギーゼラのために書き写しておく——それは「カマラッタ語」だ——一九六八年五月十三日＊、ユルム通り四五番地、「生半可フランス語の洪水」と、編纂されながら相応に散逸した、そのほかの痛ましい事どもとともに／パウル／＊二十三時四十五分[421]

それにもかかわらず、ヴァイプリンガーの編著には、病めるヘルダーリーン独自の語彙である「パラクシュ」は言及されていない。[422]したがって、さきに引いたツェラーンによる典拠の指示は、もっぱら「カマラッタ語」と「生半可フランス語」をめぐる、このヘルダーリーンの奇矯なパフォーマンスにむけられているることは、まず疑いようがない。「パラクシュ」を、たとえば一種の「生半可フランス語」と解するならば、それは、意味ある語として分解してみることもできるようになる。[423]動詞の lallen（「ろれつがまわらぬまま話す」）は、「*r* のかわりに *l* と、あるいは、*r* を *l* のように、発音する」の謂いでもあるとすると、[424]「パラクシュ（Pa*l*laksch）は、「パルラクシュ（Pa*r*laksch）」と発音することもありうるだろう。[425]そのとき、第一音節 parl- は、フランス語の動詞parler（「話す」）の語幹としてたちあらわれてくる。その「人間」は、「この時代について話す」ことはできない。そうではなくて、ただ「生半可フランス語」によって「お喋りをする（parlieren）」ばかりである。

(419) Trummler 1921, S. 81.

(420) A.a.O., S. 93.

(421) CDi, S. 93. ツェラーンは、ここでディッシュナーに、トゥルンムラー編の論集を典拠として指示している。Ebd. ——この本はもともと一八三〇年に出版されたものだが、ツェラーンは、この詩の草稿に、「ライプツィヒ、一九一三年」と記している。Die Niemandsrose. TA, S. 36. ——それによって明らかになるのは、ツェラーンの蔵書中にみいだされるトゥルンムラーのこの編著が、一九六七年十月十五日にクラウス・ライヒェルトから、「『パラクシュ』にたいする御礼として」贈られるまえに、ツェラーンがさきに引いた二つの引用箇所を、すでに別の版で読んでいたと推定されるということである。

(422) より詳しい事情については、以下を参照のこと。Barnert 2007, S. 272f.

(423) イレーネ・エリーザベト・クンマーは、ツェラーンの詩「テネブレ」に関連して、以下の事実に注意をうながしている。「ツェラーンがヘルダーリーンを引用するとき、彼は、何らかの『内容』にではなく、一定の言語形式にかかわっている。［…］その引用が詩の文脈のなかで、いわば不条理なものへと導かれるとともに、定められた秩序のなかにおさまっている語り口もまた、おなじ事態になっていく。」Kummer 1987, S. 131.

(424) Sanders-Wülfing 1909, S. 391.

(425) この引用には、引用符のみならず、括弧も付されている。ツェラーンは、あるノートのなかで、「シンタックス上の（そして、他の種類の）括弧の使用」に言及しているが、それにつづく二つのノートでは、この「他の種類の括弧の使用」を、すなわち、「逆接」と「ポリフォニー」を、示唆している。先行する断片的なノートのなかでは、「括弧の理念」が提示される。すなわち、「(有声性)」、「語中音消失」、そして、「この語句のヴィブラートも、意味論的な重要性をもつ」と。MS, S. 131.

ところで、草稿の段階では、第三連の文の主語「ひとりの人間」のかわりに、「ひとりの子ども」と記されていた。

生まれるなら、
ひとりの子どもが生まれるなら、
ひとりの子どもがこの世に生まれるなら、今日、
［…］[426]

「ひとりの子ども」が「ろれつがまわらぬまま話す」に関係づけられるなら、これらの詩行はより理解しやすくなるだろう。ツェラーンの蔵書中にもみうけられるその著書のなかで、ローマーン・ヤーコブソンは、つぎのように指摘している。

たとえば、流音の *r* と *l* の区別は、幼児語でかなり遅くなってから習得される。そして、それは、［…］失語症による構音障害において、もっとも早期に、もっとも頻繁に、みられる欠損現象でもある。同様に、言語の回復にあたっても、この「*r-l* 症候」は、しばしば失語症の最後の明瞭な徴候として残存している［…］[427]。

幼児語と失語症とを、いわば相互の「鏡像」として扱うことによって、ヤーコブソンは、そうした二つの流音の置換可能性に論及してもいる[428]。

*

この「人間」は、かならずしも「ろれつがまわらぬまま話す」わけではなくとも、その詩行の複合したシンタグマに具現されているように、吃らざるをえない。その際に、みずから流暢に語ることができない、ど

下線（本書では傍線）はツェラーンによる。――この「理念」は、「チュービンゲン、壱月」の最終行にもあてはまるだろう。無声の子音が支配しようとする、一見、無意味な音の連鎖であるように思われる「パラクシュ（Pallaksch）」のただなかに、「語中音消失」によるかのように脱落していた、ヴィブラートを含む有声のｒ音が、あらためて回復されることによって、「意味論的な重要性」もまた、すくいとられることができる。

（426）BA 6.2, S. 103ff.

（427）Jakobson 1969, S. 81.――アルノー・バルネルトは、その「チュービンゲン、壱月」の解釈において、この書物を「幼児の喃語（Lallen）」に関する文献のなかに例示しているが、「*r-l*症候」にはふれていない。Barnert 2007, S. 266.――ヤーコブソンのこの著書は、ようやく一九六二年に、つまりツェラーンのこの詩が成立してから一年ののちに、再刊されたが、当初、一九四一年にウプサラで公にされていた。Jakobson 1941; Jakobson 1962.――したがって、ツェラーンがそれをすでに知っていた可能性は、かならずしも排除できない。そのチェルノヴィッツ時代の一九三九年に、彼は、すでにヤーコブソンを読んでいた。CCL 2, S. 392.――それにくわえて、一九五九年にマンデリシュタムの詩篇をドイツ語訳した際に、彼は、このロシア系ユダヤ人の言語学者に言及しながら、つぎのように書いている。「ロシアで時代と運命を彼とともにした詩人たちのうち、ほとんど一人としてそうではなかったように――ロマーン・ヤーコブソンのまだ最後まで考えぬかれたためしのない言葉、すなわち、彼らはその世代によって『費消された』という、その言葉があてはまる詩人たちとは、ニコライ・グミリョフ、ヴェリミール・フレーブニコフ、ウラジーミル・マヤコフスキー、セルゲイ・エセーニン、マリーナ・ツヴェターエワであるが――一八九一年に生まれたオシップ・マンデリシュタムにおいて［…］。」Notiz. BA 15.1, S. 59.

（428）Jakobson 1969, S. 37, S. 42, S. 57, S. 129.

のような「今日」へと、「私」は回収されてしまっているというのだろうか。ひとつの示唆を与えてくれるのが、南ドイツ方言による月の名称のJänner（「壱月」）である。すでに引いたビューヒナーの小説「レンツ」の冒頭、「壱月二十日、レンツは山を越えていった」の一行に依拠しながら、ツェラーンは、上述のように、彼のビューヒナー賞受賞講演を、この日付に収斂させていく。[429]

おそらくこういっていいでしょうか、どの詩にも、それぞれの「壱月二十日」が書きこまれてある、と。おそらく、今日、書かれる詩の新しさとは、まさにこのことでしょうか、そうした日付を記憶にとどめておくように、このうえなくあからさまな試みがなされていることが。[430]

「日付」は、その都度、書きこまれているが、それを「記憶痕跡」として保存するのは、「記憶把持」の仕事に属する。「詩」は、それ自体、「書かれて」いるがゆえに、「記憶把持」がそうであるように、「そうした日付を記憶にとどめて」いる。かくしてツェラーンにおける「壱月」は、「アナムネーシス」の機能にしたがって、[431]共観的な布置を構成しつつ、三つの事実を標示する。すなわち、レンツにおける狂気の出現、ヴァイプリンガーとシュヴァーブによって記録された、おなじように狂気におちいったヘルダーリーンの「分裂言語症」、さらに「ある『壱月二十日』から、私の『壱月二十日』から、書きおこ」されたところの、[432]それもしばしば聞きとれる「幻聴」の作用をともなっている、このテクスト自身の「今日」、である。そして、それにくわえて、なかんずくまったく様相を異にするあのヴァンゼー（*Wannsee*）の狂気（*Wahnsinn*）、すなわち、ちょうど一九四二年「壱月二十日」におこなわれた、ナチス首脳部による会議が指摘される。[433]この「再想起」は、したがって集合的記憶に由来する。このようにして、ヘルダーリーンの讃歌「ライン」からの切り刻まれた引用が位置する、その文脈も明らかになるだろう。ヘルダーリーンの対応する詩行を、ツェラーンも使っていた全集の「小シュトゥットガルト版」から再現してみよう。

ひとつの謎だ、純粋に発したものは。歌も
また、それをひらくことは許されぬ。何となれば、
おんみがはじめたごとく、おんみはありつづけるだろうからだ、
かくも多く、苦難はその身におよびつつも
[…][434]。

（429）Büchner 1958, S. 85. さらに以下も参照のこと。Voswinckel 1974, S. 151f.; Böschenstein 1997, S. 120; Hinck 1997, S 168; Böschenstein 2002, S. 98; Bollack 2006, S. 171f.

（430）Der Meridian. BA 15.1, S. 43.

（431）詩「凝結セヨ」に関連して、エメリヒはこう書いている。「かくして、きわめてさまざまに異なった（歴史的、文学的、伝記的な）由来の『日付』は、アナムネーシスとしてとりあげられる——その際に、この語は二様の意味において理解されるべきだろう。すなわち、魂の生来のイデア（プラトンのいう意味で）の再想起として、そして、病者自身の言明による、ある病気の前史、既往症として（この場合には、この医学用語は、心理学的ないし政治的な意味にももちいられる）。」Emmerich 2002, S. 9.

（432）Der Meridian. BA 15.1, S. 48.

（433）Janz 1976, S. 105.

（434）Hölderlin 1953, S. 150.

ツェラーンは、ハンス・コーンがその著書のなかで引用している、「真のユダヤ人問題」についてのマルティン・ブーバーの発言に、欄外に二重の傍線を引いていた、「だれかユダヤ人が生きているところでは、ユダヤ人たることのすべての謎が存在する」と。[435] ツェラーンがそれについて、「『謎』であって、『問題』ではない」と注記しているのにたいして、ナチスはナチスで、「純粋に発したもの（*Reinentsprungenes*）」の、すなわち、ライン（*Rhein*）沿岸に「発した」、「ウクライナ（*Ukraine*）」のアシュケナジム系ユダヤ人の「謎」を、[436]「解決」しようとしたことは、ヴァンゼー会議で「ユダヤ人問題の最終的解決」と形容されているとおりである。[437]「歌も／また、それをひらくことは許されぬ」のは、たとえそれが、ライン川の「源」の一つである[438]ネッカル川沿いのチュービンゲンにおいてすら、[439] そうであって、むしろその「謎」は、一層、暗号化されなければならない。それにもかかわらず、「今日」、われわれにしても、この「謎」を「最終的」に解くことを許されるだろう。「謎を解く必要など、的外れもはなはだしい。課せられているのは、謎を視ることである」とする、[440] かのハイデッガーの要請に抗してでも。擬装されたナンセンス語「パラクシュ（*Pallaksch*）」の残余は、[441] 最後に「アシュケナジム（*Aschkenazim*）」のアナグラムの断片として、いわば「生半可ヘブライ語」として、「編纂されながら相応に散逸した、そのほかの痛ましい事どもとともに」[442]、残りなく解釈することができるだろう。「何となれば」、ユダヤ人の出自と同一性は、保持されるべきであるからである、「おんみがはじめたごとく、おんみはありつづけるだろうからだ、／かくも多く、苦難はその身におよびつつも」[443]。ツェラーンは、みずから「アシュケナジム」と名のっていた。[444] ほかでもなく、みずからの「最終的解決」が目前にせまっていると見做していた、その時期に[445]。

（435）Kohn 1930, S. 54. ——下線（本書では傍線）はツェラーンによる。

（436）バルネルトは、「謎」と「純粋に発したもの（*Rein-* / entsprungenes）」との、「撞着語法」を指摘している。「謎の本質に属するのは、それが解消されないこと、ともに『明らかにされ（ins *Reine* kommen）』ようのない他のものによって説明されないことである。［…］その素性は、明らかでない。」それにもかかわらず、彼は、ツェラーンにおいて疑いもなく強調されている「『純粋に（Rein-）』と『ライン（Rhein）』のホモフォニー」を、それ以上、展開していない。Barnert 2007, S. 238f. ——このホモフォニーの寓意的な意味については、Fioretos 1994, S. 310f. を参照。

（437）ツェラーンが一九六一年「壱月」下旬に、「ゴル事件」に関して、ヴァルター・イェンスに相談するために、チュービンゲンに赴いたことは、すでに明らかになっている。そのあと、彼は、ドイツでの「ユダヤ人迫害の継続」と彼には思われた、この出来事を「直視しないように」と、「説き伏せられた」と感じていた。Gellhaus 1993a, S. 6.

（438）Hölderlin 1953, S. 149.

（439）ボラックは、「チュービンゲン（*Tübingen*）」という地名のなかに、フランス語の動詞 tue（不定法は tuer、すなわち「殺す」）を聞きとっている。しかし、残りの -bingen を、「ノルベルト・フォン・ヘリングラートとともに、祖国的な、ニーチェ化されたヘルダーリーンの［…］誕生を」代表しているシュテファン・ゲオルゲの生地に、すなわち「人殺しのビンゲン」に、関係づけているのは、あまりに行き過ぎというものだろう。Bollack 2006, S. 172.

（440）Heidegger 1960, S. 66.

（441）ヤンツは、この一見して無意味な音である Pallaksch を、意味論的に分解してみせる。「それは、頭語反復の Pa- によって、*Patriarchen*（『太祖たち』）に関係づけられる。-alla は、Lallen（『ろれつがまわらぬまま話す』）の発現である。末尾の -ksch とともに、この語は噪音におわる。『パラクシュ』は、かくしてツェラーンによって、そのなかで太祖的、霊的な言語が、ろれつのまわらぬ発音を経て、噪音へ、前言語的な、動物的な表出へと移行していく、そうした語としての役目を与えられているのである。」Janz 1976, S. 140. ——ヤンツは、つづけてこう述べている。「もし噪音としての ksch を一定の意味ある語として解釈しようとするなら、詩の最初にあらわれる鷗を、さらにまた『この時代』を、威嚇して追い払う科白として理解することもできるだろう。」A.a.O., S. 230. ——ちなみにロマーン・ヤーコブソンは、モリス・ハレとの共著論文「音韻論と音声学」のなかで、ヤンツがいう「頭語反復の Pa-」を、つぎのように説明している。「通常、『唇音段階』とともに、幼児の語りが開始され、失語症患者における言語の解体が終了する。この段階にあっては、話し手は、通常、/pa/と転記される、唯一の表出型を意のままにするのみである。」Jakobson 1974, S. 86. ——ヤーコブソンは、さらに「なぜ『ママ』と『パパ』なのか」のなかで、それによって、「父親」を意味する表現の成立を根拠づけている。Jakobson 1974, S. 107ff. ——ジルケ＝マリーア・ヴァイネックは、ヤンツの議論を逆転してみせる。「『パラクシュ』は、*Patriarchen*、*lallen*、それから最後の音kschを凝縮しながら、先行する行の断片を拾いあつめている。それは、ユダヤ教の哀悼の祈りである『カディッシュ（kaddish）』をさししめす暗号であり、おそらくはカディッシュを唱えようにも、もはや話すこともない、聖書の太祖たちにたいする秘められた言及なのかもしれない。あるいは、それは、塔のまわりで鳴いている鳥たちを「クシュ」と追い払う音なのである。」Weineck 1999, S. 267.

(442) ツェラーンは、一九六二年三月九日付のアルフレート・マルグル＝シュペルバー宛の手紙のなかで、詩集『無神の薔薇』を、いわゆる「ネオ・ナチ」による陰謀に対峙するものとしているが、その際、彼は、明らかに「チュービンゲン、壱月」を示唆している。「そのなかから一篇の——痛ましい——詩を、この手紙に、あえて同封します。もともと私は、それを『ドイツの調べ』と名づけるつもりだったのですが、それでもやはり、ヘルダーリーンを前に置くことにしましょう。」CMS, S. 58.

(443) ヘルダーリーンのこの詩行を、ツェラーンは、詩集『無神の薔薇』の題詞として考えたことがあった。BA 6.2, S. 27.

(444) ツェラーンは、ラインハルト・フェーダーマン宛の手紙のなかで、自分が「アシュケナジム」であることをくりかえしている。「私が［…］**スペイン系**ユダヤ人ではなく、明白に**アシュケナジム系**ユダヤ人であるにもかかわらず［…］」（一九六二年三月三日）CFe, S. 19. イタリック体（本書ではゴシック体）はツェラーンによる。——「休憩時間に、あなたはハリー・ハイネの——彼は、当時、なんといっても、ここに署名しているアシュケナジムのアンチェルよりは、まだ楽だったでしょう——詩『エードムに』をお読みになることができます。／あなたは、私が手紙のやりとりをしている、ウィーンでただ一人の人物なのです。同胞たるアシュケナジムの心をこめて／あなたのパウルより」（一九六二年三月十四日）A.a.O., S. 21.

(445) 一九六二年「壱月」二十七日に、ツェラーンは、かならずしも根拠がないわけでもない追跡妄想に駆られて、ジークフリート・レンツにこう書き送っていた。「それは、最近、『最終的解決』の段階にはいりました。」Wiedemann 2000, S. 554.

二　「時の片隅で」

しかし、自然がもとより死に支配されていれば、それはまた、もとより寓意的なのである。

ヴァルター・ベンヤミン[446]

なぜなら、ユダヤ人と自然、それは別々なのだから、依然として、今日でも、ここでも。

パウル・ツェラーン[447]

最後に、詩集『光縛』から、標題のない詩をあげてみよう。

時の片隅で、静かに、
ヴェールを剝ぎとられたハンノキが
だれにともなく、宣誓する、

野面に、指をひろげた幅の、
撃ち抜かれた肺臓が、
蹲っている、

村落共有地の境で、
翼の刻限が、みずからの

石の眼から、雪の粒を啄む、
光の帯が私に火を放つ、
王冠の毀傷が炎とゆらめく。(448)

三行が三つ、二行が一つという、各連の構成は、このテクストが二部に分かれていることを物語っている。この所見のただしさを裏書きするのは、そのシンタックス上の相違である。最初の三連は、それぞれ一つの文から、最後の一連は、二つの文から、なりたっている。換言すれば、前者は、句跨りを含む「鉤掛け様式(Hakenstil)」であり、後者は詩行と文の構造が一致する「行分け様式(Zeilenstil)」である。みのがせないのは第一部でくりかえされる倒置構文で、「時の片隅で」、「野面に」、「村落共有地の境で」と、場所を規定する前置詞句が、三度にわたって文頭におかれている。この場所の見当識への志向は、第一部のそれぞれの名詞に付された定冠詞によっても認められるが、これは、第二部とまったく異なっている。(449)

最初に眼につくのは、「ハンノキ」、「野面」、「村落共有地の境」、「(穀物の)粒」といった普通名詞である。それらの名詞は、それだけにかぎれば、とりあえずは牧歌的な自然像を表象させるかもしれない。しかし、その全景は、実質としての自然に依存して、それによって存在を保証されているような、ひとつのミメーシスとして表現されているわけではない。田園の風景(*ländliche Landschaft*)は、「野面に蹲っている、撃ち抜かれた肺臓」といった、奇怪なモンタージュによって、脱自然化されるばかりか、こうした事態そのものが、すべてを遠近法的に測定し、「指をひろげた幅」に縮小する、匿名の眼差しをとおして進行しているのである。それを支配するのは、はたして自然をも、身体をも、統合するピュシスではなくて、言語のノモスにほかならない。

ある地形を標示するはずのErdrücken（「野面」）という、元来、雅語である複合名詞は、身体的なモティーフを喚起するが、それは、ある地帯の形象が、身体の一部の形象と、アナロジーとしてかさなりあうことによるのではなくて、Erd-rücken（「野面」）という語が、音声的、書字的映像そのものとして、みずからの一部の -rücken（「背」）に遡行することによってである。この瞬間に、シニフィアンとシニフィエのずれが生じていることが明らかになる。Erd-rücken（「野面」）というシニフィアンは、いったんその音声機能を剝奪されて、単なる書字記号として、あらためて異なった箇所で分節され、アクセントも第一音節から第二音節へと移動させられることによって、別のシニフィエをともなうことになる。すなわち、Er-drücken（「圧殺する、窒息させる」）というシニフィエを。そのとき、書かれた文字が、いわば物象として、視覚映像のなかに保存されている一方で、そこに潜在しているはずの音声の機能が、つかのま途切れる、そうした契機を、読者は意識せざるをえないだろう。一瞬にせよ、そのとき途絶するのは、音声の機能ばかりではない。おそらくは、自然がまとっている生の仮象もまた、ともに断ち切られるのである。ベンヤミンの言葉をかりるなら、「死がこのうえもなく深く、ピュシスと意味とのはざまに、鋸歯状の分割線を刻みこむ」がゆえに。(450) テ

(446) この数行は、ツェラーンの蔵書に含まれるベンヤミン選集では、欄外に二重の傍線が引かれている。Benjamin 1955, I, S. 290.
(447) Gespräch im Gebirg. BA 15.1, S. 28.
(448) Im Zeitwinkel schwört. In: Lichtzwang. BA 9.1, S. 88.
(449) Menninghaus 1980, S. 226.
(450) この文には、ツェラーンによって、下線と欄外の二重の傍線が引かれている。Benjamin 1955, I, S. 290.

クストのところどころにみられる音韻効果にしても、むしろ意味の散乱を生みだしているようである。これは、パラタクシス、すなわち、接続詞をもちいない文結合にも、作用している。

転義された基礎語が、にわかにその語源に還元される Erdrücken（「野面」）の、ちょうどその逆の場合が、いまひとつの複合語である Schneekorn（「雪の粒」）である。「村落共有地の境」で、「翼をもった」鳥のようなものが、「粒を啄」んでいる、「ペイザージュ・アンチム（牧歌的な風景画）」さながらの、この表象もまた、通常の語法からして、-korn が穀物の「粒」そのものではなくて、「雪」の形状をしめす隠喩にほかならないことが露呈されるとともに、色あせていく。それとともに、-korn（「粒」）と -auge（「眼」）という基礎語を、ただ偶有性として、たかだか属性として、修飾するはずの Schnee-（「雪」）と Stein-（「石」）という規定語が、にわかに、それもひたすら無機的に、自己を主張しはじめる。それも実体（Substanz）なき名詞（Substantiv）として。

自然を壊死せしめていく過程がその極限に達するのは、「時の片隅（Zeitwinkel）」と「翼の刻限（Flügelstunde）」という二つの複合名詞においてである。「ハンノキ」が川岸や沼地などの湿潤した土壌に自生することからして、「時」は川の流れに、「翼の刻限」はもちろん鳥に、喩えられているのだろう。しかし、そこから明らかになるのは、たとえば「川」や「鳥」といった具象名詞が、「時」や「刻限」といった抽象名詞を代理し、生気を与えるという、本来の隠喩表現ではなくて、逆に、形象に呪縛されていた抽象名詞が、幽鬼のようにたちあらわれたかと思うと、具象名詞に襲いかかり、かろうじて影のような生を営むことを強いる、といった事態である。「啄む」のが鳥ではないように、「宣誓する」のも、「蹲っている」のも、いずれも人間ではない。それをあえて擬人法と呼ぶとしても、それは、いくつかの抽象名詞が、生命なき人物へと実体化されて徘徊する、そうした寓意表現の亜種なのである。通常は生き物に関係づけられるはずの、これらの動詞は、「ハンノキ」と「肺臓」を擬人化することによって、生気ある相貌を与えるどころか、逆にそれらから具象性を剝奪し、死んだ形姿として、いわば幽鬼として化けてでることに資するかのようである。これらの形象は、はたしていずれも「ヴェールを剝ぎとられ」、「撃ち抜かれ」てしまっている。まるで時間が停止したかのように、場所を規定する前置詞句によって、その都度、提示されるテクスチュアに、まぎれもない罅裂を走らせているのは、「時」や「刻限」といった抽象名詞によって標示される、元来、不可視であるところの時間の範疇である。

時間がその抽象性によって、そのように言語構造を解体する空虚としてたちあらわれるとき、「空間性ないし構築性」としての詩は、[452]「撃ち抜かれた肺臓」が暗示する具体的な歴史的時間と、どのようにかかわるのだろうか。何らかのアクチュアリティを企図しているのは、第一連と第三連である。「ハンノキ」は、「時」のただなかにではなく、「片隅」に立っている。それは、流れゆく「時」を、歴史を、凝視し、それについて証言しようとする挙措である。しかし、「ハンノキ」は、たとえば法廷においてではなく、「だれにともなく、宣誓する」ほかはない。まるで鳥のように、「時」の流れのほとりを飛び立って、やがて記憶として戻ってくる「刻限」は、「石」のように盲いたおのが「眼」から、「雪の粒」を、すなわち「眼」を塞いで

(451) 筆者の『ツェラーンもしくは狂気のフローラ——抒情詩のアレゴレーゼ』では、その主題に即して、植物学辞典を参照しながら、つぎのような説明をくわえている。「『ヴェール』を、すなわち樹皮を、『剝ぎとられ』ている『ハンノキ』は、他方で、その『樹皮が赤色染料の材料としてもちいられたこと』、あるいは『伐採すると、切断面の白色が赤色ないし黄褐色に変化すること』から、古来、『血に関係づけられ』ていたという、そうしたコノテーションを帯びることになる。」
平野 2002, S. 90.

(452) MS, S. 144.

いる沈黙を、「啄」みながら、なんらかの仕方で語ろうとするかのようである。

このことに関連して、読者をまずは最初の三連に集中するようにさそいがちな、それぞれの名詞に付与された明示的、指示的な価の差異に、注意をむけてみよう。一方で、定冠詞をそなえた「ハンノキ」、「野面」、「肺臓」、「村落共有地の境」といった名詞は、読者にあらかじめ明かされているはずの、あるいは、すくなくとも匿名の「私」とおなじ生活圏に属しているかぎりにおいて、容易に同定されうるはずの、そうした何か特殊な事象に、直接に依拠している。しかし、奇異な内容を暗示する語彙、「光の帯」と「王冠の毀傷」は、無冠詞の複数形であることによって、あたかもそうした表現が、共通語のなかでおのずから流通している、あるいは、この個人言語（Idiolekt）が社会方言（Soziolekt）として通用しうる、そうしたおなじ言語共同体に、「私」と読者がともに帰属しているかのようである。したがって、前者にあっては、一回かぎりの特殊な出来事が、他方で後者においては、いつもの、一般的な現象が、それぞれ示唆されていることになる。いずれにせよ、それは、このテクスト内のすべての名詞の意味領野を、これ以上、詳細に区劃する必要がないかのごとくである。読者は、そのとき、二重に途方にくれるだろう。読者は、仮定のコンテクストに通じていないばかりか、異常なことが日常的であるかのようにおこる、あるいは、書かれている、そうしたテクストの場所に位置して、すすむべき方向をみいだすことができないからである。読者もまた、「村落共有地の境」に、すなわち、テクストと読者のあいだの不文律としての普通法が失効してしまっている、そうした言語の入会地の限界に、[453] 立ちつくしている。

「火を放つ」と「ゆらめく」という動詞は、最終連における炎のモティーフを予感させる。-schäden（「毀傷」）とSchädel（「頭蓋」）との類音を引き合いにだして、Kron[e]-（「王冠」）を「頭」の意の俗語、滑稽語として理解すれば、[454] おそらくKroneinkünfte（「王（帝）室の収入」）やKronschatz（「王（帝）室御物」）といった複合名詞に倣ってつくられたと思われるネオロジスムのKronschäden（「王冠の毀傷」）は、身体の毀傷を連想させながら、「撃ち抜かれた肺臓」に結びついていく。しかし、かならずしもそう言い切れない所以は、ここで目的語として、ただ一度、登場する「私」の打ち消しがたい決定性とは明らかにうらはらの、二つの複合名詞の不確定性である。Kron[e]-を「ハンノキ」に関係づけて、「樹冠（Baum*krone*）」と見做そうと、動詞「ゆらめく」に引きつけて、「金環日蝕」とうけとろうと、はたまた「シャンデリア（*Kron*leuchter）」と、さらには「荊冠（Dornen*krone*）」と解そうと、天変地異の予兆のようにもみえる、見知らぬ「光の帯」の顕現はいわずもがな、このテクストの、一見、未了の形式には、何もかわるところがない。それとともに、あえて選択したテクスト内在的な方法は終了するものの、それを打ち切ることによってこそ、ひとは、仮想のコンテクストを先取りして、充塡すべき欠落として標示することになる。

*

ツェラーンの詩作品における「寓意的傾向」は、レナーテ・ベッシェンシュタイン＝シェーファーによって、最初に論及された。そこでは、「世界は、もはやただ」死へと方向づけられた「記号体系」としてのみ、

---

(453) ベッシェンシュタインは、ツェラーンとかわした会話の内容を伝えている。「他の国々への旅のことが、話題になった。彼は、そうした旅から、いくつかの単語を獲物としてもちかえってきた。それが、彼にとっては、旅の主たる収穫だというのだった。スイスのドイツ語圏では、そうした言葉の一つは、Allmendで、一町村の全構成員に帰属する牧草地を意味していた。」Böschenstein 1990, S. 15.

(454) 注500を参照。

知覚されることができるという。[455] それに動因を与えているのは、ひとつの反復強迫だが、ツェラーンの詩論ないし詩学は、それにたいして、そうであればこそ抵抗し、「反復不可能性」をいよいよ強く要請せざるをえなかった。「ツェラーンの作品における特定の語句やモティーフの反復」は、おそらくはもとよりほとんど無意志的ではあったのだろうが、「一種のエンブレム的な体系をつくりあげる」、そうした「試みへとさそうのである」。[456] この致死的な寓意の概念は、そののちヘンリエッテ・ベーゼによって、翻訳ないし翻案のカノンにまで拡張される。その際に、寓意的読解は、寓意の挙措をみずから模倣しつつ、「偏執的な何か」を露呈する。すなわち、それは、「手本（Vorbild）と複製（Nachbild）とのあいだで生起している、隠喩あるいは文法的な時制の変遷のうちに、ツェラーンに特有のシンタックス構造のうちに、あるいはまた、しばしば偏倚するようにもみえる言葉遊びのうちに、くりかえし同様のものを発見する、そうした傾き」であり、「反省性、想起、書字性、『死せるものへのミメーシス』（アドルノ）」である。[457] そして、それにくわえて、ツェラーンの詩が、事実上、バロックの寓意家たちにおいて、「歴史の死相が凝固した原風景として、観察者の眼前にひろがっている」[458]、そうした憂鬱に、かなりの程度まで呪縛されていることは、ツェラーンが、おそらく思いに沈みつつ、ひそかに「まねび」を実行しつつ、みずからの蔵書のベンヤミン選集に書きこんだ、その痕跡をもとにして、イヴァノヴィッチが証明しているところである。「ツェラーンにとって、生活史的、世界史的、救済史的に重要な問題である、このほかならぬ憂鬱は、ベンヤミンの叙述から出発しての寓意概念の展開と、それと結びついた言語理論的省察とならんで、どれほどすぐれて重大な意味をもたないではおかなかったことか［…］」。[459]

たとえばウータ・ヴェルナーが、「ツェラーンの地質学は、詩のために、同時に死者の国である、言語からなる中間領域を構想する」[460] と書くとき、彼女自身はそのことを明示していないものの、ベンヤミンの「自然史」、「自然＝歴史」のテーゼを思わせるだろう。[461] ツェラーンにおいても、「憂鬱の小道具」が、すなわち、「石、犬、星位、大地への束縛とサトゥルヌス的傾向の対立[462]」が、登場する。このテクストでも、複合名詞の規定語としてもちいられている「雪」、「石」、「光」は、ツェラーンにおいて、並行して出現する、索引的な語彙に属している。一例をあげるなら、「雪」は、すでに詩「帰郷」でしめしたように、ツェラーンの初期の作品から一貫して、「沈黙」をあらわしている。「雪」の語がさまざまなテクストに現前する、その仕方は、テクスチュアとしてのテクストの多義性に、「表現の不可欠の多層性[463]」に、ある破壊的な一義性をもちこんでいく。無化としての沈黙は、みずから孤立させられながら、他者を孤立させる、複合体としての個々の「詩」に対立する、寓意的な、痩せた一義性にほかならない。

---

(455) Böschenstein-Schäfer 1970, S. 252.
(456) A.a.O., S. 256.
(457) Beese 1976, S. 9. ——ツェラーンのテクストを、さまざまな寓意概念に沿って読み解こうとするジョーエル・ゴルブは、つぎのように指摘する。「ツェラーンの場合は、いわば彼が記憶の豊饒のために分節する願望を、ひそかに毀傷している、くりかえしてやまぬ自問を、——そして、ベンヤミンのいう寓意的な空虚へとわれわれを導いていく、心を蝕む疑念すらも、——認めることが重要である。」Golb 1991, S. 16; Golb, 1994, S. 190. さらに Golb 1996 も参照。
(458) Benjamin 1955, I, S. 289f. 下線（本書では傍線）はツェラーンによる。
(459) Ivanović 1995, S. 154.
(460) Werner 1998, S. 7.
(461) Benjamin 1955, I, S. 301. ——平野 2002; Hirano 2008 を参照。
(462) Ivanović 1995, S. 154.
(463) Antwort auf eine Umfrage der Librairie Flinker (1958). BA 15.1, S. 77.

ここで、さきに引いた二篇の初期の詩を、再度、とりあげてみよう。一篇はみずから撤回した詩であり、いま一篇は、死後に公にされた詩である。相互に連想させるものがあるのは、「母」、「雪」、「ウクライナ」と、共通する語彙からも、一目でみてとれる。前者では、前述のように、「ウクライナの斜面からの一葉」について語られていた。

母よ、秋が血を流しつつ私から去ったとき、雪が私を灼きました。
私がわが心に泣くようにもとめたとき、私は、ああ、夏の息吹をみいだしたのでした、
[…]。(464)

この詩句を、「光の帯が私に火を放つ」の詩行と校合すれば、「私」を目的語にとる二つの動詞、「火を放つ」と「灼く」が、たがいに近接させられるとともに、これまでは把握しがたかった複合名詞「光の帯」が、ようやく「雪の粒」と関連づけられることになる。例のいまひとつの詩の冒頭を、ふたたび引いてみよう。

Es fällt nun, Mutter, Schnee in der *Ukraine*…
Des Heilands *Kranz* aus tausend *Körnchen Kummer*…(465)

母よ、いまウクライナに雪が降っています……
数かぎりない心痛の粒子からなる、救世主の冠が……

「ウクライナの雪」を、隠喩ないし濫喩として、「救世主の冠」と、すなわち「荊冠」と、同一化することによって、[466] 一見、晦渋な語であるKronschäden（「王冠の毀傷」）は、とりあえずは明瞭であるように思われるSchneekorn（「雪の粒」）に近づいていく。「ウクライナ（*Ukraine*）」という地名から展開していく子音の連鎖K-r-nは、はたしてまた、相互にアナグラムないしアナフォニーの関係にある複合名詞*Schneekorn*と*Kronschäden*に、ひそかにSchnee in der Ukraine（「ウクライナの雪」）という暗号が書きこまれていることを指示する。ここには、またしても言葉遊びが確認されるが、それは地口、掛詞ではなくて、音位変換である。[467]

引用、翻訳、翻案のような二次的な形式が、生の連関としてのコンテクストから遠ざけられて、あるいは、その原文の生命を奪われて、すでに死後硬直におちいるとき、そのときようやくみずからが批判的たることを実証しうると、そう仮定するならば、ツェラーンの全作品を通じて、みずから死んでいながら、かつ他者にたいしても致死的に、くりかえし刻印づけられていく、一見、平行箇所とおぼしきフレーズもまた、自己のテクストからの反復される引用と、いやそれどころか、唯一のヴァーチャルな、あるいはユートピア的な

(464) Schwarze Flocken. In: Der Sand aus den Urnen. BA 2-3.1, S. 19.
(465) Winter. BA 1.1, S. 106.
(466) 別の稿では、Ukraineのあとにコロンがおかれている。Es fällt nun, Mutter, Schnee in der Ukraine. KG, S. 399.
(467) 「アナグラムや、擬声音的な言い回しや、他の種類の多くの言語アクロバットにおいて、語が、音節が、音が、あらゆる因襲的な意味の結合から解き放たれて、寓意によって搾取されるがままの、そうした物として、闊歩している。バロックの言語は、いつのときもその構成要素の反乱に震撼させられている。」Benjamin 1955, I, S. 331. 下線（本書では傍線）はツェラーンによる。

原テクストからの、寓意的な聖句引用と、呼ぶこともできるだろう。そのときには、アレゴリー（寓意）は、同時にアレゴレーゼ（寓意的読解）であることが明らかになる。このように、ツェラーンの詩の晦渋は、そうした乖離の形式に由来している。テクストが読者にたいして「私的なるもの（Privates）」との観念連合を拒絶して、何か「剝奪されたもの（Privatives）」を示唆するためにこそ、これを記号ないし暗号へと疎外し、異化する、そうした乖離の形式に。

ヨーロッパ全域に広がっている「ハンノキ」は、しかし、ツェラーンにとって、「故郷」の木の一つだった。[468]その「故郷」、かつてハプスブルク帝政直轄領だったブコヴィーナは、一九一九年以来、ルーマニアに属していたが、一九四〇年にソヴィエト連邦に併合され、さらに一九四一年七月に、ドイツ・ルーマニア枢軸軍によって再占領されるという経過を辿った。その際に、チェルノヴィッツの「大寺院」と呼ばれるユダヤ教会堂が焼き打ちされて、八月末には、三千人以上のユダヤ人が殺されたという。[469]そののち、ウクライナへのユダヤ人の強制移送がおこなわれたが、そのなかにはツェラーンの両親も含まれていた。こうした事実関係の、すくなくともその背景を、「撃ち抜かれた肺臓」が示唆してくれるはずである。

＊

ここで、ツェラーンの詩行をあらためて思いかえしてみよう。「形象存在と意味作用とのあいだの深淵[470]」が、あるいはまた、「記号とそれによって指示されたものとのあいだの深淵[471]」が、口をひらいている、そのテクストを。そこにあらわれるアポリアが何かといえば、つぎのようなことになろうか。ツェラーンにあってはほとんど通例であるように、「私的なもの（Privates）」への、「剝奪されたもの（Privatives）」への癒合が、そのテクストの基体をなしているにもかかわらず、それは、特殊なものがあまねく人間的なものの生命ある象徴を現前させる、そうした「体験詩」をけっして成立させることはない。(472) 伝統的な寓意が、なるほど普遍的ではないにせよ、一定の程度には有効な、ある教養を共通の資産として、つねに要求するとすれば、ここには、そうした前提そのものがもとより欠けている。その寓意への接近を困難にする、そうした断絶は、ツェラーンの場合には、文化的な、ないし時代に制約されたものではなくて、むしろ個人的な起源を有している。そのときには、詩作品を、「詩人のみならず、また聴き手も読者も、おなじように住みついている」

---

(468) Kermorvan. In: Die Niemandsrose. BA 6.1, S. 65; Hafen. In: Atemwende. BA 7.1, S. 51.
(469) Chalfen 1979, S. 115.
(470) Benjamin 1955, I, S. 289.
(471) Der Meridian. TA, S. 93.
(472) ペゲラーがガーダマーにつぎのように問うたとき、彼は、たしかに正鵠を射ていた。すなわち、「ツェラーンの形象を、ゲーテの象徴のように、あまねく理解可能な経験へと還元しようとする」、ガーダマーの試みは、「理解不能性から果敢な理解として、歴史的かつ人為的にゆるやかに形成されてくる、かの寓意を誤認してしまうことになりはしないか」、という問いである。Gadamer 1986, S. 153 による。── 以下も参照。Pöggeler 1986, S. 207f.; Pöggeler 1998, S. 42f. ── ペゲラーは、ツェラーンの詩「おまえは、かまわずに私を」を引きながら、つぎのように書いている。「そのように、この芸術は『寓意的』たらざるをえない。すなわち、意味の空虚からふたたび意味を構築し、この意味を自明ならざるもの、けっして直接には理解しえないものとして、新たな、異なった生命を賦与することによって立証しなければならないのである。それゆえに、ツェラーンにおける雪とは、だれもが知っている雪ではけっしてありえない。そうではなくて、ウクライナに特定されるところの、この雪なのである［…］。」Pöggeler 1991, S. 352; Pöggeler 2000, S. 99.

ところの、「言語の共同性によって共通している世界の」、その「構成員のために定められている」と見做す、「共通感覚（common sence）」の「健全な」原則は、[473]いまやその根拠があやうくなることになろう。ツェラーンにおいては、生者が「住みついている」こと、この事態が、そもそも疑義に付されているのである。[474]この場合にふさわしいのは、むしろツェラーンの詩は、非現実の人格を、たとえば死者を、読者として召喚しようとしているとする仮説だろうか。[475]それにしたがうなら、通常の読者は、詩の「私」ないし詩人が、いわばアレゴレーゼ的な読者として、コードを共有する別の読者に与える暗号のみならず、この布置そのものをあらためてテクストとして、コンテクストとして、読むことを要請されていることになる。かくして私たちには、おそらくそうしたメタ読者の地位が割り当てられているのである。[476]

＊

ここでいささか唐突ながら、マルク・シャガールの作品を引いてみることにしよう。それは、ツェラーンとシャガールをめぐる微妙な前史によって、とりあえずは、それも逆説的に、正当化されなければならないが。すでにツェラーンの生前から、ペーター・ヨコストラが、ツェラーンの詩「テネブレ」[477]を、ハシディズムの伝統に組みいれようとしていた。「彼は、シャガールのユダヤ的メルヘンを言葉に変容させた形象群を、詩において生みだした。[478]」ヨコストラのこの発言は、しかし、一定の留保を含んでいた。彼は、三年のちには、はたしてこう書くことになる。「それから、わが友は、パリ時代のライラック色のシャガールにたいして、断固たる調子で異をとなえた。彼は、ただヴィテブスク出身のユダヤ人と、そして、そこで成立し、イディッシュ的な題材をテーマにしたものだけを、是認するばかりだった。[479]」この観点からすれば、つぎにあげるボラックの指摘が、より信頼するにたるといえるだろう。

私がジゼル・ツェラーン＝レストランジュと、詩「小屋の窓」について［…］話したとき、彼女は、シャガールの複製のある何枚かの絵葉書を、自宅にもっていること、そのうちの一枚が詩人をとくに強くひきつけたことを、私に教えてくれたものだった。［…］それ以外は、彼は、シャガールに関心をもつこともなく、その芸術を実際に愛してもいなかった。(480)

(473) Gadamer 1973, S. 11; Gadamer 1986, S. 11.
(474) 注59、注60を参照。
(475) こうした事態を、ペーター＝ホルスト・ノイマンは、「理解するためには、私は何を知らなければならないか」と題した一文のなかで、つぎのように的確に形容していた。「テクスト化されたこの自己了解が、しかし、それにもかかわらずだれかひとりの読者をさがしもとめているとすれば、明らかにそれは、すでにすべてを知っている、説明することも告白することももはや必要でない、そうした読者——ユートピア的な『おまえ』——でしかないだろう。だからこそ、ツェラーンのテクストをつつんでいる孤独が存在するのだ。」Neumann 1990, S. 104.
(476) ツェラーンのつぎのノートは、それを証明しているように思われる。「私が書くのは、死者のためにではなくて、生者のためにだ——もちろんのこと、死者も存在していることを知っている、そうした生者のために、なのだが。」MS, S. 122.
(477) Tenebrae. In: Sprachgitter. BA 5.1, S. 27f.
(478) Jokostra 1960, S. 165.
(479) Jokostra 1963, S. 189.——フェルスティナーは、以下のように主張したとき、そのことを指摘してしかるべきところであったと思われる。「磔刑をユダヤ的な断末魔に結びつけることは、ツェラーンにとって、宗派をこえた挙措ではなかった。——彼がそのロシア・ユダヤ的な情景描写を賞賛していた、かのマルク・シャガールにとってもそうだったように。」

ツェラーンは、どうやらシャガールの画集を所蔵してもいなかったらしい[481]。それにもかかわらず、ハンス＝ペーター・バイヤーデルファーの見解によれば、たとえば詩「小屋の窓[482]」のなかで示唆されているシャガールの作品のうちで[483]、まちがいなく「詩人をとくに強くひきつけた」ものとして、第一に油彩画「白い磔刑」があげられるという。ちなみに、詩「時の片隅で」が成立した一九六七年は、シャガール生誕八十周年にあたっていて、種々の展覧会[484]やオマージュ[485]とともに祝われていた。ツェラーンがこうした展覧会の一つを訪れたかどうか、目下のところは証明すべくもないが[486]。

Felstiner 1995, S. 104; Felstiner 1997, S. 144. —— しかし、フェルスティナーは、その典拠として、ヨコストラの著書から以下の箇所をあげているが、これは明らかに不適切である。「[…]私は、わが友がなるほど理解できなくもない嫌悪の念をいだいている、シャガールのライラック色の眼差しよりも、むしろモジリアニの飢えた眼で、パリをみるほうにかたむいている……」Jokostra 1963, S. 175. —— ペゲラーは、ツェラーンがシャガールの作品のなかで、すくなくとも「初期のものを評価していた」ことを認めている。Pöggeler 1986, S. 288. —— パリ時代のシャガールにたいするツェラーンの「嫌悪」について、証言をいま一つ、つけくわえることもできるだろう。「より一層、奇妙に受けとられかねなかったことといえば、それは、その年代の彼の手紙にみられる、ある種の断定的な物言いだった。たとえば、シャガールを『デカダン』呼ばわりしたのもそうだが、それは、『プロレトクリト』から借用したきまり文句だった。そして、それだけになおさら奇妙なことは、パウルがこうしたたぐいの一面的なきまり文句をきらっていたこと、そして、彼が、だれに強いられたわけでもなく、ときとしてそれをもちいていたことだった。」Solomon 1987, S. 143. つぎのフランス語訳から重訳した。Solomon 1990, S. 171. 「プロレトクリト」は、ロシア語で「プロレタリア文化」の略称で、一九一七年から二五年にかけて展開された、ソヴィエトの芸術運動をさす。

（480） Bollack, 2000. S. 226.

(481) ツェラーンの蔵書のなかにみいだされる、シャガールに関連する書籍は、つぎの一冊のみである。Chagall 1948. ツェラーンがシャガールを文字どおり黙殺した理由の一つとして、彼がこのイヴァン・ゴル、クレール・ゴル夫妻の「イラストレーター」にたいして、「中立的な立場をとるのは、およそ不可能で」あったことがあげられよう。Wiedemann 2000, S. 570; CH, S. 312. ──すでに一九四八年に、すなわちツェラーンがゴル夫妻に出会う一年まえに、出版されていたベラ・シャガールの前掲書は、ツェラーンが「ゴル事件」の渦中にあった一九六一年になってようやく、彼がパリで出会ったイダ・シャガールから、つぎのようなフランス語の献辞とともに贈られた。「パウル・ツェラーンに／彼のことが好きだったベラより／イダ・M・Ch／一九六一年三月二十二日」ページは、大部分、切られているが、欄外の傍線、下線のたぐいは認められない。

(482) Hüttenfenster. In: Die Niemandsrose. BA 6.1, S. 80.

(483) バイアーデルファーは、それにくわえて「緑の眼をした屋敷」（一九四四）と「受難者」（一九四〇）をあげている。Bayerdörfer 1973, S. 341. ──詩「小屋の窓」に関連して、アンドレア・ラウターヴァインも、両者のうちの前者を指示している。「その絵葉書には、シャガールがアメリカ亡命中に制作した『緑の眼をした屋敷』がえがかれていた［…］。」Lauterwein 2002, S. 171. ──ツェラーンの作品において、シャガールに近しいとおぼしき関連については、以下も参照のこと。Mayer 1969, S. 159; Sparr 1989, S. 173; Könnecker 1995, S. 42ff. ──それにたいして、ヘンドリック・ビールスは、「小屋の窓」の詩行に、ボブロフスキーにたいする、たとえば、そのシャガール詩篇にたいする、論争的な揶揄を読みとっている。Birus 1997, S. 307f., S. 313f. さらに以下も参照。Birus 1996. ──ちなみにツェラーンは、一九六二年十月十五日付のジゼルに宛てた手紙のなかで、ベルン美術館を訪れた際のことを報告している。「［…］そして、これは再発見してしかるべきだったのだが、一枚のシャガールをみた（「わが花嫁に捧げる」、一九一一年成立、古きよき時代の作品だが、容貌がおそろしい、**その**花婿はロバの頭をして、嘲るように冷笑している。その一方で、その眼は、逆転した女の頭を眺めているのだ［…］。）」CCL 1, S. 136; CCL 2, S. 448. イタリック体（本書ではゴシック体）はツェラーンによる。

(484) たとえば、Chagall 1967a; Chagall 1967b, Chagall 1967c; Chagall 1967d.

(485) たとえば、Chagall 1967e; Chagall 1967f; Chagall 1967g.

(486) ツェラーンは、一九六七年十月十一日から十六日まで、ドイツに滞在していた。彼がこの機会に「白い磔刑」の原画

「白い磔刑」は、一九三八年に制作された油彩画で、「水晶の夜」のユダヤ人虐殺を契機にして、その三年後にチェルノヴィッツをおそうことになる災厄を、すでに見通しているかのようである。画面の左手の丘のうえには、赤軍とおぼしき、赤旗をもった数人の兵士が押し寄せている。他方、右手にあるユダヤ教会堂は放火され、ナチスの突撃隊員らしい男が狼藉を働いている。中央に立っているキリスト磔刑像は、ユダヤ人の苦難を表現しているのだろうか。はたしてキリストがつけている腰布は、その模様からして、「タリート」と呼ばれる、ユダヤ教の祈禱にもちいられる肩衣の一部である。そのうえ、キリストの足下には、おなじくユダヤ教の儀式に欠かせない「メノーラ」、七本の腕をそなえた燭台がおかれている。下方の老人が大事そうにかかえている、あるいは右下隅の地面に投げだされて炎をあげている巻物は、「トーラ」、旧約聖書のモーセ五書を記したユダヤ教の聖典である。それは、チェルノヴィッツの「大寺院」が放火された際に、六十三巻の「トーラ」が灰になったという事実と関係づけることもできよう。[487] もっとも、それだけのことなら、ただの資料の集積にすぎないが、この絵の主題を追究することによって、「光の帯」と「王冠の毀傷」という二つの複合名刺によって形容されているものが何か、それが明らかになるだろう。一方で、上方から射していて、十字架にかけられたキリストを包容している白い光の帯は、構図からして、「トーラ」の白い炎に通じている。他方、教会堂の玄関に紋章としてかかげられたダビデ王の王冠を舐めている赤い炎は、ソヴィエト軍の兵士たちの赤旗や、彼らによって放火されたとおぼしき家々の赤い炎に対応して、歴史の時間のなかでのユダヤ人の運命を寓意している。救済の白い炎と、受難の赤い炎。しかし、その赤にしても、結局は「メノーラ」の白い光輪につつみこまれて、やはり白い光輪を帯びているキリストの頭の、包帯のなかに隠されているはずの、荊冠によるその傷に収斂していくのである。[488] こうした引照によって、ツェラーンのこの詩の最終連は、ディスティヒョン（強弱弱格）の名残のように、とぎれとぎれながら、それでもアレゴレーゼとして、すなわち、絵画の形象を移しかえて、ひとつの箴言のごときものへと翻訳しようとする、一種のエンブレムとして、読まれることになる。(489)

を眼にしたことは、十分に考えられうる。というのは、シャガール展が九月二日から十月三十一日まで、ケルンのヴァルラフ・リーヒャルツ美術館で開催されていたからである。ツェラーンが十月十二日にフランクフルトでジークフリート・ウンゼルトに会ったあと、十六日にパリへ戻るにあたって、ケルンで列車を乗り換えた際に、そこで数時間を過ごしたと想定することもできよう。CCL 1, S. 500ff.; CCL 2, S. 336f., S. 475; CWu, S. 106. ――ちなみに、ツェラーンは、この美術館をすでに一九五八年十一月十五日に訪れていた。CCL 2, S. 432.

(487) Gold 1962, II, S. 14.

(488) フェルスティナーが以下のように注記するときに、彼は、標題こそあげていないが、疑いもなくとりわけ「白い磔刑」をさしているようにみえる。「シャガールのかずかずの磔刑図では、いけにえになっているのは、タリートを身にまといながら、炎をあげてもえているトーラとユダヤ教会堂のただなかに立っている東欧ユダヤ人である。そして、そこには救いがない。受難はなおつづくばかりである。」Felstiner 1995, S. 104; Felstiner 1997, S. 144. しかし、この記述は、フェルスティナーが言及している詩「テネブレ」よりも、むしろ「時の片隅で」のほうにふさわしく思われる。

(489) 「パウル・ツェラーンの生と作品にたいする造形芸術の影響は」、なるほど「たちいって検討することが重要になる、そうした『翻訳構造』を呈しているが」、しかし、この構造は、「再構成しがたい周縁」において遂行される。それにもかかわらず、こうした諸関連は、「ある作品が、みずからに先行する、そして、受容によって可能になった、そうした現実にたいしてもつ、その都度、事前にみいだされている関係によって[…]決定的に刻印されている。」»Fremde Nähe« 1997, S. 540f. ――「ツェラーンにおける引用の詩学」を、バルネルトは、つぎのように敷衍してみせる。「したがって、言語的引用は、他の記号体系に、たとえば、美術、音楽、映画の領域における作品に、それぞれ関係づけられることによって存立している。そうした造形・音響・映像芸術にたいする指示の場合には、形象的ないし視覚的、音楽的、映画的な引用について語ることができる。」Barnert 2007, S. 51.

「王」のモティーフは、ツェラーンの詩では、つねにユダヤ的なるものの隠喩になっている。「撃ち抜かれた肺臓」は、はたして草稿では、「撃ち抜かれた王の肺臓」と書かれていた。[490]シャガールの絵においても、ユダヤ教会堂のダビデ王の「王冠の毀傷」は、キリストの頭上にヘブライ文字で書かれているように、「ユダヤ人の王」の荊冠による傷に照合される。「光の帯」が「私」にむかって「放つ」という「火」もまた、「王冠の毀傷」が「ゆらめく」、その「炎」に結びついている。そのとき、「私」は、受難のユダヤ人としてのキリストに同一化されていることになるだろう。ツェラーンがキリスト像に、なかんずく磔刑像に、何らかのユダヤ的な含意をこめる、[491]その偏執ともいえる関心は、さきに引用したその初期の詩「冬」[492]からはじまって、「テネブレ」[493]、「頌歌」[494]、「大光輪」[495]と、一度ならず認められる。それにくわえて、ゲーアハルト・バウマンは、一九七〇年三月、すなわちツェラーンの自死の直前に、コルマールのウンターリンデン美術館で、二人でマティーアス・グリューネヴァルトのイーゼンハイム祭壇画をまのあたりにした瞬間の、詩人の衝撃を伝えている。

ツェラーンは、もっぱら「磔刑図」に眼をむけていた。恐るべき事柄の現前が、すなわち、熱情と腐敗との前代未聞の緊張が、辱められた神への信仰が、彼をとらえてはなさなかった。[496]

それにつづくカフェでの会話のなかで、「エルザスとブコヴィーナ」が、「記憶のなかで交互に」出会って、「グリューネヴァルトの磔刑図と両親や友人知己の苦難の道行」が「たがいに歩みよったのだった」と、バウマンは語っている。[497]シャガールの白い磔刑像とその「光の帯」が、いわばグリューネヴァルトの磔刑図の先取りとして、しかも救済の含意とともに、[498]シャガールにつねからいだいていた「嫌悪」[499]にもかかわらず、

(490) Im Zeitwinkel schwört. In: Lichtzwang. BA 9.2, S. 210.

(491) 「ツェラーンの抒情詩の神学的内実」を「ツェラーン研究にあらまほしきもの」と主張しつつ、ヴェルナーは、「シャガールの一九三八年作の『白い磔刑』を、「美術史から引いた一例」としてあげている。しかし、そこでは、ツェラーンとシャガールの直接の関係は立証されていない。Werner 1998, S. 170.

(492) Winter. BA 1.1, S. 106.

(493) Tenebrae. In: Sprachgitter. BA 5.1, S. 27f.

(494) Psalm. In: Die Niemandsrose. BA 6.1, S. 27.

(495) Mandorla. A.a.O., S. 46. —— アルブレヒト・シェーネによれば、ツェラーンは、「ブルゴーニュ地方の小さな教会で、こうした巴旦杏の形の光輪につつまれて、王の青色の衣服を身にまとったキリスト像をみたと」、彼に告げたことがあるという。それは、「一二世紀初頭から伝わる、ベルゼ・ラ・ヴィユ修道院の後陣にあるロマネスク様式の壁画であると推測される［…］。ほとんど等身大の全能者ハリストス像で、大光輪の青地を背景にして君臨しているさまは、修道院の空間の比率からして、いかにも巨大である。」Schöne 1974, S. 154f.

(496) Baumann 1986, S. 48.

(497) Ebd.

(498) ちなみにジゼル・ツェラーン＝レストランジュが、一九九一年の死の直前にフランス語訳で読んでいた、ホセ・アンヘリ・バレンテのエッセイのなかに、グリューネヴァルトの磔刑図についての記述がある。「マリアは、悲しみを吸収した［…］。母の**白**。白色、いわば無色は、イーゼンハイムの磔刑図のなかでは、内面にむかう激発なのだ。」イタリック体（本書ではゴシック体）はバレンテによる。下線（本書では傍線）はジゼルによる。CCL 2, S. 500.

(499) 注479を参照。—— シャガールにたいするツェラーンの矛盾した感情は、なるほど最後まで消えることはなかったが、死の直前の一九六九年十二月末に、いわば異なった様相を呈するにいたったようにみえる。ヤーノシュ・サースはこう書いている。「シャガールの生涯の作品の大部分を、つぎつぎと眺めながら、後年になるほどに、その制作の技巧性が希薄になっていくのが眼につくことに、私たちが言及したとき、彼は、苦笑いを浮かべた。不意に出発はしたものの、どこへ

不意に彼に「火を放」ったとしても、[500]あながち奇異とするにはあたらないだろう。たとえ刹那のうちにではあれ、そこで生起したことは、たしかに死者との同一化だった。ここで、最初の三つの連と最終連とを繋ぎあわせる結節点が、すなわち、受難史が「光の帯」とともに救済史に逆転するところの、かの死が、[501]出現するにいたる。そのように、これらの詩行は、ある「場所」にむかう途上にある。


トポスの探求でしょうか。

たしかに。しかし、探求されるべきものの光につつまれての。すなわち、ユー・トピアの光につつまれての。

そして、人間は、そして、獣たちは。

この光につつまれて。[502]

「あらゆる譬喩や隠喩が不条理なるものへと導かれようとする」、そうした「場所」への、詩学的な投企として定立された「トポスの探求」[503]は、しかし、同時にまたひとつのトポグラフィでもある。[504]

この地点から、[…]またユートピアの光につつまれて、私はくわだてるのです――いま――トポスの探求を。

[…]私は、というのも、私がはじめた場所にふたたび位置しているからなのですが、私自身の出自の場所をもさがしもとめます。私は、そうしたすべてを、おぼつかないがゆえに、きわめて不確かな指で、地図のうえにさがしもとめるのです――すぐに白状しなければならないのですが、子供用の地図帳のうえに。[505]

行くのか、到着地をみいだせぬままでいる、そうした不確かな身振りで、首をかしげながら、彼は、言葉にならぬままに、こう語ろうとしているかのようだった、それも私の見解のただしさを証明しています、と。その微笑と身振りに、このときばかりは、彼のライトモティーフ——事はそう単純ではありません、という——がともなってはいなかったし、その沈黙もまた、長くはかからなかった。彼は、あらぬかたを凝視して——明らかに私たちのさきほどの議論に関連させながら——こういうのだった、『技巧にさからうときに——何が技巧**でない**か、だれが私にいうことができましょうか——助けになるのは、ただ孤独のみです』と。」Szász 1975, S. 31; Szász 1988, S. 337. イタリック体（本書ではゴシック体）はサースによる。

（500）ヤンツ教授が筆者に口頭で示唆されたところによれば、「王冠の毀傷」を「脳中の毀損」と理解することによって、「光の帯」もまた、精神病にたいする電気ショック療法を意味しうるという。注454を参照。

（501）ブレーメン講演に関連したツェラーンのノートを、ここであげておこう。「統一と限界をつくりだす原理としての死、ひいては、詩のなかにおける死の遍在——［…］。したがって、その能動的な原理は、何らかの仕方で措定された（「場を占めることができる」）「おまえ」なのだ。——（「おまえ」としての死？）」Der Meridian. TA, S. 191.

（502）Der Meridian. BA 15.1, S. 47.

（503）Ebd.

（504）ベールは、『子午線』のなかで「**抒情詩の場所感覚**がライトモティーフとして」くりかえし出没することを指摘している。Baer 2002, S. 219. イタリック体（本書ではゴシック体）はベールによる。——ヴァルデマール・フロムも、このおなじ事情を確認している。「ツェラーンによるトポスの探求は、その探索のストラテジーを、修辞的なそれから実存的なそれへと移行させる。」Fromm 2009, S. 48. フロムが展開しようとしている、「子午線」のモティーフに関する議論にここでたちいることは、とりあえずは断念せざるをえない。——ツェラーンは、前述のように、すでにブレーメン講演のなかで、「歴史喪失に見舞われた、ハプスブルク帝国のこのかつての辺境」の「トポグラフィックな素描」をこころみていた。「［…］私があなたがたのもとへやってきた、その地域は、あなたがたの大多数には未知の土地であることでしょう。［…］それは、人々と書物が生きていた地方でありました。」Ansprache anläßlich der Entgegennahme des Literaturpreises der Freien Hansestadt Bremen. BA 15.1, S. 23. ——『子午線』のなかでは、「地域（Landschaft）」と「地方（Gegend）」は、「場所（Ort）」ないし「トポス（Topos）」へと収斂していく。この際、「ストレッタ」にあらわれる「構内（Gelände）」についてはいわないにしても。

この「ユートピアの光（Licht der Utopie）」を、ただ比喩的にのみ、受けとらないように注意しよう。詩人が前出の「ユー・トピアの光（Licht der U-topie）」のように綴らずに、ここでハイフンをただ省略しているのは、ただの疎漏などではなかったはずである。[506] そこで「光」によって示唆されているのは、「どこにもない場所」としての「ユー・トピア」、すなわち「トポス」の不在というよりは、むしろ「土地の名前」がついにはすべて欠落する、まさにひとつの「ユートピア」であろうから。

（505） Der Meridian. BA 15.1, S. 49f.
（506） ハイフンのない「ユートピア」の語は、すでに一度、もちいられている。「そして、私たちもまた、かつて物たちと獣たちにむけられた注意深さから、ひらかれたもの、自由なものの近くへと達していたのです。そして、畢竟、ユートピアの近くへと。」A.a.O., S. 48.

日本語版のためのあとがき

本書は、二〇一一年にKönigshausen & Neumann社から上梓した著書Toponym als U-topie bei Paul Celan. Auschwitz – Berlin – Ukraineを、みずから日本語に訳出し、加筆増補したものである。原著のあとがきには、ドイツの雑誌などで公にした論文も、初出として記載しているが、それはここでは省略して、日本で発表したもののみをあげておくことにする。

Dissoziation als Paradigma. Zu Celans Gedicht „Im Zeitwinkel schwört"（『ドイツ文学』六七号、日本独文学会、一九八一年十月）＊

意味論的にくまなく照らしだされて――ツェラーン私註（『現代詩手帖』第三三巻第五号、思潮社、一九九〇年五月）

Engramme – Mneme – Phoneme. Zu zwei Hölderlin-Gedichten Paul Celans（『ドイツ文学』一〇六号、日本独文学会、

二〇〇一年三月）＊

Auschwitz – Berlin – Ukraine. Einige Kapitelanfänge zu einem kommenden Celan-Buch: „Toponym als U-topie"（『詩・言語』六六号、東京大学大学院・ドイツ語ドイツ文学研究会、二〇〇七年三月）

いずれも、ドイツ語の原書および日本語による本書に収録する過程で、相応の加筆修正をほどこした。今回、あらたに気づいた誤記も、この機会に訂正した。なお、＊を付した論文は、和訳し、一部ないし全体に加筆したものを、既刊の下記の著書に収録している。

ツェラーンもしくは狂気のフローラ——抒情詩のアレゴレーゼ（未來社、二〇〇二年三月）

これを本書に再録するにあたり、ときとして重複する箇所が含まれていることを断っておく。前著で扱ったように、ツェラーンの詩作品には植物の「名前」が頻出するが、それは、類、種としての名辞であるかぎりにおいて、本来の固有名ではない。たとえ擬人法による寓意が多くもちいられているにしても、そこに認められるのは、もはや不可能事と化している「名づけること」への焦慮というべきか。それにたいして、まちがいなく固有名である「土地の名前」もまた、序文で引いたデリダの指摘にもあるように、ツェラーンの詩にたびたびあらわれる。ただし本書で論及しているように、「アウシュヴィッツ」、「ベルリン」、「ウクライナ」という「名前」は、完全に、あるいはほとんど、湮滅されているのだが。いずれも「名前」に偏執してやまぬツェラーンの、そこに明らかに露呈する志向性の差異が、おなじ詩をおなじように解釈する行文のうちにも、おのずから看取されるはずである。

＊

ツェラーンに倣って、「土地の名前」のモノマニアに集中するからには、いまひとつの固有名、「人の名前」にもこだわってみよう。「ツェラーン（Celan）」という筆名は、本文中にも言及したように、本名の「アンチェル（Antschel）」のアナグラムである。日本では、「ツェラン」と「ツェラーン」の二様の読みが並存しているが、他の詩人、作家の場合ならともかく、これがもともとは作られた名前であるかぎりは、どう発音するかは、詩人自身の意向にしたがうほかはないだろう。たとえば、遺稿のノートのなかに、つぎのような短い一文があらわれる。

私の名前――Celan, Célań, Zelan.――[507]

これだけでは、複数の読みの可能性を提示しているだけで、その真意のほどははかりがたいが、すくなくとも詩人が「名前」の発音にこだわっていた様子はうかがえるだろう。ツェラーンは、みずから独訳したシェイクスピアの『ソネット』を、ドイツのラジオ放送で朗読するにあたって、「私が自分の名前をフランス語風に発音せずに、tselanと、つまり最後を鼻母音にしないで、第一音節にアクセントをおいて、読んでいることを」、ナレーターが示唆してくれるように希望していた。[508] フランス語の鼻母音そのものはそもそも長母音ではなく、短母音だから、ここでツェ

（507） MS, S. 116.
（508） »Fremde Nähe« 1997, S. 431.

ラーンは、第二音節を長く読むことを忌避しているわけではないだろう。もっとも、詩人の息子のエリクによれば、この規則はドイツにおいて適用されるものの、詩人は、フランスではフランス語風に短く「スラン [səˈlã]」と発音されることを重んじていたという。(509) ドイツではドイツ語のように、フランスではフランス語のように、というのが詩人の意に沿うことであるのなら、Celan という「名前」もまた、とりあえずドイツ語の発音規則にしたがって、「アルバーン(Alban)」、「ウルバーン(Urban)」のように -an でおわる、外国語からの借用語に由来する人名がそうであるように、日本語でも第一音節にアクセントをおいて、「ツェラーン」と発音し、かつ表記するのがふさわしいだろう。

*

このようにツェラーンの詩を読みついできて、いまさらとりたてて事新しく語るべきこともない。思うことは、その都度、おなじである。ツェラーンの詩は、すくなからず美しい、にもかかわらず、と。そうした疑問は、いつも読者の位相にはねかえってこざるをえない。もうはるか昔のことだが、本書の初出の一つである『現代詩手帖』に寄稿した文章に、一片の反省めいた結語を書きつけたことがあった。しかし、ドイツ語版に収録するにあたって、そのまま訳出するのは、何か場ちがいのように感じられて、削除してしまっていた。それをここに再現することにする。もともと自分の文章でありながら、あえて引用のようにして。

ひとは問いかえさないではいられないだろう、これは「詩」なのだろうか、と。いまさらジャンル論など、はじめてもしようがないことは承知していても、しかし、それでも問いたださないではいられない。いったいこれは「詩」だろうか。しかし、これが「詩」であろうとなかろうと、このテクストによって強いられる読者の立場というものは、たしかに存在している。こんなふうにいえるだろうか、差別されている者たちが差異をたてることは、自己を自己たらしめる営為であるとしても、差別している者たちが、あるいはその外にあるかにみえる者たちでさえも、差異をたてることは、差別することにつながるだろう、と。そのようにして、私たちはツェラーンを読む。そのテクストをふたたび「意味論的」に、ひいては「反ユダヤ主義的」に、アナグラムや語呂あわせとして地下にひそんでいる「意味」までもひきずりだすために、「くまなく照らし」だしながら。(510)

＊

右にあげた『現代詩手帖』への寄稿をのぞいて、大部分、はじめからドイツ語で原稿を草しつつ、仕上げた著書を、あらためて日本語に訳して上梓するとは、およそ思いもかけぬことだった。そのように慫慂してくれたのは、法政大学出版局編集部の前田晃一君である。彼は、筆者がかつて京都大学総合人間学部に在職していた折に、大学院人間・環境学研究科でおこなった授業に出席してくれた、もと教え子の一人である。昨年、ゆくりなく二十数年ぶりに再会して、一緒に筆者の旧訳を再版する仕事にたずさわるめぐりあわせになった。彼の提案には虚をつかれたが、しばらく逡巡したのちに、自分のドイツ語をまぎれもない異国語として、その行文にみずから対峙する覚悟が生まれてきた。その作業にははたしていささか難渋したが、そうしてよかったと、いまになって考えている。その機縁を与え

(509) MS, S. 570.
(510) 平野嘉彦「意味論的にくまなく照らしだされて――ツェラーン私註」、『現代詩手帖』第三三巻第五号、思潮社、一九九〇年五月、九三ページ。

てくれた前田君に、くわえて日本語版の刊行をこころよく了承された Königshausen & Neumann 社のトーマス・ノイマン社主にも、あらためて謝意を表する。

平野嘉彦

二〇一五年二月

著者

平野嘉彦（ひらの　よしひこ）

1944年生まれ。東京大学名誉教授。ドイツ文学専攻。著書に『プラハの世紀末 ── カフカと言葉のアルチザンたち』（岩波書店、1993）、『カフカ ── 身体のトポス』（講談社、1996）、『獣たちの伝説 ── 東欧のドイツ語文学地図』（みすず書房、2001）、『ツェラーンもしくは狂気のフローラ ── 抒情詩のアレゴレーゼ』（未來社、2002）、『マゾッホという思想』（青土社、2004）、『ホフマンと乱歩 ── 人形と光学器械のエロス』（みすず書房、2007）、『死のミメーシス ── ベンヤミンとゲオルゲ・クライス』（岩波書店、2010）、Toponym als U-topie bei Paul Celan. Auschwitz – Berlin – Ukraine（Königshausen & Neumann, 2011〔本書のドイツ語版〕）、『ボヘミアの〈儀式殺人〉── フロイト・クラウス・カフカ』（平凡社、2012）など。

土地の名前、どこにもない場所としての
ツェラーンのアウシュヴィッツ、ベルリン、ウクライナ

2015年6月26日　初版第1刷発行

著　者　平野嘉彦
発行所　一般財団法人　法政大学出版局
〒102-0071 東京都千代田区富士見 2-17-1
電話03(5214)5540 振替00160-6-95814
組版：HUP　印刷：ディグテクノプリント　製本：積信堂
装幀：竹中尚史

Printed in Japan

ISBN978-4-588-49510-6

使用参考文献

この目録は、原則として本文および注に言及したものに限定してある。ツェラーンの残した蔵書、あるいは原書がみいだされなくとも、マールバッハ・ドイツ文学資料館の紙媒体および電子カタログに記載されている書籍には、その都度、下線をほどこした。ツェラーンの作品の日本語訳は、すでに飯吉光夫氏、中村朝子氏の労作が存在するが、ここでは割愛した。

略号：

GW: Paul Celan: Gesammelte Werke in fünf Bänden. Frankfurt a.M. (Suhrkamp) 1983.

BA: Paul Celan: Werke. Historisch-Kritische Ausgabe (Bonner Ausgabe). Besorgt von der Bonner Arbeitsstelle für die Celan-Ausgabe. Frankfurt a.M. (Suhrkamp) 1990 –.

TA: Paul Celan: Werke. Tübinger Ausgabe. Hrsg. von Jürgen Wertheimer. Frankfurt a.M. (Suhrkamp) 1996 –2004.

KG: Paul Celan: Die Gedichte. Kommentierte Gesamtausgabe in einem Band. Hrsg. u. kommentiert von Barbara Wiedemann. Frankfurt a.M. (Suhrkamp) 2003.

SM: Paul Celan: Schwarzmaut. Radierungen von Gisèle Celan-Lestrange. Vaduz (Brunidor) 1969.

MS: Paul Celan: »Mikrolithen sinds, Steinchen«. Die Prosa aus dem Nachlaß. Kritische Ausgabe. Hrsg. u. kommmentiert von Barbara Wiedemann u. Bertrand Badiou. Frankfurt a.M. (Suhrkamp) 2005.

CFe: Paul Celan / Reinhard Federmann: Briefe. In Memoriam Paul Celan. In: Die Pestsäule. H. 1. September 1972.

CMS: Briefe an Alfred Margul-Sperber. In: Neue Literatur. Zeitschrift des Schriftstellerverbandes der Sozialistischen Republik Rumäniens. 26. Jg., H. 7. Juli 1975.

CFi: Paul Celan: Briefe an Gottfried Bermann Fischer. In: Werner Hamacher / Winfried Menninghaus (Hrsg.): Paul Celan. Frankfurt a.M. (Suhrkamp) 1988.

CSa: Paul Celan / Nelly Sachs: Briefwechsel. Hrsg. von Barbara Wiedemann. Frankfurt a.M. (Suhrkamp) 1993.（『パウル・ツェラン／ネリー・ザックス往復書簡』、飯吉光夫訳、青磁ビブロス、1996年）

CWu: Paul Celan / Franz Wurm: Briefwechsel. Hrsg. von Barbara Wiedemann in Verb. mit Franz Wurm. Frankfurt a.M. (Suhrkamp) 1995.

CCL: Paul Celan / Gisèle Celan-Lestrange: Briefwechsel. Hrsg. von Bertrand Badiou. Übersetzt von Eugen Helmlé. Für die deutsche Ausgabe eingerichtet von Barbara Wiedemann. 2 Bde. Frankfurt a.M. (Suhrkamp) 2001.

CL: Paul Celan / Hanne und Hermann Lenz: Briefwechsel. Mit drei Briefen von Gisèle Celan-Lestrange. Hrsg. von Barbara Wiedemann in Verb. mit Hanne Lenz. Frankfurt a. M. (Suhrkamp) 2001.

CE: Paul Celan / Erich Einhorn: Einhorn, du weißt um die Steine… Briefwechsel. Hrsg. u. kommentiert von Marina Dmitrieva-Einhorn. Berlin (Friedenauer Presse) 2001.

CKB: Paul Celan. *»Du mußt versuchen, auch den Schweigenden zu hören«.* Briefe an Diet Kloos-Barendregt. Handschrift – Edition – Kommentar. Hrsg. von Paul Sars unter Mitwirkung von Laurent Sprooten. Frankfurt a.M. (Suhrkamp) 2002.

AC: Theodor W. Adorno / Paul Celan: Briefwechsel 1960-1968. Hrsg. von Joachim Seng. In: Frankfurter Adorno Blätter VIII. Im Auftrag des Theodor W. Adorno Archivs. Hrsg. von Rolf Tiedemann. edition text + kritik. 2003.

CH: Paul Celan / Rudolf Hirsch: Briefwechsel. Hrsg. von Joachim Seng. Frankfurt a.M. (Suhrkamp) 2004.

CSz: Paul Celan / Peter Szondi: Briefwechsel. Mit Briefen von Gisèle Celan-Lestrange an Peter Szondi und Auszügen aus dem Briefwechsel zwischen Peter Szondi und Jean und Mayotte Bollack. Hrsg. von Christoph König. Frankfurt a.M. (Suhrkamp) 2005.

BC: *Herzzeit.* Ingeborg Bachmann – Paul Celan. Der Briefwechsel. Mit den Briefwechseln zwischen Paul Celan und Max Frisch sowie zwischen Ingeborg Bachmann und Gisèle Celan-Lestrange. Hrsg. u. kommentiert von Bertrand Badiou, Hans Höller, Andres Stoll u. Barbara Wiedemann. Frankfurt a.M. (Suhrkamp) 2008.（インゲボルク・バッハマン／パウル・ツェラン『バッハマン／ツェラン往復書簡 ── 心の時』、中村朝子訳、青土社、2011 年）

CDe: Paul Celan / Klaus und Nani Demus: Briefwechsel. Hrsg. von Joachim Seng. Frankfurt a.M. (Suhrkamp) 2009.

CDi: Paul Celan / Gisela Dischner: Wie aus weiter Ferne zu Dir. Briefwechsel. Mit einem Brief von Gisèle Celan-Lestrange. In Verb. mit Gisela Dischner herausgegeben und kommentiert von Barbara Wiedemann. Frankfurt a.M. (Suhrkamp) 2012.

CWa: Paul Celan / Klaus Wagenbach: Briefwechsel. Unveröffentlicht. Im Deutschen Literaturarchiv Marbach am Neckar aufbewahrt.

BK: Meinecke, Dietlind / Reichert, Stefan (Hrsg.): Bonner Arbeitsstelle für die Celan-Ausgabe: Katalog der Bibliothek Paul Celans in vier Bänden. Erarbeitet in den Jahren 1972–1974 (Paris) und 1987 (Moisville). Ex libris des Deutschen Literaturarchivs Marbach.

BP: Richter, Alexandra / Alac, Patric / Badiou, Bertrand (Hrsg.): Paul Celan. La Bibliothèque philosophique. Paris (Éditions Rue d'Ulm / Presses de l'École normale supérieure) 2004.

二次文献（1）──パウル・ツェラーン関係：

Allemann, Beda: Paul Celan. In: Deutsche Dichter der Gegenwart. Ihr Leben und Werk. Hrsg. von Benno von Wiese. Berlin (Schmidt) 1973.

Anderle, Martin: Hölderlin, Celan und Bobrowski. In: Seminar. Vol. VIII, No. 2, June 1972.

André, Robert: Gespräche von Text zu Text. Celan – Heidegger – Hölderlin. Hamburg (Meiner) 2001.

Baer, Ulrich: Traumadeutung. Die Erfahrung der Moderne bei Charles Baudelaire und Paul Celan. Aus dem Amerikanischen von Johanna Bodenstab. Frankfurt a.M. (Suhrkamp) 2002.

Barnert, Arno: Mit dem fremden Wort. Poetisches Zitieren bei Paul Celan. Frankfurt a.M. u.a. (Stroemfeld) 2007.

Bauer, Werner / Braunschweig-Ullmann, Renate / Brodmann, Helmtrud / Buhr, Monika / Keisers, Brigitte / Mauser, Wolfram: Text und Rezeption. Wirkungsanalyse zeitgenössischer Lyrik am Beispiel des Gedichtes „Fadensonnen“ von Paul Celan. Frankfurt a.M. (Athenäum) 1972.

Baumann, Gerhard: Erinnerungen an Paul Celan. Frankfurt a.M. (Suhrkamp) 1986.

Bayerdörfer, Hans-Peter: „Landnahme-Zeit“. Geschichte und Sprachbewegung in Paul Celans *Niemandsrose*. In: Über Literatur und Geschichte. Festschrift für Gerhard Storz. Hrsg. von Bernd Hüppauf u. Dolf Sternberger. Frankfurt a.M. (Athenäum) 1973.

Beese, Henriette: Nachdichtung als Erinnerung. Allegorische Lektüre einiger Gedichte von Paul Celan. Darmstadt (Agora) 1976.

Bennholdt-Thomsen, Anke: Auf der Suche nach dem Erinnerungsort. In: Celan-Jahrbuch 2 (1988). 1988.

Birus, Hendrik: Hommage à quelqu'un. Paul Celans *Hüttenfenster* – ein ‚Wink‘ für Johannes Bobrowski? In: Holger Helbig / Bettina Knauer / Gunnar Och (Hrsg.): Hermenautik – Hermeneutik. Literarische und geisteswissenschaftliche Beiträge zu Ehren von Peter Horst Neumann. Würzburg (Königshausen & Neumann) 1996.

Birus, Hendrik: Hüttenfenster. In: Jürgen Lehmann (Hrsg.): Kommentar zu Paul Celans »Die Niemandsrose«. Heidelberg (Winter) 1997.

Blöcker, Günter: Gedichte als graphische Gebilde. In: Der Tagesspiegel. Berlin. Sonntag, 11. Oktober 1959.

Bollack, Jean: „Eden“ nach Szondi. Aus dem Französischen von Beatrice Schulz. In: Celan-Jahrbuch 2 (1988). 1988.

Bollack, Jean: Paul Celan. Poetik der Fremdheit. Aus dem Französischen von Werner Wögerbauer. Wien (Zsolnay) 2000.

Bollack, Jean: Paul Celan unter judaisierten Deutschen. München (Carl Friedrich von Sie-

mens Stiftung) 2003.

Bollack, Jean: Dichtung wider Dichtung. Paul Celan und die Literatur. Aus dem Französischen von Werner Wögerbauer unter Mitwirkung von Barbara Heber-Schärer, Christoph König und Tim Trzaskalik. Göttingen (Wallstein) 2006.

Böschenstein, Bernhard: Paul Celan. In: Schweizer Monatshefte. 45. Jg. (1965/1966). 1966. Wieder abgedruckt: Böschenstein, Bernhard: Paul Celan: «Tübingen, Jänner». In: Studien zur Dichtung des Absoluten. Zürich (Atlantis) 1968.

Böschenstein, Bernhard: Hölderlin in der deutschen und französischen Dichtung des 20. Jahrhunderts. In: Leuchttürme. Von Hölderlin zu Celan. Frankfurt a.M. (Insel) 1977.

Böschenstein, Bernhard: Hölderlin und Celan. In: Hölderlin-Jahrbuch 23 (1982/1983). 1983.

Böschenstein, Bernhard: Gespräche und Gänge mit Paul Celan. In: Giuseppe Bevilacqua / Bernhard Böschenstein: Paul Celan. Zwei Reden. Marbach am Neckar (Deutsche Schillergesellschaft) 1990.

Böschenstein, Bernhard: Tübingen, Jänner. In: Jürgen Lehmann (Hrsg.): Kommentar zu Paul Celans »Die Niemandsrose«. Heidelberg (Winter) 1997.

Böschenstein, Bernhard: Involution. In: Hans-Michael Speier (Hrsg.): Gedichte von Paul Celan. Stuttgart (Reclam) 2002.

Böschenstein, Bernhard: Im Zwiegespräch mit Hölderlin: George, Rilke, Trakl, Celan. In: Von Morgen nach Abend. Filiationen der Dichtung von Hölderlin zu Celan. München (Fink) 2006 (= 2006a).

Böschenstein, Bernhard: Die Toten von Auschwitz und Treblinka als Grund von Celans Dichtung. In: Von Morgen nach Abend. A.a.O. 2006 (= 2006b).

Böschenstein-Schäfer, Renate: Allegorische Züge in der Dichtung Paul Celans. In: Études Germaniques. Hommage à Paul Celan. 25e Anné. Numéro 3. 1970.

Böttiger, Helmut: Orte Paul Celans. Wien (Zsolnay) 1996.（ヘルムート・ベッティガー『パウル・ツェラーンの場所』、鈴木美紀訳、法政大学出版局、1999年）

Brandes, Peter: Die Gewalt der Gaben – Celans ‚Eden'. In: Ulrich Wergin / Martin Jörg Schäfer (Hrsg.): Die Zeitlichkeit des Ethos. Poetologische Aspekte im Schreiben Paul Celans. Würzburg (Königshausen & Neumann) 2003.

Bücher, Rolf: Welt-Buch bei Celan. In: Otto Pöggeler / Christoph Jamme (Hrsg.): »Der glühende Leertext«. Annäherungen an Paul Celans Dichtung. München (Fink) 1993.

Buck, Theo: Weite und Enge. Zu einer lyrischen Auseinandersetzung Celans mit Brecht. In: Ulrich Gaier / Werner Volke (Hrsg.): Festschrift für Friedrich Beißner. Bebenhausen (Rotsch) 1974.

Buck, Theo: Angstlandschaft Deutschland. Zu einem Nachkriegssyndrom und seiner Vorgeschichte in einem Gedicht Paul Celans. In: Dieter Breuer (Hrsg.): Deutsche Lyrik nach

1945. Frankfurt a.M. (Suhrkamp) 1988.

Chalfen, Israel: Paul Celan. Eine Biographie seiner Jugend. Frankfurt a.M. (Insel) 1979.（イスラエル・ハルフェン『パウル・ツェラーン ── 若き日の伝記』、相原勝・北彰訳、未來社、1996年）

Derrida, Jacques: Schibboleth. Pour Paul Celan. Paris (Galilée) 1986 (= 1986a).（ジャック・デリダ『シボレート ── パウル・ツェランのために』、飯吉光夫・小林康夫・守中高明訳、岩波書店、1990年）

Derrida, Jacques: Schibboleth. Für Paul Celan. Aus dem Französischen von Wolfgang Sebastian Baur. Graz (Böhlau) 1986 (= 1986b).

Döhl, Reinhard: Geschichte und Kritik eines Angriffs. Zu den Behauptungen gegen Paul Celan. In: Jahrbuch der Deutschen Akademie für Sprache und Dichtung 1960. 1961.

Eckhardt, Uwe: Paul Celan (1920-1970) und der Wuppertaler „Bund“. In: Geschichte im Wuppertal. 4. Jg. 1995.

Eisenreich, Brigitta: Celans Kreidestern. Ein Bericht. Mit Briefen und anderen unveröffentlichten Dokumenten. Unter Mitwirkung von Bertrand Badiou. Frankfurt a.M. (Suhrkamp) 2010.

Emmerich, Wolfgang: Paul Celan. Reinbek bei Hamburg (Rowohlt Taschenbuch Verlag) 1999.

Emmerich, Wolfgang: »… seiner Daten eingedenk«. Zeit und Ort des Gedichts und seines Autors Paul Celan. In: Lectures d'une œuvre: Die Niemandsrose, Paul Celan. Nantes (Éditions du Temps) 2002.

Fassbind, Bernard: Poetik des Dialogs. Voraussetzungen dialogischer Poesie bei Paul Celan und Konzepte von Intersubjektivität bei Martin Buber, Martin Heidegger und Emmanuel Levinas. München (Fink) 1995.

Felka, Rike: Psychische Schrift. Freud – Derrida – Celan. Berlin FU, Diss., 1991. Wien u.a. (Turia & Kant) 1991.

Felstiner, John: Paul Celan. Poet, Survivor, Jew. New Haven (Yale University Press) 1995.

Felstiner, John: Paul Celan. Eine Biographie. Deutsch von Holger Fliessbach. München (Beck) 1997.

Fioretos, Aris: Nothing: History and Materiality in Celan. In: Fioretos (Ed.): Word Traces. Readings of Paul Celan. Baltimore u.a. (The Johns Hopkins University Press) 1994.

»Fremde Nähe«. Celan als Übersetzer. Eine Ausstellung des Deutschen Literaturarchivs. Marbach am Neckar (Deutsche Schillergesellschaft) 1997.

Fromm, Waldemar: „Im Lichte der U-topie“. Die Bukowina als Ort der Dichtung Celans. In: Peter Motzan / Stefan Sienerth (Hrsg.): Wahrnehmung der deutsch(sprachig)en Literatur aus Ostmittel- und Südosteuropa – ein Paradigmenwechsel? Neue Lesarten und Fallbeispiele. München (IKGS) 2009.

Fußl, Irene: ›Geschenke an Aufmerksame‹. Hebräische Intertextualität und mystische Weltauffassung in der Lyrik Paul Celans. Tübingen (Niemeyer) 2008.

Gadamer, Hans-Georg: Wer bin Ich und wer bist Du? Kommentar zu Celans ›Atemkristall‹. Frankfurt a.M. (Suhrkamp) 1973; 2. Ausg. 1986.

Geier, Manfred: Die Schrift und die Tradition. Studien zur Intertextualität. München (Fink) 1985.

Gellhaus, Axel: Erinnerung an schwimmende Hölderlintürme. Paul Celan ›Tübingen, Jänner‹. Marbach a.N. (Deutsche Schillergesellschaft) 1993 (= 1993a).

Gellhaus, Axel: Marginalien. Paul Celan als Leser. In: Otto Pöggeler / Christoph Jamme (Hrsg.): »Der glühende Leertext«. Annäherungen an Paul Celans Dichtung. München (Fink) 1993 (= 1993b).

Gellhaus, Axel: Das Datum des Gedichts. Textgeschichte und Geschichtlichkeit des Textes bei Celan. In: Axel Gellhaus / Andreas Lohr (Hrsg.): Lesarten. Beiträge zum Werk Paul Celans. Köln u.a. (Böhlau) 1996.

Glenn, Jerry: Dein aschenes Haar. In Memoriam Paul Celan. In: Die Pestsäule. H. 1. September 1972.

Gnüg, Hiltrud: Gespräch über Bäume. Zur Brecht-Rezeption in der modernen Lyrik. In: Reinhold Grimm / Jost Hermand (Hrsg.): Basis. Lehrbuch für deutsche Gegenwartsliteratur. Bd. 7. Frankfurt a.M. (Athenäum) 1977.

Golb, Joel: The Allegory of Celan's "Hollow Homestead". In: Haskell M. Block (ed.): The Poetry of Paul Celan: Papers from the Conference at the State University of New York at Binghamton, October 28-29, 1988. New York u.a. (Lang) 1991.

Golb, Joel: Reading Celan: The Allegory of "Hohles Lebensgehöft" and "Engführung". In: Aris Fioretos (Ed.): Word Traces. Reading of Paul Celan. Baltimore u.a. (The John Hopkins University Press) 1994.

Golb, Joel: Allegorie und Geschichte: Paul Celans ‚Bahndämme, Wegränder, Ödplätze, Schutt'. In: Axel Gelhaus / Andreas Lohr (Hrsg.): Lesarten. Beiträge zum Werk Paul Celans. Köln u.a. (Böhlau) 1996.

Goltschnigg, Dietmar: Das Zitat in Celans Dichtergedichten. In: Joseph P. Strelka (Hrsg.): Psalm und Hawdalah. Zum Werk Paul Celans. Akten des Internationalen Paul Celan-Kolloquiums New York 1985. Bern (Lang) 1987.

Günzel, Elke: Das wandernde Zitat. Paul Celan im jüdischen Kontext. Würzburg (Königshausen & Neumann) 1995.

Hamacher, Werner: Die Sekunde der Inversion. Begegnungen einer Figur durch Celans Gedichte. In: Werner Hamacher / Winfried Menninghaus (Hrsg.): Paul Celan. Frankfurt a.M. (Suhrkamp) 1988.

Hart Nibbrig, Christiaan L.: Rhetorik des Schweigens. Frankfurt a.M. (Suhrkamp) 1981.

Heselhaus, Clemens: Deutsche Lyrik der Moderne von Nietzsche bis Yvan Goll. Die Rückkehr zur Bildlichkeit der Sprache. Düsseldorf (Bagel) 1961.

Hinck, Walter: Das Gedicht am Rande seiner Selbst. In: Marcel Reich-Ranicki (Hrsg.): Frankfurter Anthologie. 12. Bd. Frankfurt a.M. (Insel) 1997.

平野嘉彦「物語の余白に ― ツェラーンと〈哲学者たち〉」、『現代哲学の冒険』第 8 巻『物語』所収、岩波書店、1990 年

平野嘉彦『ツェラーンもしくは狂気のフローラ ― 抒情詩のアレゴレーゼ』、未來社、2002 年

Hirano, Yoshihiko: Botanik und Zoologie. In: Markus May / Peter Goßens / Jürgen Lehmann (Hrsg.): Celan-Handbuch. Leben – Werk – Wirkung. Stuttgart u.a. (Metzler) 2008.

Hirano, Yoshihiko: Wirklichkeit, Wahrheit und Wahn. Alliteration und Alienation bei Celan im Jahre 1965. In: Celan-Studien in Japan. Deutsche Sonderausgabe 2010. Hrsg. von der Japanischen Paul-Celan-Gesellschaft. 2010.

Holthusen, Hans Egon: Fünf junge Lyriker (II). In: Merkur. Deutsche Zeitschrift für europäisches Denken. Nr. 74. VIII Jg. H. 4. 1954 (= 1954a). Wieder abgedruckt: In: Ja und Nein. Neue kritische Versuche. München (Piper) 1954 (= 1954b).

Holthusen, Hans Egon: »Vollkommen sinnliche Reden«. In: Hans Bender (Hrsg.): Mein Gedicht ist mein Messer. Lyriker zu ihren Gedichten. Heidelberg (Rothe) 1955. Wiederabgedruckt in: Hans Bender (Hrsg.): Mein Gedicht ist mein Messer. Lyriker zu ihren Gedichten. München (List) 1961.

Holzner, Johann: »Die Worte sind gefallen«. Notizen zu Paul Celan und Erich Fried. In: Text und Kritik. H. 91. 1986.

Hünnecke, Evelyn: Namengebung im Dichtungsakt. Lyrische Proprialisierung im Werk Paul Celans. In: Celan-Jahrbuch 8. 2003.

Huppert, Hugo: »Spirituell«. Ein Gespräch mit Paul Celan. In: Werner Hamacher / Winfried Menninghaus (Hrsg.): Paul Celan. Frankfurt a.M. (Suhrkamp) 1988.

Ivanović, Christine: Trauer – nicht Traurigkeit. Celan als Leser Benjamins. Beobachtungen am Nachlaß. In: Celan-Jahrbuch 6 (1995). 1995.

Ivanović, Christine: Das Gedicht im Geheimnis der Begegnung. Dichtung und Poetik Celans im Kontext seiner russischen Lektüren. Tübingen (Niemeyer) 1996.

Ivanović, Christine: »Auch du hättest ein Recht auf Paris«. Die Stadt und der Ort des Gedichts bei Paul Celan. In: Arcadia. Zeitschrift für Allgemeine und Vergleichende Literaturwissenschaft. Bd. 32. H. 1. 1997 (= 1997a).

Ivanović, Christine: Celan, Cioran und Adorno. Übersetzungskritische Überlegungen zur Ästhetik der Negation. In: Jürgen Lehmann / Christine Ivanović (Hrsg.): Stationen. Kontinuität und Entwicklung in Paul Celans Übersetzungswerk. Heidelberg (Winter) 1997 (= 1997b).

Ivanović, Christine: »Wundgeheilt«. Schmerz und Gedächtnis bei Paul Celan. In: Jahrbuch der Deutschen Schillergesellschaft. Internationales Organ für Neuere Deutsche Literatur. 50. Jg. 2006.

Janz, Marlies: Vom Engagement absoluter Poesie. Zur Lyrik und Ästhetik Paul Celans. Frankfurt a.M. (Syndikat) 1976.

Janz, Marlies: „ … noch nichts Interkurrierendes". Paul Celan in Berlin im Dezember 1967. In: Celan-Jahrbuch 8 (2001/02). 2003.

Jokostra, Peter: Zeit und Unzeit in der Dichtung Paul Celans. In: Eckart. 29. 1960.

Kelletat, Alfred: »Lila Luft« – ein kleines Berolinense Paul Celans. In: Text + Kritik 53/54. Zweite, erweiterte Auflage. 1984.

Knaap, Ewout van der: Übersetztes Gedächtnis: Celans Beitrag zu ‚Nacht und Nebel'. In: Celan-Jahrbuch 8 (2001/02). 2003.

Konietzny, Ulrich: Sinneinheit und Sinnkohärenz des Gedichts bei Paul Celan. Bad Honnef (Bock & Herchen) 1985.

König, Peter: Der Fadensonnenzeiger. Zu Paul Celans Gedicht „Fadensonnen". In: Gerhard Buhr / Roland Reuß (Hrsg.): Paul Celan, Atemwende. Materialien. Würzburg (Königshausen & Neumann) 1991.

Könnecker, Sabine: »Sichtbares, Hörbares«. Die Beziehung zwischen Sprachkunst und bildender Kunst am Beispiel Paul Celans. Bielefeld (Aisthesis) 1995.

Kummer, Irène Elisabeth: Unlesbarkeit dieser Welt. Spannungsfelder moderner Lyrik und ihr Ausdruck im Werk von Paul Celan. Frankfurt a.M. (Athenäum) 1987.

Lauterwein, Andréa: De l'œil de Chagall à l'image de la lettre. Une interprétation du poème Hüttenfenster. In: Lectures d'une œuvre: Die Niemandsrose, Paul Celan. Nantes (Éditions du Temps) 2002.

Lehmann, Jürgen: *„Dichten heißt immer unterwegs sein"*. Literarische Grenzüberschreitungen am Beispiel Paul Celans. In: Arcadia. Zeitschrift für Allgemeine und Vergleichende Literaturwissenschaft. Bd. 28. H. 1. 1993.

Lehmann, Jürgen: „Provinz" – „Landschaft". Raumentwürfe in der Poetik und Dichtung Paul Celans. In: Peter Motzan / Stefan Sienerth (Hrsg.): Wahrnehmung der deutsch(sprachig)en Literatur aus Ostmittel- und Südosteuropa – ein Paradigmenwechsel? Neue Lesarten und Fallbeispiele. München (IKGS) 2009.

Lemke, Anja: Andenkendes Dichten – Paul Celans Poetik der Erinnerung in TÜBINGEN, JÄNNER und TODTNAUBERG in Auseinandersetzung mit Hölderlin und Heidegger. In: Ulrich Wergin / Martin Jörg Schäfer (Hrsg.): Die Zeitlichkeit des Ethos. Poetologische Aspekte im Schreiben Paul Celans. Würzburg (Königshausen & Neumann) 2003.

Lorenz, Otto: Schweigen in der Dichtung: Hölderlin – Rilke – Celan. Studien zur Poetik deiktisch-elliptische Schreibweisen. Göttingen (Vandenhoeck & Ruprecht) 1989.

Lyon, James K.: "Ganz und gar nicht hermetisch": Überlegungen zum "richtigen" Lesen von Paul Celans Lyrik. In: Joseph P. Strelka (Hrsg.): Psalm und Hawdalah. Zum Werk Paul Celans. Akten des Internationalen Paul Celan-Kolloquiums New York 1985. Bern (Lang) 1987.

Lyon, James K.: Judentum, Antisemitismus, Verfolgungswahn: Celans „Krise" 1960-1962. Aus dem Englischen von Heike Behl. In: Celan-Jahrbuch 3 (1989). 1990.

Lyon, James K.: Der Holocaust und nicht-referentielle Sprache in der Lyrik Paul Celans. In: Celan-Jahrbuch 5 (1993). 1993.

Mackey, Cindy: Dichter der Bezogenheit. A Study of Paul Celan's Poetry with special Reference to *Die Niemandsrose*. Stuttgart (Heinz) 1997.

Manger, Klaus: *Wir müssen's wohl leiden*. Zu Paul Celans Gedicht *DU LIEGST im großen Gelausche*. In: Euphorion. Zeitschrift für Literaturgeschichte. 73. Bd. 1979.

Manger, Klaus: Die Königszäsur. Zu Hölderlins Gegenwart in Celans Gedicht. In: Hölderlin-Jahrbuch 23 (1982/1983). 1983.

Manger, Klaus: Paul Celans poetische Geographie. In: Joseph P. Strelka (Hrsg.): Psalm und Hawdalah. Zum Werk Paul Celans. Akten des Internationalen Paul Celan-Kolloquiums New York 1985. Bern (Lang) 1987.

Mayer, Hans: Zur deutschen Literatur der Zeit. Zusammenhänge Schriftsteller Bücher. Reinbek bei Hamburg (Rowohlt) 1967.

Mayer, Hans: Erinnerung an Paul Celan. In: Der Repräsentant und der Märtyrer. Konstellation der Literatur. Frankfurt a.M. (Suhrkamp) 1971.

Mayer, Peter: Paul Celan als jüdischer Dichter. Landau (Pfalzdruck) 1969.

Meinecke, Dietlind (Hrsg.): Über Paul Celan. Frankfurt a.M. (Suhrkamp) 1970 (= 1970a).

Meinecke, Dietlind: Wort und Name bei Paul Celan. Zur Widerruflichkeit des Gedichts. Bad Homburg (Gehlen) 1970 (= 1970b).

Menninghaus, Winfried: Paul Celan. Magie der Form. Frankfurt a.M. (Suhrkamp) 1980.

Menninghaus, Winfried: »Czernowitz / Bukowina« als Topos deutsch-jüdischer Geschichte und Literatur. In: Merkur. H. 600. 1999.

Meuthen, Erich: Bogengebete. Sprachreflexion und zyklische Komposition in der Lyrik der »Moderne«. Interpretationsansätze zu George, Rilke und Celan. Frankfurt a.M. (Lang) 1983.

Michelsen, Peter: Liedlos. Paul Celans Fadensonnen. In: Walter Hinck (Hrsg.): Gedichte und Interpretationen. Bd. 6: Gegenwart. Stuttgart (Reclam) 1982.

Neumann, Gerhard: Die ‚absolute' Metapher. Ein Abgrenzungsversuch am Beispiel Stéphane Mallarmés und Paul Celans. In: Poetica 3. 1970.

Neumann, Peter Horst: Zur Lyrik Paul Celans. Eine Einführung. 2., erweit. Aufl. Göttingen (Vandenhoeck & Ruprecht) 1990.

Oelmann, Ute Maria: Deutsche poetologische Lyrik nach 1945. Ingeborg Bachmann, Günther Eich, Paul Celan. Stuttgart (Heinz) 1983.

Olschner, Leonard: Paul Celans Poetik der Heimkehr. In: Celan-Jahrbuch 8 (2001/02). 2003.

Olschner, Leonard: *Heimkehr*. In: Jürgen Lehmann (Hrsg.): Kommentar zu Paul Celans »Sprachgitter«. Heidelberg (Winter) 2005.

Olschner, Leonard: Im Abgrund Zeit. Paul Celans Poetiksplitter. Göttingen (Vandenhoeck & Ruprecht) 2007.

Ostrowski, Marek: An der Baumgrenze. Zur lyrischen Begegnung Celans mit Brecht im Medium des Gedichts. In: Krzysztof A. Kuczynski / Thomas Schneider (Hrsg.): Das literarische Antlitz des Grenzlandes. Frankfurt a.M. (Lang) 1991.

Pajević, Marko: Erfahrungen, Orte, Aufenthalte und die Sorge um das Selbst. In: Arcadia. Zeitschrift für Allgemeine und Vergleichende Literaturwissenschaft. Bd. 32. H. 1. 1997.

Pajević, Marko: Zur Poetik Paul Celans: Gedicht und Mensch – die Arbeit am Sinn. Heidelberg (Winter) 2000.

Perels, Christoph: Erhellende Metathesen. In: Werner Hamacher / Winfried Menninghaus (Hrsg.): Paul Celan. Frankfurt a.M. (Suhrkamp) 1988.

Perez, Juliana P.: Offene Gedichte. Eine Studie über Paul Celans *Die Niemandsrose.* Würzburg (Königshausen & Neumann) 2000.

Podewils, Clemens: Namen. Ein Vermächtnis Paul Celans. In: Ensemble. 2. 1971.

Pöggeler, Otto: Spur des Worts. Zur Lyrik Paul Celans. Freiburg i.Br. (Alber) 1986.

Pöggeler, Otto: Symbol und Allegorie. Goethes „Divan“ und Celans „Atemkristall“. In: Gerhard Buhr / Roland Reuß (Hrsg.): Paul Celan, Atemwende. Materialien. Würzburg (Königshausen & Neumann) 1991.

Pöggeler, Otto: Lyrik als Sprache unserer Zeit? Paul Celans Gedichtbände. Opladen (Westdeutscher Verlag) 1998.

Pöggeler, Otto: Der Stein hinterm Aug. Studien zu Celans Gedichten. München (Fink) 2000.

Reinfrank, Arno: Schmerzlicher Abschied von Paul Celan. In: die horen. 16. Jg. Nr. 83. 1971.

Rosenthal, Bianca: Quellen zum frühen Celan. In: Monatshefte. Vol. 75. (1983) No 4.

Sars, Paul: „Ein solcher Ausgangspunkt wären meine Gedichte“. Zu den Briefen von Paul Celan an Diet Kloos-Barendregt. In: Otto Pöggeler / Christoph Jamme (Hrsg.): »Der glühende Leertext«. Annäherungen an Paul Celans Dichtung. München (Fink) 1993.

Schöne, Albrecht: Literatur im audiovisuellen Medium. Sieben Fernsehdrehbücher. München (Beck) 1974.

Schulz, Georg-Michael: Negativität in der Dichtung Paul Celans. Tübingen (Niemeyer)

1977.

Schulz, Georg-Michael: À la pointe acérée. In: Jürgen Lehmann (Hrsg.) : Kommentar zu Paul Celans »Die Niemandsrose«. Heidelberg (Winter) 1997.

Selbmann, Rolf: »Zur Blindheit über-redete Augen«. Hölderlins *Hälfte des Lebens* mit Celans *Tübingen, Jänner* als poetologisches Gedicht gelesen. In: Jahrbuch der Deutschen Schillergesellschaft. 36. Jg. 1992.

Seng, Joachim: Auf den Kreis-Wegen der Dichtung. Zyklische Komposition bei Paul Celan am Beispiel der Gedichtbände bis »Sprachgitter«. Heidelberg (Winter) 1998.

Seng, Joachim: Damit der Schrei der Opfer nicht verstummt. Paul Celan und der Dokumentarfilm »Nacht und Nebel«. In: Neue Rundschau. 112. Jg. H. 3. 2001.

Silbermann, Edith: Begegnung mit Paul Celan. Erinnerung und Interpretation. Aachen (Rimbaud) 1993.

Solomon, Petre: Paul Celans Bukarester Aufenthalt. In: Neue Literatur. Zeitschrift des Schriftstellerverbandes der Sozialistischen Republik Rumänien. 31. Jg. H. 11. 1980. Wiederabgedruckt: In: Zeitschrift für Kulturaustausch. 32 Jg. 1982. 3. Vj. (= 1982a)

Solomon, Petre: Zwanzig Jahre danach. Erinnerungen an Paul Celan. In: Neue Literatur. Zeitschrift des Schriftstellerverbandes der Sozialistischen Republik Rumänien. 33. Jg., H. 11. 1982 (= 1982b).

Solomon, Petre: Paul Celan. Dimensiunea românească. Bucureşti (Kriterion) 1987.

Solomon, Petre: Paul Celan. L'Adolescence d'un Adieu. Traduit du Roumain par Daniel Pujol. Castelnau-le-Lez (Climats) 1990.

Sparr, Thomas: Celan und Kafka. In: Celan-Jahrbuch 2 (1988). 1988.

Sparr, Thomas: Celans Poetik des hermetischen Gedichts. Heidelberg (Winter) 1989.

Speier, Hans-Michael: Celans Berlin. Daten einer poetischen Topographie. In: Hans-Michael Speier (Hrsg.): Gedichte von Paul Celan. Stuttgart (Reclam) 2002.

Steinecke, Hartmut: Lieder … jenseits der Menschen? Möglichkeiten und Grenzen, Celans „Fadensonnen“ zu verstehen. In: Joseph P. Strelka (Hrsg.): Psalm und Hawdalah. Zum Werk Paul Celans. Akten des Internationalen Paul Celan-Kolloquiums New York 1985. Bern (Lang) 1987.

Stiehler, Heinrich: Paul Celan, Oscar Walter Cisek und die deutschsprachige Gegenwartsliteratur Rumänens. Aufsätze zu einer vergleichenden Literatursoziologie. Frankfurt a.M. u.a. (Lang) 1979.

Szász, János: „Es ist nicht so einfach …“. Erinnerungen an Paul Celan; Seiten aus einem amerikanischen Tagebuch. In: Neue Literatur. Zeitschrift des Schriftstellerverbandes der Sozialistischen Republik Rumänien. 26. Jg., H. 11. November 1975. Wieder abgedruckt: In: Werner Hamacher / Winfried Menninghaus (Hrsg.): Paul Celan. Frankfurt a.M. (Suhrkamp) 1988.

Szondi, Peter: Celan-Studien. Frankfurt a.M. (Suhrkamp) 1972.

Tunkel, Tobias: »Das verlorene Selbst«. Paul Celans Poetik des Anderen und Goethes lyrische Subjektivität. Freiburg i.Br. (Rombach) 2001.

Vogt, Jochen: Treffpunkt im Unendlichen? Über Peter Weiss und Paul Celan. In: Peter Weiss Jahrbuch 4. 1995.

Voswinckel, Klaus: Paul Celan. Verweigerte Poetisierung der Welt. Heidelberg (Stiehler) 1974.

Wallmann, Jürgen P.: ›Auch mich hält keine Hand‹. Zum 50. Geburtstag von Paul Celan. In: die horen. 16. Jg. Nr. 83. 1971.

Waniek, Erdmann: Frieden, Schein und Schweigen. Brechts Ausruf über die Zeiten und drei Gegen-Gedichte von Celan, Enzensberger und Fritz. In: Wirkendes Wort. 42. Jg. Nr. 2. 1992.

Waterhouse, Peter: Auf dem Weg zum "Kunst-Freien". Anmerkungen zur Utopie in der Lyrik Paul Celans. Wien, Diss., Wien 1984.

Weineck, Silke-Maria: Logos and Pallaksch. The Los of Madness and the Survival of Poetry in Paul Celan's "*Tübingen Jänner*". In: Orbis Litterarum. 54 (1999).

Werner, Uta: Textgräber. Paul Celans geologische Lyrik. München (Fink) 1998.

Wiedemann-Wolf, Barbara: Antschel Paul – Paul Celan. Studien zum Frühwerk. Tübingen (Niemeyer) 1985.

Wiedemann, Barbara: Warum rauscht der Brunnen? Überlegungen zur Selbstreferenz in einem Gedicht von Paul Celan. In: Celan-Jahrbuch 6 (1995). 1995.

Wiedemann, Barbara (Hrsg.): Paul Celan – Die Goll-Affäre. Dokumente zu einer ›Infamie‹. Frankfurt a.M. (Suhrkamp) 2000.

Willms, Ralf: Dichtung und Wunde bei Paul Celan. Zum Verhältnis von Dichtung und Wirklichkeit. Saarbrücken (Müller) 2007.

Winkler, Jean-Marie: La Contrescarpe. In: Jürgen Lehmann (Hrsg.): Kommentar zu Paul Celans »Die Niemandsrose«. Heidelberg (Winter) 1997.

Wögerbauer, Werner: Die Vertikale des Gedankens. Celans Gedicht *Fadensonnen*. In: Hans-Michael Speier (Hrsg.): Interpretation. Gedichte von Paul Celan. Stuttgart (Reclam) 2002.

Zbikowski, Reinhard: „Schwimmende Hölderlintürme". Paul Celans Gedicht „Tübingen, Jänner" – diaphan. In: Otto Pöggeler / Christoph Jamme (Hrsg.): »Der glühende Leertext«. Annäherungen an Paul Celans Dichtung. München (Fink) 1993.

Zons, Raimar: Nichts / stockt: Atemwenden bei Celan. In: Otto Pöggeler / Christoph Jamme (Hrsg.): »Der glühende Leertext«. Annäherungen an Paul Celans Dichtung. München (Fink) 1993.

二次文献（2）――文学および芸術：

Bachmann, Ingeborg: Ein Ort für Zufälle. Mit dreizehn Zeichnungen von Günter Grass. Berlin (Wagenbach) 1965.（インゲボルク・バッハマン「発作の場所」、光末紀子訳、『照らし出された戦後ドイツ ―― ゲオルク・ビューヒナー賞記念講演集（1951-1999）』所収、谷口廣治監訳／ビューヒナー・レーデ研究会他訳、人文書院、2000 年）

Best, Otto F. (Hrsg.): Hommage für Peter Huchel. München (Piper) 1968.

Brecht, Bertolt: Gesammelte Werke in acht Bänden. Hrsg. vom Suhrkamp Verlag in Zusammenarbeit mit Elisabeth Hauptmann. Bd. 4. Frankfurt a.M. (Suhrkamp) 1967.（『ブレヒトの詩』、『ベルトルト・ブレヒトの仕事』第 3 巻、野村修責任編集／野村修／長谷川四郎訳、河出書房新社、2007 年）

Büchner, Georg: Werke und Briefe. Gesamtausgabe. Wiesbaden (Insel) 1958.（『ゲオルク・ビューヒナー全集』、日本ゲオルク・ビューヒナー協会有志訳、鳥影社・ロゴス企画、2011 年）

Chagall, Bella: Lumières allumées. Traduction par Ida Chagall. 45 dessins de Marc Chagall. Genève-Paris (Éditions des Trois Collines) 1948.

(Chagall) Chagall. Kunsthaus Zürich, 6. Mai bis 30. Juli 1967. Redaktion des Katalogs: Felix Andreas Baumann. Zürich (Kunsthaus) 1967 (= 1967a).

(Chagall) Milhau, M. Dennis: Chagall et le théatre. Exposition Musée des Augustins. Toulouse, 15 Juin – 15. Sept. 1967. Toulouse (Musée des Augustins) 1967 (= 1967b).

(Chagall) Marc Chagall. Lavis und Aquarelle [Chagall-Ausstellung, Sommer 1967]. Luzern (Galerie Rosengart) 1967 (= 1967c).

(Chagall) Marc Chagall. Werke aus sechs Jahrzehnten. Ausstellung des Wallraf-Richartz-Museums in der Kunsthalle Köln, 2. September bis 31. Oktober 1967. Köln (Kölnische Verlagsdruckerei) 1967 (= 1967d).

(Chagall) Hommage à Marc Chagall pour ses quatrevingts ans. 250 gravures originales, 1922–1967. Paris (Berggruen) 1967 (= 1967e).

(Chagall) Hommage à Marc Chagall. Œuvres de 1947-1967. Preface de Francois Wehrlin. Saint-Paul (Maeght) 1967 (= 1967f).

(Chagall) Due momenti dell'Opera Grafica di Chagall. 100 acquaforti per le favole di La Fontaine. 10 litografie della serie *Sur la terre de Dieu*. Omaggio all'artista nel suo 80. compleanno. Milano (Galleria Ciranna) 1967 (= 1967g).

Fried, Erich: Gesammelte Werke 2. Berlin (Wagenbach) 1993.

George, Stefan: Das Jahr der Seele. 6. Aufl. Berlin (Bondi) 1913.（『ゲオルゲ全詩集』、富岡近雄訳・注・評伝、郁文堂、1994 年）

Hofmannsthal, Hugo von: Andreas oder Die Vereinigten. Fragmente eines Romans. Mit einem Nachwort von Jakob Wassermann. Berlin (Fischer) 1932.（フーゴー・フォン・ホーフマンスタール『アンドレーアス』、『ホーフマンスタール選集』第 2 巻所収、高橋英

夫・他訳、河出書房新社、1972 年）
Hofmannsthal, Hugo von: Aufzeichnungen. Gesammelte Werke in Einzelausgaben. Hrsg. von Herbert Steiner. Frankfurt a.M. (S. Fischer) 1959.
Hölderlin, Friedrich: Sämtliche Werke. Kleine Stuttgarter Ausgabe. Bd. 2. Stuttgart (Kohlhammer) 1953.（『ヘルダーリン全集』第 2 巻所収、手塚富雄・浅井真男訳、河出書房、1967 年）
Huchel, Peter: Chausseen, Chausseen. Gedichte. Frankfurt a.M. (Fischer) 1963.
Huchel, Peter: Gesammelte Werke in zwei Bänden. Hrsg. von Axel Vieregg. Frankfurt a.M. (Suhrkamp) 1984.（『ペーター・フーヘル詩集』、小寺昭次郎訳、績文堂出版、2011 年）
Huchel, Peter: Wie soll man da Gedichte schreiben. Briefe 1925-1977. Hrsg. von Hub Nijssen. Frankfurt a.M. (Suhrkamp) 2000.
Hutchinson, Peter: »Der Garten des Theophrast« – Ein Epitaph für Peter Huchel? In: Hans Mayer (Hrsg.): Über Peter Huchel. Frankfurt a.M. (Suhrkamp) 1973.
Jean Paul: Das Kampaner Thal. In: Jean Paul's Werke. Neununddreissigster Theil. Berlin (Hempel) o.J.（ジャン・パウル『カンパンの谷』、飯塚公夫訳、『ジャン・パウル三本立』所収、近代文芸社、1995 年）
Jokostra, Peter: Die Zeit hat keine Ufer. Südfranzösisches Tagebuch. München (Bechtle) 1963.
Kafka, Franz: Ein Landarzt. In: Die Erzählungen. Frankfurt a.M. (Fischer) 1961.（フランツ・カフカ『時空／認知』、『カフカ・セレクション』第 1 巻、平野嘉彦編・訳、筑摩書房、2008 年）
Kittler, Friedrich A.: Aufschreibesysteme 1800/1900. 2. erw. u. korr. Aufl. München (Fink) 1987.
Lehmann, Wilhelm: Maß des Lobes. Zur Kritik der Gedichte von Peter Huchel. In: Axel Vieregg (Hrsg.): Peter Huchel. Frankfurt a.M. (Suhrkamp) 1986.
Mayer, Hans: Politik und Literatur. In: Ein Deutscher auf Widerruf. Erinnerungen. II. Frankfurt a.M. (Suhrkamp) 1984.
Neubauer, John: Symbolismus und symbolische Logik. Die Idee der ars combinatoria in der Entwicklung der modernen Dichtung. München (Fink) 1978.（ジョン・ノイバウアー『アルス・コンビナトリア ── 象徴主義と記号論理学』、原研二訳、ありな書房、1999 年）
Parker, Stephen: Peter Huchel. A Literary Life in 20th-Century Germany. Bern u.a. (Lang) 1998.
Pretzer, Lielo Anne: Die Begegnung des Regenschirms und der Nähmaschine auf Peter Weiss' Operationstisch. In: Études Germaniques. Juillet-Septembre 1979.
Proust, Marcel: Du côté de chez Swann. In: À la recherche du temps perdu. I-II. Paris (Gallimard) 1954.（マルセル・プルースト『スワン家のほうへ』、鈴木道彦訳、『失われた時を求めて』第 1-2 巻、集英社、1996-97 年）

Proust, Marcel: À l'ombre des jeunes filles en fleurs. In: À la recherche du temps perdu. III-V. Paris (Gallimard) 1919.（マルセル・プルースト『花咲く乙女たちのかげに』、鈴木道彦訳、『失われた時を求めて』第 3-4 巻、集英社、1997 年）

Proust, Marcel: Le côté de Guermantes. In: À la recherche du temps perdu. VI-VIII. Paris (Gallimard) 1949.（マルセル・プルースト『ゲルマントのほう』、鈴木道彦訳、『失われた時を求めて』第 5-6 巻、集英社、1998 年）

Proust, Marcel: Sodome et Gomorrhe. In: À la recherche du temps perdu. IX-X. Paris (Gallimard) 1921-24.（マルセル・プルースト『ソドムとゴモラ』、鈴木道彦訳、『失われた時を求めて』第 7-8 巻、集英社、1999 年）

Proust, Marcel: Am Telefon. Übersetzt von Herbert Steiner. In: Der Lesezirkel. 13. Jg. 1925/26. 1926.

Sinn und Form. Beiträge zur Literatur. Hrsg. von der Deutschen Akademie der Künste. 14. Jg. 5. u. 6. Heft. 1962.

Sprenger, Ulrike: Proust-ABC. Leipzig (Reclam) 1997.

Trummler, Erich (Hrsg.): Der kranke Hölderlin. Urkunden und Dichtungen aus der Zeit seiner Umnachtung zum Buche vereinigt. München (Recht) 1921.

Vieregg, Axel: Die Lyrik Peter Huchels. Zeichensprache und Privatmythologie. Berlin (Schmidt) 1976.

Wagenbach, Klaus: Eine Biographie seiner Jugend 1883-1912. Bern (Francke) 1958.（K・ヴァーゲンバッハ『若き日のカフカ』、中野孝次・高辻知義訳、竹内書店、1969 年）

Wagenbach, Klaus: Franz Kafka in Selbstzeugnissen und Bilddokumenten. Reinbek bei Hamburg (Rowohlt) 1964.（クラウス・ヴァーゲンバハ『フランツ・カフカ』塚越敏訳、理想社、1967 年）

Wallmann, Jürgen P. (Hrsg.): Von den Nachgeborenen. Dichtungen auf Bertolt Brecht. Vorwort von Johannes Poeten. Zürich (Die Arche) 1970.

Weiss, Peter: Meine Ortschaft. In: Atlas. Zusammengestellt von den deutschen Autoren. Berlin (Wagenbach) 1965 (=1965a).

Weiss, Peter: Die Ermittlung. Oratorium in 11 Gesängen. Frankfurt a.M. (Suhrkamp) 1965 (=1965b).（ペーター・ヴァイス『追究―アウシュヴィッツの歌』、岩淵達治訳、白水社、1966 年）

二次文献（3）――宗教、哲学、精神医学、言語学、その他：

Adorno, Theodor W.: Philosophie der neuen Musik. Tübingen (Mohr) 1949.（Th. W. アドルノ『新音楽の哲学』、龍村あや子訳、平凡社、2007 年）

Adorno, Theodor W.: Kulturkritik und Gesellschaft. In: Prismen. Kulturkritik und Gesellschaft. Frankfurt a.M. (Suhrkamp) 1955.（テオドール・W・アドルノ「文化批判と社会」、『プリズメン』所収、渡辺祐邦／三原弟平訳、筑摩書房、1996 年）

Adorno, Theodor W.: Arnold Schönberg. In: Christoph Schwerin (Hrsg.): Der Goldene Schnitt. Große Essayisten der Neuen Rundschau 1890–1960. Frankfurt a.M. (S. Fischer) 1960.（テオドール・W・アドルノ「アルノルト・シェーンベルク ── 一八七四－一九五一年」、『プリズメン』所収、同上）

Adorno, Theodor W.: Jene zwanziger Jahre. In: Merkur. Deutsche Zeitschrift für europäisches Denken. Nr. 167. XVI Jg. H. 1. 1962 (= 1962a).

Adorno, Theodor W.: Zur Dialektik des Engagements. In: Die Neue Rundschau. 73. Jg. H. 1. 1962 (= 1962b).

Adorno, Theodor W.: Valérys Abweichungen. In: Noten zur Literatur II. Frankfurt a.M. (Suhrkamp) 1963.（テオドール・W・アドルノ「ヴァレリーの偏倚」、前田良三訳、『アドルノ文学ノート』第 1 巻所収、みすず書房、2009 年）

Adorno, Theodor W.: Negative Dialektik. Frankfurt a.M. (Suhrkamp) 1966.（テオドール・W・アドルノ『否定弁証法』、木田元・他訳、作品社、1996 年）

Adorno, Theodor W.: George. In: Gesammelte Schriften. Bd. 11. Frankfurt a.M. (Suhrkamp) 1974.（テオドール・W・アドルノ「ゲオルゲ」、前田良三訳、『アドルノ文学ノート』第 2 巻所収、みすず書房、2009 年）

Améry, Jean: Jenseits von Schuld und Sühne. Bewältigungsversuche eines Überwältigten. München (Szczesny) 1966.（ジャン・アメリー『罪と罰の彼岸』、池内紀訳、法政大学出版局、1984 年）

Anders, Günther: Die Schrift an der Wand. Tagebücher 1941 bis 1966. München (Beck) 1967.

Benjamin, Walter: Schriften. 2 Bde. Frankfurt a.M. (Suhrkamp) 1955.（『ベンヤミン・コレクション』、浅井健二郎編訳、筑摩書房、1995-2014 年／ヴァルター・ベンヤミン『ドイツ悲劇の根源』、浅井健二郎訳、筑摩書房、1999 年）

Benjamin, Walter: Zum Bilde Prousts. In: Gesammelte Schriften. Bd. II.1. Frankfurt a.M. (Suhrkamp) 1977.（ヴァルター・ベンヤミン「プルーストのイメージについて」、久保哲司訳、『ベンヤミン・コレクション』第 2 巻『エッセイの思想』所収、筑摩書房、1996 年）

Benjamin, Walter: Marcel Proust, Im Schatten der jungen Mädchen. Übersetzt von Walter Benjamin und Franz Hessel. In: Gesammelte Schriften. Supplement II. Frankfurt a.M. (Suhrkamp) 1987.

Die Bibel oder die ganze Heilige Schrift des Alten und Neuen Testaments, nach der deutschen Übersetzung d. Martin Luthers. Durchgesehene Ausgabe mit dem von der Deutschen evangelischen Kirchenkonferenz genehmigten Text. Berlin (Preuß. Haupt-Bibelgesellschaft) 1897.（『舊新約聖書・引照附』、日本聖書協会、1964 年）

Bleuler, Eugen: Lehrbuch der Psychiatrie. Umgearb. von Manfred Bleuler. 10. Aufl. Berlin u.a. (Springer) 1960.（オイゲン・ブロイラー『精神医学書』、マンフレッド・ブロイ

ラー校訂、切替辰哉訳、中央洋書出版部、1989-90 年）

Chestov, Léon: Le Pouvoir des Clefs (Potestas Clavium). Traduction de Boris de Schloezer. Œuvres de Léon Chestov. Tom. 5, 6. Paris (Schiffrin) 1928.

Derrida, Jacques: De la Grammatologie. Paris (Les Éditions de Minuit) 1967 (= 1967a).（ジャック・デリダ『根源の彼方に —— グラマトロジーについて』、足立和浩訳、現代思潮社、1972 年）

Derrida, Jacques: Grammatologie. Übersetzt von Hans-Jörg Rheinberger u. Hanns Zischler. Frankfurt a.M. (Suhrkamp) 1974.

Derrida, Jacques: La voix et le phénomène. Introduction au problème du signe dans la phénoménologie de Husserl. Paris (Presses Universitaires de France) 1967 (= 1967b).（ジャック・デリダ『声と現象 —— フッサール現象学における記号の問題への序論』、高橋允昭訳、理想社、1970 年）

Derrida, Jacques: Die Stimme und das Phänomen. Ein Essay über das Problem des Zeichens in der Philosophie Husserls. Aus dem Französischen übersetzt u. mit einem Vorwort versehen von Jochen Hörisch. Frankfurt a.M. (Suhrkamp) 1979.

Freud, Sigmund: Das Unbehagen in der Kultur. 2. Aufl. Wien (Internationaler Psychoanalytischer Verlag) 1931.（ジークムント・フロイト『ある錯覚の未来／文化の中の居心地悪さ —— 1929-32 年』、『フロイト全集』第 20 巻、高田珠樹／嶺秀樹訳、岩波書店、2011 年）

Heidegger, Martin: Der Ursprung des Kunstwerkes. In: Holzwege. Frankfurt a.M. (Klostermann) 1950.（マルティン・ハイデッガー「芸術作品の紀源」、『ハイデッガー全集』第 5 巻『杣径』所収、茅野良男／ハンス・ブロッカルト訳、創文社、2002 年）

Höffding, Harald: Sören Kierkegaard als Philosoph. Mit einem Vorwort von Christoph Schrempf. Stuttgart (Frommann) 1896.（ヘフディング『哲學者としてのキエルケゴール』、鳥井博郎譯、第一書房、1935 年）

Husserl, Edmund: Ideen zu einer reinen Phänomenologie und phänomenologischen Philosophie. Allgemeine Einführung in die reine Phänomenologie. 2. Aufl. Halle (Niemeyer) 1922.（エトムント・フッサール『純粋現象学への全般的序論』渡辺二郎訳、みすず書房、1979／1984 年）

Husserl, Edmund: Logische Untersuchungen. 2. Bd. Untersuchungen zur Phänomenologie und Theorie der Erkenntnis. 1. Teil. 4. Aufl. Halle (Niemeyer) 1928 (= 1928a).（E・フッサール『論理学研究』、立松弘孝／松井良和／赤松宏訳、みすず書房、1968-76 年）

Husserl, Edmund: Vorlesungen zur Phänomenologie des inneren Zeitbewußtseins. Hrsg. von Martin Heidegger. Sonderdruck aus: Jahrbuch für Philosophie und phänomenologische Forschung. Bd. 9. Halle (Niemeyer) 1928 (= 1928b).（E・フッサール『内的時間意識の現象学』、立松弘孝訳、みすず書房、1967 年）

Jakobson, Roman: Kindersprache, Aphasie und allgemeine Lautgesetze. Uppsala (Almqvist u.

Wilsells) 1941. Wieder abgedruckt: Kindersprache, Aphasie und allgemeine Lautgesetze. In: Selected Writings. Vol. 1. Phonological Studies. The Hague u.a. (Mouton) 1962. Wieder abgedruckt: Jakobson: Kindersprache, Aphasie und allgemeine Lautgesetze. Frankfurt a.M. (Suhrkamp) 1969.（ロマーン・ヤーコブソン『失語症と言語学』、服部四郎編・監訳、岩波書店、1976 年）

Jakobson, Roman: Aufsätze zur Linguistik und Poetik. Hrsg. u. eingl. von Wolfgang Raible. Übers. von Regine Kuhn, Georg Friedrich Meier u. Randi Agnete Hartner. München (Nymphenburger Verlagshandlung) 1974.（ロマーン・ヤーコブソン『詩学』、川本茂雄編、川本茂雄／千野栄一監訳、大修館書店、1985 年）

Jaspers, Karl: Schriften zur Psychopathologie. Berlin u.a. (Springer) 1963.（カール・ヤスパース『精神病理学研究』、藤森英之訳、みすず書房、1969-71 年）

Kierkegaard, Sören: La Répétition. Traduit du Danois par P.-H. Tisseau. Bazoges-en-Pareds (Tisseau) 1948.（キルケゴール『反復』、桝田啓三郎訳、筑摩書房、1973 年）

Kierkegaard, Sören: Die Wiederholung. Die Krise und eine Krise im Leben einer Schauspielerin. Werke II. Übersetzt und hrsg. von Liselotte Richter. Reinbek bei Hamburg (Rowohlt) 1961.

Kohn, Hans: Martin Buber. Sein Werk und seine Zeit. Ein Versuch über Religion und Politik. Hellerau (Hegner) 1930.

Mauthner, Fritz: Wörterbuch der Philosophie. Neue Beiträge zu einer Kritik der Sprache. 2 Bde. München (Müller) 1910.

Platon: Menon. Übersetzt von L. Georgii. In: Sämtliche Werke in drei Bänden. I. Berlin (Schneider) o.J.（プラトン『メノン』、藤沢令夫訳、岩波書店、1994 年）

Platon: Phaidros. Übersetzt von L. Georgii. In: Sämtliche Werke in drei Bänden. II. Heidelberg (Schneider) o.J.（プラトン『パイドロス』、藤沢令夫訳、岩波書店、2010 年）

Saussure, Ferdinand de: Cours de linguistique générale. Publié par Charles Bally et Albert Sechehaye avec la collaboration de Albert Riedlinger. Quatrième édition. Paris (Payot) 1949.（フェルディナン・ド・ソシュール『一般言語学講義』、小林英夫訳、岩波書店、1972 年）

Scheler, Max: Die Stellung des Menschen im Kosmos. München (Nymphemburger Verlagshandlung) 1949.（マックス・シェーラー『宇宙における人間の地位』、亀井裕／山本達訳、白水社、2012 年）

Schestow, Leo: Potestas clavium oder Die Schlüsselgewalt. Autorisierte Übertragung aus dem Russischen von Hans Ruoff. München (Verlag der Nietzsche-Gesellschaft) 1926.

Semon, Richard: Die Mneme als erhaltendes Prinzip im Wechsel des organischen Geschehens. 2. verbesserte Aufl. Leipzig (Engelmann) 1908.

Starobinski, Jean: Les anagrammes de Ferdinand de Saussure. In: Mercure de France. Février 1964.

Starobinski, Jean: Les mots sous les mots. Les anagrammes de Ferdinand de Saussure. Paris (Gallimard) 1971.（ジャン・スタロバンスキー『ソシュールのアナグラム —— 語の下に潜む語』、金澤忠信訳、水声社、2006 年）

Starobinski, Jean: Wörter unter Wörtern. Die Anagramme von Ferdinand de Saussure. Übersetzt von Henriette Beese. Frankfurt a.M. (Ullstein) 1980.

Windelband, Wilhelm: Geschichte der abendländischen Philosophie im Altertum. 4. Aufl. Bearbeitet von Albert Goedeckemeyer. München (Beck) 1923.

二次文献（4）——社会史：

Adler, H. G. / Langbein, Hermann / Lingens-Rainer, Ella (Hrsg.): Auschwitz. Zeugnisse und Berichte. 3. überarb. Aufl. Köln (Europäische Verlagsanstalt) 1984.

Frankl, Viktor E.: Ein Psycholog erlebt das Konzentrationlager. 2. Aufl. Wien (Verlag für Jugend und Volk) 1947.（ヴィクトール・E・フランクル『夜と霧』、池田香代子訳、みすず書房、2002 年）

Gold, Hugo (Hrsg.): Geschichte der Juden in der Bukowina. 2 Bde. Tel-Aviv (Olamenu) 1962.

Hannover-Drück, Elisabeth u. Hannover, Heinrich (Hrsg.): Der Mord an Rosa Luxemburg und Karl Liebknecht. Dokumentation eines politischen Verbrechens. Frankfurt a.M. (Suhrkamp) 1967.

Kogon, Eugen: Der SS-Staat. Das System der deutschen Konzentrationslager. 3. Aufl. Frankfurt a.M. (Verlag der Frankfurter Hefte) 1948.（E・コーゴン『SS 国家 —— ドイツ強制収容所のシステム』、林功三訳、ミネルヴァ書房、2001 年）

Kogon, Eugen / Langbein, Hermann / Rückerl, Adalbert (Hrsg.): Nationalsozialistische Massentötungen durch Giftgas. Frankfurt a.M. (Fischer) 1983.

Salus, Grete: Niemand, nichts – ein Jude. Theresienstadt, Auschwitz, Odederan. 2. Aufl., Reprint. Darmstadt (Verlag Darmstädter Blätter) 1981.

Simonov, Konstantin: Ich sah das Vernichtungslager. Berlin (Verlag der sowjetischen Militärverwaltung in Deutschland) [1945].

Smolen, Kasimierz / Piper, Franciszek / Iwaszko, Tadeusz / Czech, Danuta / Jarosz, Barbara / Strzelecki, Andrzej: Auschwitz. Geschichte und Wirklichkeit des Vernichtungslagers. Reinbek (Rowohlt) 1980 (Die Originalausgabe: Warszawa 1978).

二次文献（5）——参考図書類：

Brockhaus Enzyklopädie. 17. Aufl. Bd. 19. Wiesbaden (Brockhaus) 1974.

Bußmann, Hadumod (Hrsg.): Lexikon der Sprachwissenschaft. 3. Aufl. Stuttgart (Kröner) 2002.

Der große Duden. Herkunftswörterbuch. Mannheim (Duden) 1963.

Duden. Wörterbuch medizinischer Fachausdrücke. 3. Aufl. Mannheim (Duden) 1979.

Duden. Das große Wörterbuch der deutschen Sprache in zehn Bänden. 3., völlig neu bearbeitete und erweiterte Auflage. Mannheim (Duden) 1999.

Eberhard, Johann August: Synonymisches Handwörterbuch der deutschen Sprache. 17. Aufl. durchgängig umgearbeitet, vermehrt und verbessert von Otto Lyon. Leipzig (Grieben) 1910.

Grimm, Jacob u. Wilhelm: Deutsches Wörterbuch. Leipzig (Hirzel). Bd. 5, 1897; Bd. 11, 1873; Bd. 20. 1942; Bd. 32 1954.

Habicht, Werner u.a (Hrsg.): Der Literatur-Brockhaus. Bd. 1. Mannheim (Brockhaus) 1988.

Menge, Hermann: Menge-Güthling. Enzyklopädisches Wörterbuch der lateinischen und deutschen Sprache. Erster Teil. Lateinisch-Deutsch. 15. Aufl. Berlin (Langenscheidt) 1965.

Sanders, Daniel: Handwörterbuch der deutschen Sprache. 8. Aufl. von J. Ernst Wülfing. Leipzig (Bibliographisches Institut) 1909.

Ueding, Gert (Hrsg.): Historisches Wörterbuch der Rhetorik. Bd. 1. Tübingen (Niemeyer) 1992.

Wahrig, Gerhard: Deutsches Wörterbuch. Gütersloh (Bertelsmann) 1963.

Wilpert, Gero von: Sachwörterbuch der Literatur. 5. Aufl. Stuttgart (Kröner) 1969.